VERLAG ANTJE
KUNSTMANN

KATHRIN AEHNLICH

DER KÖNIG VON LINDEWITZ

ROMAN

VERLAG ANTJE KUNSTMANN

1 | DER KÖNIG VON LINDEWITZ

Das Schicksal trug eine rote Mütze. Er sah es deutlich vor sich, ein gebeugtes Wesen, eher Frau als Mann mit zerfurchtem Gesicht. Das Schicksal ging regelmäßig durch seine Träume. Die Haut war wettergegerbt, nur die schmalen Lippen wirkten fahl. Auf einen Stock gestützt bewegte es sich mühsam voran, Schritt für Schritt und doch unaufhaltsam. Bei der Kleidung fiel ihm der Begriff »in Lumpen gehüllt« ein, aber vielleicht war es nur die Arbeitskleidung des Schicksals. Die rote Wollmütze saß wie ein halber Ball fest auf dem kleinen Kopf. Als es ihm das erste Mal erschienen war, hatte eine Stimme gesagt: »Das ist das Schicksal.« Aber vielleicht war es auch seine eigene Stimme gewesen?

Wie an jedem Morgen lief Bruno nach dem Aufstehen zum Fenster und blickte auf den Lindewitzer Markt. Es war kein Marktplatz im herkömmlichen Sinne, sondern ein breiter Mittelstreifen zwischen den Häuserzeilen. Die Straßenbahn durfte direkt über den Platz fahren, während die Fahrzeuge den Umweg außen herum nehmen mussten.

Das Klingeln der Straßenbahnen gehörte zu den ersten Geräuschen, an die er sich bewusst erinnern konnte. Und er hörte es bis heute, Tag für Tag, bis in die Nacht hinein, das schrille Klingeln, mit dem die Bahnen ihr Kommen ankündigten. Erst kam das

Quietschen in der Kurve, dann das Klingeln, das Abbremsen und am Ende der hörbare Ruck, mit dem die Bahn stehen blieb. Eine immer wiederkehrende Tonfolge.

Zwar wechselte im Laufe der Jahrzehnte der Klang, denn die neuen Bahnen ratterten nicht mehr, sondern schlichen über die Schienen, das Türknallen ersetzte ein mildes Summen, doch die Reihenfolge blieb, wie auch die Lautstärke der Klingeln, der schrille Ton, der unachtsame Fußgänger, die das Schicksal herausforderten und ohne nach rechts oder nach links zu sehen über die Gleise liefen, warnen sollte, was nicht immer gelang. Manchmal siegte das Schicksal.

Das Schicksal war in gewisser Weise sein Arbeitgeber, denn er, Bruno Henker, war der Totengräber dieses Viertels. Am Ende landeten sie alle auf seinem Friedhof, die Unachtsamen, die Kranken, die Alten, die Selbstmörder, alle, denen im Leben nicht mehr zu helfen gewesen war. Sie hinterließen eine Lücke, so empfanden es jedenfalls die Familien und Freunde.

Für Bruno war das Verschwinden umfassender, denn nicht nur die Menschen verschwanden, auch die Dinge, die Telefonzelle an der Ecke oder die Normaluhr und vielleicht würden irgendwann auch die Straßenbahnen verschwinden und mit ihnen das Klingeln. Aber für sie gab es keinen Friedhof, kein Grab mit einem Gedenkstein. Hier ruht in Frieden der Kassettenrecorder »Annett«, die Schreibmaschine »Erika«, der Plattenspieler »Belcanto«.

War das Nachdenken über das Verschwinden eine Berufskrankheit? Immerhin war der Friedhof ein Ort, an dem Menschen zu Erinnerungen wurden und Bruno begleitete sie bei ihrem Verschwinden. Er hatte lange überlegt, wie er sie nennen sollte. Gäste? Kunden? Nein, sie kamen nicht selbst und baten um Aufnahme, sie wurden gebracht und ihm in Urnen oder Särgen anvertraut und so nannte er sie im Stillen die »Anvertrauten«.

Der Friedhof lag hinter der gegenüberliegenden Häuserzeile, war nah und doch selbst von dem Fenster in der vierten Etage nicht zu sehen.

Bruno blickte nach unten auf den Lindewitzer Markt. Der Inhaber des Mobilfunkladens platzierte seine Werbeaufsteller auf dem Gehweg, die Blumenfrau, die jetzt alle Floristin nannten, goss die beiden Blumenkübel neben ihrem Eingang, und vor dem Reisebüro, das mit besonders günstigen Ausflügen lockte, sammelten sich die ersten Rentner.

Der Markt war für ihn vertraut und fremd zu gleich. Zwar registrierte er jede Veränderung, aber so wie man bei einem Kind, das man jeden Tag sah, kaum merkte, wie es wuchs, und erst bei dem Ausruf eines Fremden »Bist du aber groß geworden« stutzig wurde, waren auch die Veränderungen am Lindewitzer Markt während der vergangenen Jahrzehnte schleichend gewesen.

Zuerst wich die Kohlenhandlung einem Gebrauchtwagenhandel, dann das Wannenbad einem Bistro und vor Kurzem war aus dem Uhrengeschäft ein Hörgeräteladen geworden. Uhren waren kein Gebrauchsgegenstand mehr. Bruno empfand es als Ironie, dass der Uhrenladen, in dem es früher auf die unterschiedlichste Weise getickt hatte, einem Geschäft weichen musste, das den Menschen ein neues Gehör verschaffen sollte. Er selbst besaß noch eine Armbanduhr mit Gliederarmband, die einmal sehr modern gewesen war, aber die jetzt aus einer Zeit stammte, an die sich kaum noch einer erinnern wollte. Tag für Tag zog er sie mit einem Rädchen auf. Er genoss dieses Geräusch, hatte aber gleichzeitig Angst, dass die Feder eines Tages springen könnte und er niemanden mehr fand, der die Uhr reparieren würde. Noch gab es den Uhrmacher, wenn auch ohne Werkstatt. Bruno sah ihn oft an der Bude.

Die Bude war das Herz des Lindewitzer Marktes und es erschien ihm wie ein Wunder, dass sie noch immer stand. Es war ein flacher Bau mit einem Vordach, ein winziger Laden, in dem es Getränke, Süßigkeiten, Zeitungen und lebenswichtige Dinge wie Kaffee, Rührkuchen, Schnaps und Zigaretten gab. In einem durchsichtigen Thermobehälter schwammen Bockwürste, die heller waren als das gelblich gefärbte Wasser in dem sie lagen.

Die Bude war eingeklemmt zwischen zwei Linden und wahrscheinlich war das der Grund, weshalb sie noch stand, denn würde man sie abreißen, würden auch die Bäume Schaden nehmen. Und wer würde es wagen, sich an Bäumen zu vergreifen, die einst dem Stadtteil den Namen gaben. Als Kind konnte Bruno noch zwischen den Budenwänden und den Baumstämmen hindurchgehen, was er nicht gern machte, weil viele Männer die Lücke nutzten, um das getrunkene Bier wieder loszuwerden. Der Uringeruch mischte sich mit den säuerlichen Bierfahnen, dem Zigarettenrauch und den Ausdünstungen der Budenbesucher, ein Parfüm, das die Bude bis heute umweht. Denn auch wenn es jetzt ein städtisches Pissoir in Sichtweite gab, war der Weg zum Baumstamm kürzer. Allerdings war das Pinkeln in die Zwischenräume Jahr für Jahr beschwerlicher geworden, denn die Baumstämme wuchsen, Ring um Ring, bis sie an die Budenwände stießen. Und wenn die hin und wieder geweißt wurden, zogen sich die Farbspuren auch über die Baumrinde. Am Anfang hatte Bruno befürchtet, dass die Bäume die Bude zwischen sich zerdrücken könnten, aber anscheinend lebten die Linden und die Bude in friedlicher Koexistenz und es sah aus, als wäre die Bude in den Platz eingewachsen. Bei der Bude war alles beim Alten geblieben. Na ja, fast alles. Vor dem Schalterfenster war ein schmales Podest. Wer an der Reihe war, musste nach oben steigen, um seinen Wunsch zu äußern. Man erhob sich dadurch aus der Menge der Drängelnden und wer den Olymp erklommen hatte, war mit dem Budenbesitzer auf Augenhöhe. Jahrzehntelang war es der »Abgebrochene« gewesen, auch er stand auf einem Podest, einer Obststiege, mit der er seine fehlende Körpergröße ausglich. Wobei sein Name von seinem abgebrochenen Studium herrührte und nichts mit seinem kleinen Wuchs zu tun hatte. Er gehörte zur Nachkriegsgeneration und hatte das Fach politische Ökonomie gewählt, weil er die Welt im aufstrebenden Sozialismus mitgestalten wollte. Aber seine Tatkraft war nicht gefragt und seine Fragen erst recht nicht. Und so hatte er vor Jahrzehnten seine hehren Ziele korrigiert, das Studium abgebrochen, sich an seinen ursprünglichen Beruf als Verkäufer erinnert und in der Kaderabteilung der »HO« vorgesprochen, der sozialistischen Handelsorganisation, der die Bude gehörte. Auf diese Weise war er zwar nur Pächter geworden, aber die Bude war mitten im Sozialismus ein kapitalistischer Kleinbetrieb und der Abgebrochene konnte all die schönen sozialistischen Merksätze, die er im Studium gelernt hatte, außer Kraft setzen. Von nun an war er Größte auf dem Platz. Er bestimmte, wer die beliebten F6 rauchen durfte und wer mit der verhassten Schweinejuwel aus Bulgarien vorliebnehmen musste. Er bestimmte wer eine Fernsehzeitung bekam, wer den »Eulenspiegel« und welches Kind das »Mosaik« lesen durfte. Und ob es nach der offiziellen Öffnungszeit noch ein Bier gab oder nicht.

Jetzt stand ein junger großgewachsener Mann aus Anatolien hinter der Theke, der so groß war, dass er den Kopf beugen musste, damit er nicht an die Decke stieß. Der Abgebrochene war auf die andere Seite gewechselt. Der Grund war nicht das Erreichen des Rentenalters gewesen, freiwillig hätte er seine »Bude« niemals verlassen, sondern ein Bandscheibenvorfall. Das Heben der Bierkästen hatte seinen Tribut gefordert. Der Abgebrochene war der Einzige, der vor der Bude auf einem Stuhl saß. Der klappbare Campingstuhl mit Fußstütze und Bierflaschenhalter stand immer für ihn bereit und niemand hätte gewagt, ihm diesen Stuhl streitig zu machen. In leichter Liegestellung versorgte der Abgebrochene weiterhin alle Besucher mit seinen Lebensweisheiten. Hatten früher die meisten seiner Sätze mit »Als ich noch Student war« begonnen, stellte er nun seiner Weltsicht die Bemerkung »Als ich noch im Handel tätig war« voran. Seine Zuhörer waren der Lindewitzer Mikrokosmos: die Regentrude, der Heuler, der Dichter Nebel, der Schnäpper und die Schnäpse. Früher war auch Brunos Mutter dabei gewesen, deren Mundwerk gefürchtet war. Sie fehlte jetzt, wie auch Butterweich, der Mann von Tante Mausi. Das Alter forderte seinen Tribut. Doch die Lücken wurden stetig aufgefüllt. Während der vergangenen Jahre waren die Besitzer der umliegenden Geschäfte dazu gekommen, der Uhrmacher, der Schuster, selbst der vornehme Eigentümer des Pelzgeschäfts, dessen Sohn ein berühmter Schauspieler war. Auf wenigen Quadratmetern sammelte Lindewitz seine verlorenen Kinder. Hier hatte das Wort »früher« einen anderen Klang.

Schon ab Mittag hallte das Ploppen der Bügelverschlüsse über den Markt und Bruno konnte an der Lautstärke erkennen, wer gerade seine Bierflasche öffnete. Wer besonders viel Aufmerksamkeit benötigte, öffnete seine Flasche mit einem lauten Knall. Die Unauffälligen drückten den Bügel so vorsichtig nach oben, dass es nur ein leises Zischen gab, das sie auch noch zwischen ihren Händen zu ersticken versuchten. Die Bügelflasche war ihnen, im Gegensatz zu vielen anderen Dingen, erhalten geblieben. Zwar waren kurz nach dem Mauerfall, als Tribut an die neue Welt, die Glasflaschen durch Bierbüchsen ersetzt worden, aber der Wechsel hatte seine Tücken. Manchmal brach die Lasche beim Öffnen ab, oder der Druck war so groß, dass das Bier durch das Loch nach oben schoss und man schnell abtrinken musste. Und wenn bei zunehmendem Bierkonsum die filigrane Koordination schwand, kam es vor, dass sich einer der Budentrinker beim Ablecken des Deckels in die Lippe oder Zunge schnitt und ein Blutbad verursachte. Nach mehreren Unfällen kehrten alle reumütig zur Bügelflasche zurück, denn galt nicht schon immer der Satz: Wir sind von Geburt an Flaschenkinder! Das hat auch den Vorteil, dass es keine herumliegenden Kronkorken gab, ganz im Gegensatz zu den Zigarettenkippen. Nur die wenigstens entsorgten die Filter in einem der beiden Aschenbecher am Rand. Man nahm einfach »den großen« wie eh und je. Die Budengemeinschaft verstand diesen Platz als ihr Wohnzimmer und jeder entschied selbst, wohin er seine Kippe warf. Der Versuch des neuen Besitzers ein Rauchverbot einzuführen, war schon nach wenigen Stunden gescheitert. »Wir lassen und doch von einem Kümmeltürken nicht das Rauchen verbieten!«

Bruno beobachtete, wie der junge Türke, wie an jedem Morgen, die Betonplatten unter dem Vordach kehrte und akribisch die Kippen aus den Fugen puhlte. Er grüßte alle Vorübergehenden freundlich. Seine Stimme war tief und klang angenehm, doch er redete wenig, meist, wie Bruno bis nach oben hören konnte, nur »Bitteschön« oder »Dankeschön«. Er erfüllte alle Wünsche höflich, doch im Viertel wurde erzählt, dass sich die Budenkundschaft beschwerte, weil er sich nur selten an den Gesprächen beteiligte und prinzipiell Diskussionen, in denen es um Einwanderung ging, ignorierte. Nur einmal, bei dem Wort Kümmeltürken, hatte er aufbegehrt und seine Stimme war laut geworden. Nicht weil es ihn beleidigte, jedenfalls hatte er es sich nicht anmerken lassen, sondern weil es schlichtweg falsch war. Die Kümmeltürkei war im 18. Jahrhundert die Gegend um die Stadt Halle herum gewesen und als Kümmeltürken bezeichnete man Studenten, die im Umfeld ihrer Universität blieben. Er hatte seine kurze Ausführung mit dem Satz »Das ist die Wahrheit!« beendet.

»Noch so ein Studierter!«, hatte der Heuler geknurrt und der Abgebrochene, der seinen intellektuellen Status in Gefahr sah, hatte nach einem »Das glaub ich nicht!« sein Handy gezückt und das Internet um Rat gefragt und immer leiser werdend vorgelesen: »Die Gegend um die Stadt Halle wurde früher als Kümmeltürkei bezeichnet, weil dort seinerzeit viel Kümmel angebaut wurde. Und als Türkei bezeichnete man damals auch andernorts Landstriche in Deutschland, die trostlos und wenig erbaulich waren.«

Der Heuler lachte: »Na, dann pass auf, dass du nicht auch bald in einer Türkei wohnst!«

»Und wie sollen wir dich denn dann nennen?«, hatte der Abgebrochene gefragt?

»Na, mit meinem Namen.«

»Hier wird niemand mit dem Namen genannt!«

Das stimmte, bis auf Brunos Mutter gab es für jeden einen

Spitznamen. Kümmeltürke hätte gepasst. Aber na ja, wenn es nun mal falsch war, was sollten sie machen.

»Und wie heißt du?«, fragte der Abgebrochene,

»Isa!«

»Ein Türkenmädchen!«, kreischte der Heuler.

»Es bedeutet Jesus.«

Auch das hatte der Abgebrochene sofort misstrauisch kontrolliert. Nach der Bestätigung schlug die Irritation plötzlich in Zufriedenheit um, denn wer konnte schon rufen: »Jesus, ich nehme noch ein Bier!« Und diejenigen, die zu Hause noch eine wartende Familie hatten, konnten auf die Frage, wo sie denn herkämen, antworten: »Direkt von Jesus!«

Die Versöhnung hatte auf wundersame Weise bei einem Glas Tee stattgefunden, ein Zugeständnis, denn alle vor der Bude hielten Tee für ein Getränk, das man nur während schwerer Krankheiten zu sich nimmt. »Aber na gut, andere Länder andere Sitten.« Dafür war das Rauchverbot wieder aufgehoben worden.

Tee hätten sie immer bestellen können, wenn sie es denn gewollt hätten, denn eine Kanne stand ständig auf einer Heizplatte bereit. Sie überließen ihn aber lieber den Freunden von Jesus, die mit ihren bauchigen Gläsern auf den silbernen Untertellern in der Hand am Hintereingang der Bude standen. Es mischte sich nicht. Auch wenn vor der Bude der Trinkspruch bis auf den heutigen Tag lautete »Auf uns!« und damit vermittelt werden sollte, dass sie alle eine Familie wären, galt das nicht für alle, auch nicht für Bruno. Zwar war Lindewitz seine Heimat und dieser Marktplatz sein Zuhause und die Bewohner waren so etwas wie seine Familie, aber das sah wahrscheinlich nur er so.

Als Kind hatte er oft auf der Kommode unter dem offenen

Fenster gelegen. Sie war etwas niedriger als das Fensterbrett und so konnte er von niemand gesehen werden. Unsichtbar hüllte er sich in den Lärm der Straße, das Klingeln der Straßenbahnen, das Brummen der Lastkraftwagen, das Ploppen der Bierflaschen. Wenn es ruhiger wurde, stiegen die Budengespräche als Wortfetzen zu ihm hinauf wie die Sprechblasen aus einem Comic. Am schönsten war es im Frühsommer, wenn die Linden blühten. Der Duft, war gleichsam betörend und aufdringlich und so intensiv, dass er sich selbst gegen die Abgasschwaden durchsetzen konnte. Vor allem in den Abendstunden, wenn sich der Verkehr beruhigte. Dann hatte sich Bruno im Licht der untergehenden Sonne, die eine milde Wärme schickte, gefühlt, als würde er schweben.

Er erkannte alle Budenbesucher an ihren Stimmen, und da sie sich ständig gegenseitig übertönen wollten, war das meiste der Gespräche gut zu verstehen. Und er blieb seiner Angewohnheit, auf diese Weise an der Lindewitzer Welt Anteil zu nehmen, bis heute treu.

Noch immer saß er gern am offenen Fenster, jetzt meist im Sessel und lauschte dem Singsang der Stimmen. So war er stiller Teilhaber der Budengespräche und wusste, dass auch er auf dem Platz einen Spitznamen hatte: »Der Stumme«.

Erst hatte er unter dem Namen gelitten, aber dann war er zu einer Tarnkappe geworden, denn fast alle setzten stumm mit dumm gleich, fühlten sich überlegen und machten sich über ihn lustig, selbst wenn er vorüberging. Er war kein rachsüchtiger Mensch, aber bei dem Gedanken, dass auch sie eines Tages verstummen und zu ihm auf den Friedhof wechseln würden, verspürte er eine gewisse Genugtuung.

Passend zu seinen Gedanken näherte sich ein Brummen.

Auch das war ein fester Bestandteil der Marktplatzgeräusche. Das Krankenhaus lag direkt neben dem Friedhof und der Platz gehörte zur Einflugschneise der Rettungshubschrauber. Er sah, wie der Hubschrauber seine Kreise zog und zwischen den Häuserzeilen verschwand. Es folgte ein schrilles Aufheulen, dann war es still und er wusste, dass der Hubschrauber auf dem Dach gelandet war.

Oft gab es bald darauf Arbeit für ihn. Das Schicksal mit der roten Mütze war seine Auftraggeberin.

Er blickte nach unten auf den Markt. Und wie immer durchströmte ihn dabei ein Gefühl des Glücks. Sein Viertel lag ihm zu Füßen. In diesen Momenten war er der König von Lindewitz, der seinen Untertanen bei ihrer Arbeit zusah.

Doch plötzlich zuckte er zusammen. Mit schnellen Schritten eilte das Schicksal über den Platz. Es gab keine Zweifel, es war die rote Mütze aus seinem Traum. So sehr er sich mühte, er konnte das Gesicht nicht erkennen. Mit zitternden Händen öffnete er das Fenster und beugte sich hinaus, um besser sehen zu können, und ihm stockte der Atem. Es war nicht das Schicksal, sondern es war sein Schicksal.

2 | IM COCKPIT

Es gibt Dinge, auf die man wartet. Täglich ja, stündlich, doch wenn sie dann eintreffen, ist man überrascht. Als das Telefon klingelte, stand Claudia gerade unter der Dusche. Wahrscheinlich irgend so ein Werbeanruf, dachte sie, wurde dann aber unsicher. War es dafür nicht noch ein wenig zu früh? Würde es jemand wagen, ihr morgens kurz nach acht Uhr einen neuen Handytarif anzubieten, Glücksspiellose oder Zusatzversicherungen? Genervt drehte sie das Wasser ab und lief nackt und nass auf den Flur zum Telefon.

Die angezeigte Nummer mit drei Nullen in der Mitte deutete auf ein Amt oder eine Firma hin. Sie nahm ab und hielt die Luft an. Oft verrieten die Hintergrundgeräusche den Anrufer und bei dem Gemurmel von Callcentern legte sie sofort wieder auf. Doch es klang anders. Es war ein monotones Piepen zu hören, dann hektisches Rufen und Claudia entschloss sich zu einem distanzierten »Hallo?«

Die Antwort kam prompt: »Spreche ich mit Frau Martin?«

Also doch ein Werbeanruf, dachte Claudia und wollte schon wütend »Ich kaufe nichts!« rufen, aber dann sagte die Stimme »Hier ist das städtische Krankenhaus Sankt Johann. Schwester Karin am Apparat.« Und noch einmal jetzt mit Nachdruck: »Spreche ich mit Frau Martin?«

»Ja«, sagte Claudia leise.

»Wir haben hier eine Einlieferung, aus den Unterlagen geht hervor, dass Sie die nächste Angehörige sind.«

»Ist etwas mit meinem Sohn?«

»Nein!«, sagte die Schwester und schien verwundert.

Es gibt absurde Momente im Leben. Wer fragte bei einem Krankheitsfall nach seinem dreißigjährigen Sohn, wenn er eine Mutter im Alter von neunundneunzig Jahren hat?

Seit Jahrzehnten hatte es immer wieder Momente der Sorge gegeben, Schwindelanfälle, Stürze, Embolien, und immer war die Mutter, wie man so schön sagt, »dem Tod von der Schippe gesprungen«. Und warum sollte sie ausgerechnet jetzt, kurz vor ihrem hundertsten Geburtstag, krank werden? Alles war vorbereitet, das Restaurant bestellt, die Einladungen verschickt und die Festtagsrede geschrieben. Fast schien Claudia erleichtert und nannte wie gewünscht zur Bestätigung den Namen und das Geburtsdatum ihrer Mutter und fragte nach den Besuchszeiten.

»Am besten, Sie kommen gleich!«, sagte die Schwester und legte auf.

Wie lange dauert eine Schrecksekunde? Als sich Claudia aus ihrer Starre löste, hatte sich um ihre Füße herum eine kleine Pfütze gebildet. Sie fror und zitterte am ganzen Körper, aber anstatt sich ein Handtuch aus dem Badezimmer zu holen, lief sie mit nassen Füßen über die Dielen ins Schlafzimmer, griff nach einem T-Shirt, warf es wieder in den Schrank und ging zurück ins Bad und nahm sich ein Handtuch. Sie wusste nicht, was sie anziehen sollte, ein Kleid oder Hosen? Und wie sollte sie zum Krankenhaus kommen? Und wo waren die Autoschlüssel? Mühsam gelang es ihr, sich anzuziehen. Sie suchte nach ihrer roten Wintermütze, stülpte sie sich über die nassen Haare und nahm ihren Rucksack. Mit den gewohnten Handgriffen nach Telefon, Portemonnaie, Lesebrille und Wohnungsschlüssel gewann sie ihre Fassung zurück. Der Autoschlüssel lag auf der Konsole neben der Tür. Als sie auf die Straße trat, fiel ihr nicht ein, wo sie geparkt hatte. Sie dachte, dass es vielleicht klüger wäre, ein Taxi zu nehmen, doch der Taxihaltepunkt an der nächsten Kreuzung war leer. Sie rannte zur Straßenbahn, schaffte es gerade so und es dauerte eine Haltestelle, bis sie sich zu dem Fahrkartenautomaten durchdrängeln konnte. Mit immer noch zitternden Händen versuchte sie den richtigen Button auf dem Display zu finden. Vergebens. »Nächste Haltestelle: Lindewitzer Markt!« Als sie ausstieg, ohne bezahlt zu haben, hob der junge Mann neben ihr anerkennend den Daumen.

Wie immer auf diesem Marktplatz überkam Claudia ein merkwürdiges Gefühl. Sie konnte es nicht genau benennen. War es die Wehmut der Erinnerung? Es kam ihr vor wie ein Fotoalbum, das sich gegen ihren Willen wie von selbst aufschlug. Gerade jetzt konnte sie dieses Gefühl überhaupt nicht gebrauchen. Schnell lief sie über die Gleise in Richtung Krankenhaus. Das Klingeln einer entgegenkommenden Bahn schreckte sie aus ihren Gedanken. Sie spürte, dass sie beobachtet wurde, drehte sich kurz um, aber da war niemand, den sie kannte. Sie überlegte kurz und lief dann einen Umweg, um nicht an Benedikts Spätverkauf vorüberzugehen.

Das Krankenhaus lag hinter der nächsten Häuserzeile, gleich neben dem Friedhof, oder lag der Friedhof neben dem Krankenhaus? Die Backsteinmauern bildeten eine einheitliche Front. Claudia irritierten die aufgesprühten Anarchiezeichen, doch sie hatte keine Zeit, die Parolen zu lesen. Die Krankenhausgebäude verteilten sich über ein großes Gelände und trotz vieler Neubauten haftete allem noch der Geist des vergangenen Jahrhunderts an. Wie viele Häuser in Lindewitz waren die ersten Baracken am Ende des 19. Jahrhunderts gebaut worden, gefolgt von Heizhaus, Operationsaal und Wäscherei. Die Nutzung als Lazarett während des Ersten Weltkriegs hatte zu weiteren Anbauten geführt und so war das Krankenhaus immer weiter in den Park hineingewachsen. Und auch wenn Claudia wusste, dass hier nach den neusten Heilmethoden behandelt wurde, hätte es sie nicht gewundert, wenn Ärzte mit langen grauen Bärten in wehenden Kitteln über den gepflasterten Innenhof geeilt wären.

Doch es war keine Zeit für Ressentiments. An der Pforte war das Computersystem ausgefallen. Die Frau hinter dem Schalter zuckte mit den Schultern, leider war keine Zuordnung der Patienten möglich. Auf Claudias Frage nach der Intensivstation, sagte sie nur: »Immer den Wegweisern nach!«

Das Gebäude der Intensivstation lag im hinteren Teil des Geländes. Ein langer Gang mit dem obligatorischen Ölsockel und glänzendem Linoleum, dann die Tür mit einer Milchglasscheibe und dem Schild »Bitte klingeln«. Sie drückte den Knopf und konnte hinter dem Glas kein Geräusch ausmachen. Sollte sie noch einmal drücken? Oder lieber warten? Welche Wartezeit war vor der Tür einer Intensivstation angemessen? Sie wusste nicht einmal, was der Mutter zugestoßen war. Hatte sie einen Unfall gehabt? War sie in ihrer Wohnung gestürzt oder war sie selbst zum Arzt gegangen? Sie hatten täglich einen Telefontermin am Abend, den die Mutter »Rapport« nannte. Genau 18 Uhr, wenn die Mutter ihr Abendbrot beendet hatte, das sie jeden Tag pünktlich 17.30 Uhr mit dem Kommentar »Wenn ich später esse, kann ich nicht schlafen« einnahm, klingelte bei Claudia das Telefon und wehe, sie war nicht erreichbar. Eine Entschuldigung galt nur nach vorheriger Abmeldung. Die Gespräche drehten sich um das Wetter. »Früher hatten wir noch einen normalen Frühling!«, wobei das »früher« durchaus vor dem Zweiten Weltkrieg liegen konnte, benötigte Lebensmittel (»und bring nicht wieder diesen Magerquark«), die Bewertung des Fernsehprogramms (»ich bin zwar alt, aber nicht verblödet«) und Beobachtungen in der Nachbarschaft (»die alte Frau Schubert ist jetzt dement und soll ins Heim«). Dieser Satz beinhaltete drei Worte, auf denen ein Bann stand: »Alt«, »dement« und »Heim«. Alt waren nur die anderen, in diesem Fall Frau Schubert mit ihren achtungsiebzig Jahren, und Demenz war eine Krankheit, die, so die Mutter, nur andere bekamen und niemals sie selbst. Auch in Bezug auf ihre Zwillingsschwester Anne, die deutliche Anzeichen von Demenz zeigte, stand das Wort auf der Verbotsliste. Das verhassteste Wort aber war »Heim«, im zweifachen Sinne. Jahrzehntelang hatte die Mutter in einem Heim, wenn auch für Kinder, gearbeitet und wusste, wovon sie sprach. Heim bedeutete weggesperrt sein, Bevormundung, festgelegte Beschäftigungszeiten und man musste essen, was auf den Teller kam. In diesen Regeln glich sich die Betreuung von Alten und Kindern. Und so gab es von der Mutter eine klare Ansage. »Wenn ich meine Wohnung verlassen muss, dann nur mit den Füßen zuerst.«

Mit einem Ruck öffnete sich die Tür der Intensivstation und Claudia wurde eingelassen. Eine Schwester führte sie in einen kleinen Raum, in dem zwei Stühle standen. Kein Fenster, kein Bild, nur ein Papierkorb und ein Kleiderständer. Hätte es noch ein Bett gegeben, wäre es eine Zelle gewesen. Wieder musste sie warten. Alles um sie herum war still. Sie befand sich in einem Vakuum. So mussten sich Häftlinge kurz vor dem Verhör fühlen. Eine junge Ärztin betrat den Raum nickte Claudia kurz zu und bedeute ihr, dass sie sitzen bleiben sollte.

»Sind Sie die Tochter oder die Enkelin?«

Claudia hätte es als Kompliment nehmen können, aber sie war wie immer bei dieser Frage genervt. Warum sollte eine Neunundneunzigjährige keine sechzigjährige Tochter haben und warum durfte man mit sechzig nicht jünger aussehen? Aber vielleicht war die Ärztin von der roten Wollmütze irritiert. Claudia nahm die Mütze vom Kopf, was ihr Aussehen nicht unbedingt verbesserte, denn die nassen Haare hatten sich in der Wolle verhakt und standen ihr jetzt sprichwörtlich zu Berge.

»Hat Ihre Mutter eine Patientenverfügung?«

»Sie hat gesagt, das hätte noch Zeit.«

Die Ärztin zog die Augenbrauen nach oben. Claudia verkniff sich den Verweis auf Johannes Heesters, den ihre Mutter bei solchen Nachfragen immer angebracht hatte.

»Wir haben sie in ein künstliches Koma versetzt.«

Claudia nickte.

»Sie ist auf der Straße zusammengebrochen. Wir mussten sie reanimieren. Ich vermute einen Hirnschlag.«

»Wie ist sie denn hierhergekommen?«

»Mit dem Krankenwagen.« Überraschend zeigte die Ärztin die Andeutung eines Lächelns. »Sie hatte einen Wäschekorb und einen Handwagen dabei.«

Claudia zuckte zusammen. Wie oft hatte sie ihrer Mutter verboten, allein zur Heißmangel zu gehen. Warum konnte die Bettwäsche nicht drei Tage liegen bleiben? Aber, nein, alles musste sofort gebügelt oder gemangelt werden. Egal ob Tischdecken, Handtücher oder Schlüpfer, es durfte nur wieder in den Wäscheschrank, wenn es faltenfrei glatt war. Claudia hatte in ihrer Jugend gerade noch verhindern können, dass die Mutter die Jeans bügelte.

»Kann ich zu ihr?«

Die Ärztin nickte. »Aber erschrecken Sie nicht, sie hat einige Schürfwunden.«

Weshalb sollte sie sich über Schürfwunden erschrecken, wenn die Mutter einen Hirnschlag hatte? Ganz einfach, Schürfwunden konnte man sehen, ein Hirnschlag war unsichtbar.

Claudia blickte auf das zerschundene Gesicht ihrer Mutter. Sie kam sich vor wie in einem Cockpit. Geräte summten und pumpten, und hin und wieder gab es ein Klacken, das Claudia zusammenzucken ließ. Grüne Kurven auf einem Monitor zeigten an, dass die Mutter lebte. An einem Tropfständer hingen Beutel mit verschiedenfarbigen Flüssigkeiten, die über durchsichtige Schläuche in die Mutter hineinflossen. Und es gab auch einen Schlauch, aus dem Flüssigkeit aus der Mutter heraus in ein Gefäß am Bettende tropfte.

»Hallo«, sagte Claudia und legte ihre Hand auf die Hand der Mutter, die nicht an die Apparatur angeschlossen war und schlaff auf der Bettdecke lag. Die Haut fühlte sich überraschend warm an, obwohl es im Raum eher kühl war. »Hallo Mama!«

Sie hatte sie lange nicht so genannt, sehr lange. In den letzten Jahren hatte sie die Anrede vermieden. Das harte »Mutter« wirkte wie ein Dienstgrad oder freundlich gesehen wie eine Berufsbezeichnung. Beruf: Mutter. Mutti wirkte lächerlich. »Wenn Mutti früh zur Arbeit ging, dann bleibe ich zu Haus, ich bind mir eine Schürze um und feg die Stube aus« hatten sie im Kindergarten gesungen. »Mutti« war jemand der sich um den Haushalt kümmerte, die Kinder erzog und nebenbei noch arbeiten ging. Mutti und Vati waren eine heile Familie, zu der noch das Kind gehörte. In der Pubertät hatte Claudia ihre Mutter mit Vornamen angesprochen, eigentlich ein Signal der Gleichberechtigung, aber in den Augen der Mutter ein Machtverlust. Also hatte sie die Anrede so gut es ging vermieden und als ihr Sohn Benedikt geboren wurde, war aus der Mutter eine Oma geworden, richtig betrachtet nur für ihr Enkelkind, aber schnell wurde daraus ein pauschales »Oma«.

Sie streichelte weiter die Hand und überlegte, was sie jetzt sagen sollte. Floskeln wie »Was machst du nur für Sachen« oder »Wie oft habe ich dir schon gesagt, dass du nicht allein zur Heißmangel gehen sollst« waren in dieser Situation unangebracht. Sie suchte nach etwas Aufheiternden.

»Du hast dir deine römische Nase zerkratzt«, sagte sie leise.

Die römische Nase war für die Mutter der Beweis, dass sie italienischer Abstammung war. Nur sie und niemand sonst in der Familie, auch nicht ihre Zwillingsschwester Anne, was biologisch zwingend gewesen wäre. Nein, nur sie allein trug die fremden Gene in sich.

»O Gott«, dachte Claudia, »die Familie!« und erstellte in Gedanken eine virtuelle Liste von allen Verwandten, die sie sofort anrufen musste. Aber was hieß »sofort«?

Sie war aus der Zeit gefallen, saß im Halbdunkel einer Intensivstation neben dem Bett ihrer Mutter und wusste nicht, was noch folgen würde. Die Ärztin hatte von weiteren Untersuchungen gesprochen, denn noch war die Diagnose »Hirnschlag« eine Vermutung. In welchem Zustand würde die Mutter aus ihrem Koma wieder aufwachen und was wäre, wenn sie nicht wieder aufwachen würde? Auf dem Monitor blinkte plötzlich ein rotes Licht und ein schriller Ton signalisierte Gefahr.

»Hilfe!«, wollte Claudia rufen, aber da ging schon das Licht an, gleißend hell und eine Krankenschwester wechselte routiniert einen Beutel am Tropf.

»Versteht sie es, wenn ich mit ihr spreche?«, fragte Claudia. Die Schwester zuckte mit den Schultern. »Es kann jedenfalls nicht schaden.« Sie sprach weiter ohne Claudia anzusehen. »Wir werden jetzt noch einige Untersuchungen machen. Sie können in zwei Stunden wiederkommen. Es wäre schön, wenn sie einige persönliche Dinge mitbringen könnten.« Der Tonfall ließ keine Widerrede zu.

Gab es einen Unterschied, der größer sein könnte, zwischen dem Halbdunkel einer Intensivstation und dem milden Licht eines Frühsommertages? Claudia lief zurück in Richtung Markt. Für einen Moment sah sie den Platz, wie sie ihn zum ersten Mal als Kind gesehen hatte, der Blick auf die grauen hohen Gründerzeithäuser, die ihr damals überhaupt nicht trostlos erschienen waren. Die Schaufenster der Läden, die jeden Betrachter in ihren Bann zogen, obwohl die Auslagen selten wechselten. Sie blickte nicht in Wehmut zurück. Es war wie eine Haut, die sie abgestreift hatte und die nie wieder passen würde. Ihrer Meinung nach wurde viel zu viel Aufhebens um die Kindheit gemacht, die Kindheit, in der angeblich der Ursprung von so vielen Dingen lag. Und doch konnte sie nicht verhindern, dass es sie berührte. War es der Duft der Lindenblüten, der Anblick der Bude, die frisch geweißt zwischen den Baumstämmen klemmte? Oder war es das Gefühl der Situation im Krankenhaus entkommen zu sein, wenigstens für einen Moment? Sie fühlte sich, wie damals als Kind mit dem Campingbeutel auf dem Rücken auf dem Weg ins Schwimmbad, das überlegte, ob es sich vorher noch an der Bude eine Rolle Drops kaufen sollte. Die Wärme machte frei von unerledigten Hausaufgaben und dem Ärger über den zerbrochenen Füllfederhalter. Sie konnte hüpfen, obwohl sie eine Vier im Diktat geschrieben hatte. Sie fühlte sich leicht, als würde sie schweben, sie suchte nach einem Wort und ihr kam unbeschwert in den Sinn, denn bedeutete unbeschwert nicht, dass man in der Lage war abzuheben, den Zustand kurz vor dem Fliegen? Die Wärme hatte sie damals nicht nur leicht, sondern auch leichtsinnig gemacht: Heimlich war sie durch eine Lücke im Zaun auf das Schwimmbadgelände geschlüpft und hatte sich später für das gesparte Eintrittsgeld eine Rolle Drops an der Bude gekauft. Ein gewagtes Spiel, aber sie war süchtig nach klebrigen Drops und noch heute hatte sie immer Bonbons in ihren Taschen.

Etwas verloren stand sie auf dem Platz. Vor der Bude hatten sich die ersten Männer versammelt oder sie standen noch vom vergangenen Abend dort? Sie sahen zu ihr herüber. Als Kind hatte sie sich vor ihnen gefürchtet, jetzt war es ihr nur unangenehm. Aber wahrscheinlich bildete sie es sich nur ein, denn selbst alte Männer interessierten sich nicht für sechzigjährige Frauen. Außerdem waren sie gerade mit sich selbst beschäftigt und diskutierten lautstark über den Ausgang der »Lindewitzer Prozesse«, in denen es darum ging, eine junge Frau zu verurteilen, die angestiftet haben sollte, Männer mit rechtsradikaler Gesinnung zu vermöbeln. Claudia hatte jetzt andere Sorgen, sie lief weiter und suchte im Gehen nach dem Wohnungsschlüssel der Mutter, den sie immer in ihrem Rucksack trug. Sie fürchtete sich davor, die leere Wohnung zu betreten. Wie viele aus der Familie war die Mutter immer in Lindewitz geblieben und, nachdem alle Kinder ausgezogen waren, nur in eine kleinere Wohnung zwei Straßen weiter gezogen. Gleich um die Ecke von Tante Huldas und Oma Gretas Laden, in dem jetzt Benedikt arbeitete und wohnte. Ich muss ihm Bescheid geben, dass seine Oma im Krankenhaus liegt, dachte Claudia und sie dachte an den Streit während der vergangenen Wochen. Sie konnte nicht verstehen, wieso er alles aufgegeben hatte, die Promotion, die Arbeit an der juristischen Fakultät. Er kam ihr vor wie ein Marathonläufer, der nach zweiundvierzig Kilometern kurz vor dem Stadioneingang aus Trotz stehen bleibt.

Sollte sie bei ihm vorbeigehen oder wäre es einfacher, ihn anzurufen? Und dann war da noch die virtuelle Liste der Verwandten, denen sie Bescheid geben musste. Tante Mausi, der jüngeren Schwester der Mutter, die in einem Heim gegenüber vom Krankenhaus wohnte, und vor allem Anne, der Zwillingsschwester der Mutter, die von ihrem Sohn Claudius betreut wurde. Sie wählte die Nummer ihres Cousins, einmal, zweimal, dreimal. Doch immer kam nur die Ansage »Der Gesprächsteilnehmer ist nicht erreichbar«. Sie setzte sich auf eine Bank auf dem Lindewitzer Markt und dachte, ich bleibe jetzt einfach nur hier sitzen.

3 | ÜBERLEBENSMITTEL

Seit den Vorkommnissen, wie viele im Viertel die Nacht im Februar des vergangenen Jahres nannten, schlief Benedikt unruhig. Seine kleine Wohnung war nur durch eine Holztür vom Verkaufsraum getrennt und schnell über drei Stufen zu erreichen. Es wäre ein Leichtes gewesen, die Tür einzutreten oder sie anzuzünden. Fast täglich dachte er darüber nach, sie durch eine Metalltür zu ersetzen. Bis jetzt war es beim Nachdenken geblieben. Die unmittelbare Nähe der Wohnung zum Laden war immer ein Vorteil gewesen, schon zu Urgroßmutters Zeiten. Er musste selbst über dieses Wort lachen. Er war vor zwei Monaten dreißig geworden und hatte nach einem abgeschlossenen Jurastudium und einer begonnenen Promotion gerade erst den Laden offiziell eröffnet oder, wie man es heutzutage hochtrabend nannte, sein erstes Business gegründet. Sehr zum Entsetzen seiner Mutter, die ihren Sohn lieber als Schlipsträger in einer Kanzlei oder in einer schwarzen Robe hinter dem Richtertisch gesehen hätte. Aber so war das heutzutage nun mal. Wer wusste nach dem Abitur schon genau, was er werden wollte? Sein Zeugnis war sehr gut gewesen und er hatte die Auswahl gehabt. Sollte er als Arzt die Menschen retten, als Politikwissenschaftler die Welt oder als Jurist für Gerechtigkeit sorgen? Er hatte sich für die Gerechtigkeit entschieden. Ein Irrtum. Er stieg die Stufen hinunter zum Laden und stapelte die Getränkekisten neben der Tür. Die Lieferanten nahmen keine Rücksicht darauf, dass er in seinem Spätverkauf bis in die Nacht hinein arbeitete, die Liefertour blieb die Liefertour. Insofern war es ein Luxus gleich neben dem Laden zu wohnen, denn so hatte er keinen Heimweg in der Nacht und konnte sich am Morgen notfalls aus dem Bett klingeln lassen. Eigentlich hätte die Familie doch froh sein können, dass er den Laden vor dem Verfall gerettet hatte. Er hörte das Brummen, mit dem sich der Lieferwagen durch die schmale Straße kämpfte. Er wusste, dass die Fahrer fluchten, wenn sie dem Öko »sein Saftpaket« brachten, wie sie es nannten, aber was konnte er dafür, dass die Straße keine Einbahnstraße war und sie sollten froh sein, dass niemand wagen würde, seinen SUV hier zu parken. Zur Verwunderung der Lieferanten verschob sich der Anteil zwischen Bier und Biogetränken. Mittlerweile waren es ein Drittel zu zwei Drittel. Selbstverständlich wurde noch gesoffen, aber nicht mehr täglich, so wie es die Trinker vor der Bude vorn auf dem Marktplatz taten. Ein Feierabendbier am Morgen gab es in seiner Generation schon lange nicht mehr. Seine Kunden lebten gesundheitsbewusst und guckten selbst bei den Limonaden auf die Zutaten, wenig Zucker und nur natürliche Aromastoffe. Junge Menschen waren wählerisch geworden, und statt Bockwurst verkaufte Benedikt in der Nacht Veggi-Burger aus der Kühltruhe.

Er unterschrieb den Lieferschein und trug die Kästen in den Laden. Wie an jedem Morgen lagen auf dem Gehweg kleine Putzstücke, das Haus war noch unsaniert, eines der wenigen in der Gegend. Er kickte den Putz in den Rinnstein, nur nicht auffallen und womöglich die Aufmerksamkeit der Baubehörde auf sich ziehen. Alles sollte möglichst noch lange so bleiben, wie es seit vielen

Jahrzehnten war. An der Fassade war noch der alte Schriftzug zu sehen »En gros en detail« und darunter »Obst – Gemüse – Südfrüchte«. Die Schrift war verblichen, aber wer sich mühte, konnte es noch erkennen. Neben der Kasse hing in Gold gerahmt ein Foto, das die Schwester seiner Urgroßmutter zeigte. Greta, genannt Gretchen, was bei der Leibesfülle sehr schmeichelhaft klang, mit ihrer Tochter Hulda auf den Stufen vor der Ladentür. Mutter und Tochter in gestärkten weißen Schürzen die Bänder mit Rüschen verziert. Das Gretchen, die Hände in die Hüften gestemmt, was ihre Figur, die in der Familie mit »so hoch wie breit« beschrieben wurde, in Richtung »breit« verstärkte, war ein Fels in der Handelsbrandung. Den Blick hatte sie unternehmungslustig auf den Betrachter gerichtet. Hulda dagegen machte ihrem Namen Ehre und blickte huldvoll in Richtung Kamera. Ein Bein leicht vorgestellt, eine Hand an der Hüfte, die andere Handfläche kokett unter das Kinn gelegt, aus heutiger Sicht wäre es eine perfekte Tiktok-Pose. Auf der Schaufensterscheibe im Hintergrund stand in goldenen Buchstaben: »Inhaber: Greta Sachse verw. Melchor«.

Gretas Rückkehr in die Heimat war kein Zufall gewesen. Eine Geschichte, die auf keiner Familienfeier unerzählt blieb. Benedikt kam es vor, als hätte er Gretas Ankunft selbst erlebt, so oft hatte es Tante Mausi, die damals fünf Jahre alt gewesen war, erzählt. Die Frau im Pelzmantel, damals noch schlank, trug einen Hut, der wie ein Turm auf ihrem Kopf saß, neben ihr standen auf der einen Seite ein monströser Koffer, auf der anderen Seite die kleine Hulda, die einen Wollmantel mit Pelzkrägelchen und – das beschwor Mausi bis heute – goldene Lederstiefelchen trug. Die reiche Verwandtschaft. Greta hatte mit nur zwanzig Jahren eine gute Partie gemacht und in eine Hotelbesitzerfamilie im Vogtland eingeheiratet. Das Hotel war das beste Haus am Platz, die Zimmer waren mit fließendem Wasser und elektrischem Licht ausgestattet und im Speisesaal konnten über einhundert Gäste gleichzeitig bewirtet werden. Auf den Postkarten, die sie in regelmäßigen Abständen an ihre in Lindewitz zurückgebliebene proletarische Familie geschickt hatte, waren weiß gedeckte Tische zu sehen, auf denen schweres silbernes Besteck, kunstvoll gefaltete Leinenservietten und edles Porzellan standen. Die Kellner trugen weiße Hemden und schwarze Fliegen und die mit Pomade fixierten Haare waren exakt gescheitelt. Sie guckten in Richtung der Fotografen, während sie die Weingläser füllten, und Benedikt, der als Kind gern in den alten Alben blätterte, hatte immer bewundert, dass sie den Wein nicht daneben gossen. Greta galt als eine, die es geschafft hatte, die ganz oben war und dann plötzlich mit Koffer und Kind vor der Wohnungstür ihrer viel ärmeren Schwester stand.

Seit er diesen Laden übernommen hatte, waren ihm die Familiengeschichten wieder nähergerückt. Dieser Laden, der in der Familiensprache »Das Geschäft« hieß, hatte die Tiefen und Höhen deutscher Geschichte überraschend schadlos überstanden. Und egal, ob jemand in ein Büro oder eine Werkstatt ging, die Formulierung »ich gehe ins Geschäft« hatte sich bis heute in der Familie gehalten. Und selbst als er zu Beginn seines Studiums, nach Huldas Tod, in die kleine Wohnung gezogen war, hatte es geheißen, der Benedikt wohnt jetzt im Geschäft. Zu diesem Zeitpunkt war der Laden nur noch ein Lagerraum für die benachbarte Eisenwarenhandlung gewesen, die aber kurz darauf Insolvenz anmelden musste. Auf diese Weise hatte Benedikt einen Raum dazugewonnen, den er mit Freunden für Partys nutzte. Die Ladentafel war der Tresen und die Flaschen und Gläser stellten sie in die Regale dahinter. Irgendwann hatten sie die Sperrholzverkleidung von der Schaufensterscheibe entfernt und die Eingangstür repariert. Danach sah es aus wie ein richtiger Laden, und wenn sie nachts feierten, kam es vor, dass jemand klopfte und Getränke einkaufen wollte, die sie dann großzügig mit einer entsprechenden Gewinnspanne abgaben. Durch diesen Zuverdienst hatten sie ihre Feiern finanziert. Doch mit der Zeit hatten immer mehr durstige Seelen Einlass begehrt, und um als angehende Juristen im Rahmen der Gesetze zu bleiben, hatten sie den Gewerbeschein für einen Spätverkauf beantragt. Das war der Anfang gewesen.

Benedikt prüfte die gelieferten Kästen und trug den Wareneingang in eine Tabelle auf seinem Laptop ein. Dann nahm er das Päckchen mit dem Tabak von der Ladentafel und setzte sich auf die Stufen vor der Eingangstür. »Rauchen und Siezen verboten« stand auf einem Schild, dass ihm die Freunde zur Geschäftseröffnung geschenkt hatten. Das Rauchverbot galt auch für ihn selbst, ein verqualmter Laden lud nicht zum Kaufen ein. Er streckte die Beine auf den Gehweg und sah auf seine ausgeleierten Socken. Greta und Hulda würden den Kopf schütteln, wenn sie ihn so sähen. Ein löchriges Shirt, Bermudashorts und Socken in Badelatschen. Er war sehr dünn, was ihm in seiner Familie den Namen der Ganker eingebracht hatte. Schuld waren seine dünnen Arme und Beine und sein Großvater hatte in seiner uncharmanten Art einmal gesagt: »Mit deinen Kniescheiben kann man Brot schneiden.« Der Ganker war in der zu üppigen Figuren neigenden Familie aus der Art geschlagen. »Von wem er das nur hat?«, wurde immer wieder gefragt. Und hinter dieser Frage lauerte eine andere Frage, die alle in der Familie umtrieb, die Frage nach seinem Vater. Seine Mutter schwieg auch nach dreißig Jahren beharrlich.

Selbstverständlich gab es immer wieder Gerüchte oder besser ein Gerücht, denn alles mündete in der zwar geflüsterten und doch hörbaren Vermutung, dass Onkel Claudius sein Vater wäre. Das Wort Inzest hatte ihn durch seine ganze Kindheit begleitet und er hatte lange nicht begriffen, was es bedeutete. Seine Mutter Claudia und ihr Cousin Claudius waren gemeinsam aufgewachsen, eine Sandkastenfreundschaft, nein, eine Sandkastenverwandtschaft, die bis zum heutigen Tag gehalten hatte. Claudius hatte ihn umsorgt wie einen Sohn. Das war keine Floskel, sondern die Wahrheit. Er war mit ihm auf den Spielplatz gegangen, ins Schwimmbad, in den Zirkus, hatte ihm bei den Hausaufgaben geholfen, seine Geburtstage vorbereitet, die ganze Palette aus Gutenachtgeschichte – Sommerurlaub – Wirhabenunslieb. Die wenigsten Kinder in seiner Klasse hatten einen derart verständnisvollen Vater. Und doch. Claudius war immer nur der Ersatz für ein Phantom gewesen.

Benedikt drückte seine Zigarette auf der Fensterbank aus und warf die Kippe in den Kasten an der Hauswand. Ein Briefkasten für Zigarettenkippen, das hatte er sich in Irland abgeguckt. Auf dem Verkaufstresen stand ein Glas mit Himbeerbonbons wie eh und je seit Gretas Zeiten. Grünschimmernd, etwas bauchig mit Glasdeckel, das Benedikt immer wieder neu befüllte. Auf den wenigen Fotos, die es von der Geschäftseröffnung gab, war es deutlich zu erkennen, gleich neben der Registrierkasse mit der großen Kurbel.

Nach dem frühen Tod ihres Manns hatte sich Greta, ihren Anteil an dem Hotel, in das sie erst zehn Jahre zuvor eingeheiratet hatte, auszahlen lassen und sich mit ihrer dreijährigen Tochter Hulda auf die Reise gemacht. Zurück in den Schoß der Familie, wie man das nannte.

Den wahren Grund für die plötzliche Rückkehr erfuhr die Familie erst viel später. Noch während ihr Mann lebte, hatte Greta, wie hinter vorgehaltener Hand erzählt wurde, ein Techtelmechtel mit dem Weinhändler gehabt, der das Hotel beliefert hatte. Er hatte ihr schöne Augen gemacht, eine Formulierung, die Benedikt in seiner Kindheit merkwürdig fand. Wer hatte die schönen Augen bekommen? Der Weinhändler? Oder Tante Greta, die wirklich schöne Augen hatte und mit ihrem durchdringenden Blick jeden zum Schweigen bringen konnte. Aber wahrscheinlich war es nicht bei den schönen Augen geblieben, denn die kleine Hulda hatte keinerlei Ähnlichkeit mit ihrem Vater. Es wurde gemunkelt, dass Urgroßvater Rudolph, Gott hab ihn selig, aus Kummer darüber der Schlag getroffen hatte. Welcher Schlag? Auch das war eine Formulierung, die viel Deutungsspielraum ließ. Als Jurist war Benedikt auf eine eindeutige Sprache fixiert gewesen, aber jetzt, da er diesen Teil seines Lebens hinter sich gelassen hatte, freuten ihn diese Unklarheiten umso mehr. Der Deutungsspielraum, den Umgangssprache zuließ, war grandios. Wie sollte man den Satz »Greta hat ihre Schecke gepackt und hatte sich auf die Bahn gesetzt« in eine andere Sprache übersetzen?

Die »Schecke« war der Pappkoffer, der seit fast einhundert Jahren auf dem Kleiderschrank im Flur lag. Er war das Symbol für einen Neuanfang in Lindewitz gewesen. Ein Fossil aus einer anderen Welt, in der Rollenkoffer noch nicht erfunden waren. Ein Koffer von beeindruckender Dimension aus beige lackierter Pappe, die Ecken verstärkt und mit Nieten fixiert. Die Schnappschlösser wirkten wie Augen, der Ledergriff wie ein Mund und die Riemen sorgten dafür, dass das Gesicht nicht auseinanderfiel. Immer wenn Benedikt diesen Koffer sah, stellte er sich von, wie Greta dieses Pappmonster aus dem Vogtland bis nach Lindewitz gewuchtet hatte. Benedikt hatte sich auch vorgestellt, dass der Koffer voller Geld gewesen sein müsste, denn Urgroßmutter Greta hatte nicht nur den Laden, sondern gleich das ganze Haus gekauft und damit den Grundstein für den Familienbesitz gelegt.

Aber vielleicht war es ganz anders gewesen, denn wie sich später herausstellte, waren es weniger die Sehnsucht nach Lindewitz, sondern die Liebesversprechungen des Weinhändlers gewesen, die Greta mit ihrer Tochter Hulda zur Heimkehr bewegten. Der, wie sich aber dann vor Ort herausstellte, bereits verheiratet gewesen und zur Trennung nicht bereit gewesen war. Da hatten auch die schönen Augen nicht mehr geholfen. Wenigstens hatte er Greta beim Aufbau einer neuen Existenz geholfen. Die vorgeschlagene Weinhandlung lehnte sie empört ab und so wurde es ein Gemischtwarenladen, dem mit der Werbung »En gros en detail« eine gewisse Weltläufigkeit verliehen wurde. Dafür war es allerdings die falsche Gegend, und die Parole hieß fortan, in den einheimischen Dialekt übersetzt, in einem Wort »Engroseindedei«. Der Gedanke, dass dieses Geschäft das Resultat einer verschmähten Liebe war, gefiel ihm. Früher reiste man den Männern hinterher, heute der Arbeit.

Jetzt stand schlicht »ben's« auf dem Schaufenster und auf den Brettern, die das gesprungene Glas fixierten, ÜBERLEBENSMITTEL. Spätverkauf wäre ihm zu profan gewesen und wer sagte schon »Ich gehe in den Spätverkauf«. Und sich »Späti«, wie sein Laden in der Umgangssprache hieß, auf die Schaufensterscheibe zu kleben, wäre ihm so peinlich gewesen, wie seine Kunden mit »Hallöchen« zu begrüßen und mit »Schaui« zu verabschieden

Die Menschen hatten keinen Respekt mehr vor der Sprache. Von Kindheit an ekelte er sich vor bestimmten Worten und die digitalen Botschaften aus dem Netz, die durch grammatikalische Verstümmelung modern erscheinen wollten, waren ihm ein Graus.

Er nahm zwei Himbeerbonbons aus dem Glas. Eins für Tante Hulda, eins für Uroma Greta. Während anderen Kindern Süßigkeiten oft verboten wurden, durfte Benedikt so viel davon essen, wie er wollte, Hauptsache er aß überhaupt etwas. Seine Spinnenarme hatten während seiner gesamten Kindheit dazu geführt, dass ihn alle mästen wollten.

Während andere Eltern ihre Kinder von Fastfood-Ketten fernhielten, wurde er regelrecht genötigt, Burger und Pizza zu essen, und hätte drei Portionen Pommes frites hintereinander bestellen dürfen, wenn er nur gewollt hätte. Aber das Kind aß schlecht. Selbst Süßigkeiten lehnte er ab, seine einzige Schwäche waren Tante Huldas Himbeerbonbons. Tante Hulda, die zur Zeit seiner Geburt längst nicht mehr wie das fesche Mädchen auf dem Foto aussah, war da bereits im Rentenalter gewesen, hatte sich aber die Wiedereröffnung ihres Ladens, in dem sie lange Zeit als Angestellte der Konsumgenossenschaft gearbeitet hatte, nicht nehmen lassen. Einmal Kapitalismus zum Sozialismus und zurück. Wobei die Rückkehr anders ausgefallen war, als erwartet. Einst umworben und regelrecht um Obst und Gemüse angebettelt, war sie auf dem harten Boden der Marktwirtschaft gelandet, ja regelrecht aufgeschlagen, wofür ein immer wieder gern von Tante Mausi, kolportiertes Verkaufsgespräch ein schönes Beispiel war.

Kundin: »Ich hätte gern Äpfel.«

Hulda: »Wieviel?«

Kundin: »Zwei.«

Und Hulda hatte die Schüssel von der Waagschale genommen und die Äpfel aus der Kiste hinein geschaufelt.

Und die Kundin rief entsetzt: »Nein, nein, nicht zwei Kilo, zwei Stück!«

Und Hulda stutzte und antwortete: »Und vielleicht noch drei Weintrauben und eine halbe Birne dazu?«

Sie hatte sich gegen das neue Kaufverhalten gewehrt und das Sortiment umgestellt. Es bunt gemischt, von Süßigkeiten, über Getränke, Obst und Gemüse bis hin zu Servietten und Nippes-Figuren. Jetzt stimmte der Begriff »Gemischtwarenladen« wirklich. Kisten um Kisten stapelten sich in dem winzigen Lager, nahmen die Ladenwohnung in Beschlag. Hulda wehrte sich gegen den Ruin, indem sie immer neue Waren kaufte, jedes Mal in der Hoffnung, dass irgendetwas doch mal »gut gehen« müsse. Doch die Euphorie der ersten Monate, dass plötzlich alles zu haben war, war schnell verflogen, die Kauflust ließ deutlich nach. Nach dem Mauerfall hielten Worte wie Arbeitslosengeld und Arbeitsbeschaffungsmaßnahme Einzug in den Lindewitzer Sprachgebrauch. In diese Zeit, die viele als Aufbruch empfanden, andere als einen Zusammenbruch, war Benedikt hineingeboren worden. Während viele Kinder in den Jahren nach dem Mauerfall vernachlässigt wurden, weil ihre Eltern und Großeltern mit sich selbst beschäftigt waren, stritten sich seine Omas und Tanten um seine Gunst.

Wenn seine Mutter Claudia, die in der neuen Welt als Touristenführerin arbeitete, weil sie ihre Stelle am Fremdspracheninstitut verloren hatte, nach Kindergartenschließung noch Menschen durch die Stadt führen musste, wurde er eben »im Geschäft« abgegeben. Fotos zeigten ihn lachend im Kinderwagen zwischen Kisten mit Liebesperlen, Lambrusco und Instantnudeln. Und immer, wenn Tante Hulda oder Tante Mausi, die oft im Laden aushalf, an seinem Wagen vorbei gingen, versuchten sie, ihm etwas in den Mund zu stecken. Ein Scheibchen Banane, ein Stückchen Schokolade. Doch er nahm einfach nicht zu.

Der Satz »Iss Junge, iss!« begleitete ihn durch seine Kindheit und Jugend. Die Hoffnung, dass sich seine Magerkeit »verwachsen« würde, trat nicht ein. In der Pubertät versuchte er mit Hantelübungen seine Oberarme zu kräftigen, aber auch nur mit mäßigem Erfolg. Und auch jetzt brachte das ständige Heben der Kisten keine Muskelmasse.

Benedikt sah den Dönerverkäufer gegenüber seine neue Schaufensterscheibe putzen. Er hatte das zerschlage Glas gleich nach dem Überfall ersetzen lassen. Benedikt stritt noch immer mit der Versicherung über den Schadensausgleich, denn die Täter waren bekannt und konnten haftbar gemacht werden. Wenn man es gewollt hätte. Aber fast alle Angeklagten waren nach einem Deal zwischen Verteidigung und Staatsanwaltschaft straffrei geblieben. Die »Hinterzimmerprozesse«, wie sie im Viertel genannt worden, waren leise über die Bühne gegangen und Benedikts Anfragen an das Gericht unbeantwortet geblieben. Und so war es auch ein wenig Trotz, dass er die Schaufensterscheibe noch nicht repariert hatte. Sollten doch alle sehen, was in diesem Land angerichtet wurde.

4 | HIMMEL UND HÖLLE

Wenn Bruno die Haustür öffnete und auf den Marktplatz trat, war ihm, als betrete eine Bühne. Jetzt war er Bestandteil der täglichen Aufführung. Bewusst setzte er einen Fuß vor den anderen. Er kannte jede Unebenheit auf den Gehwegen, lockere Pflastersteine, hervorstehende Gullideckel. Er ging nicht direkt zum Friedhof, sondern nahm einen kleinen Umweg über die Spitalstraße, um die Begegnung mit den Budenbesuchern zu vermeiden. Er hatte keine Lust auf ihre Bemerkungen, von denen »Hey Stummer! Sag was!« noch das Harmloseste war. Er bog in seine Lieblingsstraße ein, jedenfalls war sie es bis vor einigen Monaten gewesen. Jetzt war sie eine schmerzende Wunde.

Das Schaufenster des Buchladens, in dem er viele Stunden seiner Kindheit verbracht hatte, war vernagelt. Die alte Frau Wilhelm hatte aufgegeben. Nicht freiwillig, sondern weil man ihr die Scheiben eingeschlagen hatte.

Es war ein schmales Schaufenster, in dem früher die Bücher auf einer eigens dafür anfertigten Holzkonstruktion fast senkrecht übereinander standen, und vor diesem Regal gab es je nach Jahreszeit eine Dekoration. Zu Weihnachten einen Pappweihnachtsmann und einen kleinen künstlichen Weihnachtsbaum, zu Ostern Nester mit buntbemalten Eiern, im Herbst gepresste Blätter und ein Körbchen mit Kastanien und Eicheln. Eine Lichterkette, die von innen an der Scheibe festgemacht war, beleuchte in der Dunkelheit das Fenster. Im Frühjahr und Sommer waren es beleuchtete Blumen, im Herbst eine beleuchtet Weinlaubkette. An Frau Wilhelms Schaufenster konnte jeder, der vorüberging, die Jahreszeiten ablesen. Als die Steine in die Scheibe flogen, trafen sie auch den Schneemann aus Filz und die Lichterkette mit den Eiskristallen.

Er erinnerte sich gut an jenen Abend. Es war während der Tagesschau, als er vom Marktplatz her Schritte hörte, kein Marschieren, aber doch das Laufen einer größeren Menge. Ein Pulk von zweihundert, dreihundert Menschen, der Statur nach Männer, alle in dunklen Kapuzenpullovern bewegten sich schweigend über den Platz. Er sah das Plakat mit der Aufschrift »Lindewitz bleibt helle« und dachte, dass es eine der hin und wieder stattfindenden Demonstrationen der Linken war, die sich aus den verbliebenen Hausbesetzern, Punks, Umweltschützern und ihren Sympathisanten rekrutierten. In den vergangenen Jahren waren »Rechts« und »Links« wieder Begriffe geworden, denen sich die Menschen zuordneten und die sie polarisierten. Wobei Lindewitz seit seiner Erbauung ein proletarisch dominiertes Viertel war, in dem auch gern mal einer verprügelt wurde, der nicht dazugehörte. Es würde nicht lange dauern, bis die Polizei kommen würde. Er ging ins Badzimmer und öffnete das Fenster. Von hier aus konnte er die dahinterliegende Straße einsehen, an deren Ecke das Polizeirevier lag. Wenn sich die sogenannten Autonomen zu einer Kundgebung trafen, standen dort die Schützenpanzerwagen und Wasserwerfer bereit. Doch es war nichts zu sehen. Nur ungewöhnlich viele geparkte Autos, die auch auf dem Parkplatz des bereits geschlossenen Supermarkts standen. Merkwürdig, dachte er und dann hörte er die röhrenden Schreie und rannte zurück in sein Wohnzimmer. Eine von Fackeln beleuchtete Meute zwängte sich vom Marktplatz in die schmale Spitalstraße. Er hörte Glas splittern und sah wie brennende Feuerwerksraketen auf den Dächern landeten. Und ein Wort löste sich aus der Masse und stieg zu seinem Fenster empor, wieder und immer wieder und er konnte nicht glauben, was er hörte, aber es war unmissverständlich: »Volksverräter! Volksverräter!«

Das waren Rechte, verkleidet als Autonome. Der Wolf im Schafspelz zwängte sich durch Lindewitz. »Ich muss die Polizei rufen«, dachte er. Aber was sollte er sagen. »Hi-hi-hilfe, ein Ü-ü-ü-ü-b-e-e-e-e-r-f-a-l-l«? Je aufgeregter er war, umso mehr stotterte er. Wer würde so einen Anruf ernst nehmen? Also blieb er starr am Fenster stehen und hörte zu, wie das Gegröle durch sein Königreich zog. Hinter ihm wünschte die Tagesschausprecherin allen Zuschauern noch einen schönen Abend.

Als Kind hatte er geglaubt, Frau Wilhelm wäre aus Papier. Schon als junge Frau hatte sie etwas Vergilbtes, Staubiges und wenn sie lief, raschelte es, als würden Buchseiten umgeblättert. Frau Wilhelm war ihm immer alterslos erschienen, aber vielleicht lag es an der Brille, die ihr Gesicht dominierte. Die Augen wurden durch die dicken Gläser vergrößert und ihr Blick wirkte wachsam und hilflos zugleich.

Die Besuche bei Frau Wilhelm waren Brunos Geheimnis gewesen. Meist ging er sofort nach der Schule in ihren Laden, half ihr beim Auspacken der Kisten, denn in Zeiten, in denen ein

Buch nur wenig kostete, war die Verkaufsmenge groß. Fast täglich kamen Pakete, wobei die Lieferungen die Nachfrage oft nicht decken konnten. Er lebte in einem »Leseland«, wie stolz von den Kulturfunktionären behauptet wurde.

Im Haushalt seiner Mutter, nach deren Meinung »das schönste Buch das Sparbuch« war, gab es keine Bücher. Nur unwillig unterschrieb sie das Aufnahmeformular für die Leihbücherei und auch nur, weil Bruno ihr gesagt hatte, dass er die Bücher für den Deutschunterricht brauchen würde. Die Mutter betrachte die »Schwarten«, die er mit nach Hause brachte, mit Argwohn Und als er einmal vergessen hatte, den Mülleimer hinunterzubringen und sie ihn beim Lesen erwischte, hatte sie das Buch genommen und aus dem Fenster auf den Markplatz geworfen und ausgerechnet Butterweich, der mit seinem Holzbein zur Bude hinkte, damit am Kopf getroffen.

Selbstverständlich hatte sie Bruno die Schuld gegeben, er war der ungezogene Junge, der mit Büchern nach Behinderten warf. Wer hätte ihm geglaubt, dass seine Mutter das Buch aus dem Fenster geworfen hatte?

So geht man nicht mit Bibliotheksbüchern um, war ihm vorgehalten worden, und er hatte sich danach nicht mehr in die Leihbücherei getraut und sehr unter diesem Verlust gelitten.

Frau Wilhelms Buchladen lag auf seinem Schulweg und oft stand er sehnsüchtig vor dem Schaufenster und sah die Bücher an. Und wie durch ein Wunder stand eines Tages die Ladentür offen und Frau Wilhelm bat ihn herein. Er durfte sich in das kleine Hinterzimmer setzen, sich ein Buch aussuchen und lesen. Er musste ganz vorsichtig umblättern, denn die Bücher sollten ja noch verkauft werden. Auch Frau Wilhelm las, wenn niemand im Laden war. Dann saßen sie schweigend jeder in einer Ecke und fühlten sich auf wundersame Weise vereint.

Bruno strich im Vorbeigehen über den Schaufenstersims, auf dem sich der herabfallende Putz seit dem Überfall sammelte. Er wusste nicht einmal, wo Frau Wilhelm wohnte und ob sie Familie hatte. Gestorben war sie noch nicht, denn dann hätte er sie auf seinem Friedhof begraben müssen.

Auch der Laden daneben war geschlossen, allerdings schon seit Jahren. In Zeiten der Baumärkte brauchte niemand mehr eine Eisenwarenhandlung. Danach kam der Laden der alten Hulda. Er sah den Jungen die Getränkekisten hineintragen. Der Anblick rührte ihn, wie dieser dünne, große Mensch die Kisten schleppte. Ach, der Junge, dachte er und spürte ein leichtes Ziehen in der Magengegend.

Der Laden war ihm vertraut. Hulda und auch Tante Mausi hatten ihm als Kind immer Himbeerbonbons zugesteckt. Eins in den Mund und eins für unterwegs, obwohl sie wussten, dass er gleich am Marktplatz wohnte. Auch hier hatten sie die Schaufensterscheibe eingeschlagen und die Bretter auf der zerschlagenen Scheibe erinnerten alle Lindewitzer, die hier entlangliefen, an »die Vorkommnisse«. Erst vor einige Zeit hatte der Junge, den die Budenbesucher wegen seines Vornamens Benedikt den »Papst« nannten, einen Spätverkauf eröffnet. Was auf dem Marktplatz mit dem Satz »Der Papst eröffnet einen Spätverkauf in Lindewitz« kommentiert wurde.

Das Büro des FC Lindewitz auf der gegenüberliegenden Straßenseite war komplett zerstört worden. Zwar waren die Tür und die Scheiben neu eingebaut, aber die Rußspuren an der Fassade, die sich bis in die erste Etage zogen, erinnerten an den Brand. Bruno konnte nicht verstehen, warum dieser Traditionsverein, dessen Spiele er schon als Kind besucht hatte, immer wieder Hass auf sich zog.

Er sah Tante Mausi, die jetzt auch in das Heim, in dem seine Mutter wohnte, gezogen war, mit ihrem Rollator an dem Vereinsbüro vorübergehen. Bruno dachte, dass es sie besonders schmerzen müsste, denn ihr Mann, den alle in Gedenken an seine Flanken Butterweich nannten, hatte einst in diesem Verein gespielt. Aber da war Bruno noch nicht einmal geboren und Butterweich hatte noch zwei gesunde Beine. Nun lag Butterweich schon zehn Jahre lang auf dem Lindewitzer Friedhof. Tante Mausi lief langsam, aber stetig und da sie kugelrund war, sah es aus, als würde sie dem Rollator hinterher rollen. Bruno winkte zu ihr hinüber. In seiner Kindheit hatte sie in Huldas Laden ausgeholfen, korpulent, aber behände. Alle im Laden nannten sie Tante Mausi. Hulda, die gern andere kommandierte, hatte es besonders auf Mausi abgesehen, die ihre Befehle willig ausführte. »Mausi, hol die Kiste mit dem Blumenkohl, Mausi wieg das Sauerkraut ab!«

Bruno drehte sich noch einmal um und sah, wie Tante Mausi die Straße in Richtung des Spätverkaufs überquerte und der Junge aus dem Laden trat, um ihr entgegenzugehen.

Bruno bog um die Ecke, lief an der Krankenhausmauer entlang auf den Friedhofseingang zu. Ihn umfing Blütenduft, die Bienen summten, die Vögel zwitscherten und die pastellfarbenen Rhododendronblüten wirkten im Kontrast zu den robusten dunkelgrünen Blättern wie aus hauchdünnem Porzellan. Er hatte noch nie bemerkt, dass sie so stark dufteten. Die Natur protzte selbst auf dem Friedhof mit frühsommerlicher Wucht. Der von den Rhododendren gesäumte Kiesweg führte zur Friedhofskapelle. Dahinter versteckt lag das niedrigere Haus der Friedhofsverwaltung. Seit die Verwaltungsunterlagen digitalisiert worden waren, arbeiteten viele Mitarbeiter zu Hause und an Tagen, an denen es keine Beisetzungen gab, hatte er den Friedhof am Vormittag meist für sich allein.

Am heutigen Tag stand Grabpflege auf seinem Dienstplan. Es gab Angehörige, die nicht mehr hier im Viertel wohnten oder in andere Städte gezogen waren und denen der Weg einfach zu weit war. Andere empfanden den Gang auf den Friedhof als lästig, wollten aber ein gepflegtes Grab haben, nicht nur aus Liebe zu ihren Angehörigen, sondern damit die Leute in Lindewitz nicht redeten. Auch Grabpflege war ein Wettbewerb. Meist bestand die Bepflanzung aus immergrünen, in Form geschnittenen Sträuchern zwischen einem Kiesbett oder schräg liegenden Schieferplatten. Ihm war eine Bepflanzung mit Blumen lieber. War es nicht schöner, man trat an ein blühendes Beet und gedachte seiner Lieben? Seit ein kleiner Junge einmal gerufen hatte »Ich muss noch Papas Beet gießen«, nannte er die Gräber seiner Anvertrauten »meine Beete«. Im Grunde genommen war ein Friedhof wie ein Garten. Er konnte Rasen mähen, Hecken stutzen, Bäume verschneiden, Wege harken. Er war immer an der frischen Luft und wurde auch noch bezahlt dafür. Im Gegensatz zu Kleingartenanlagen drehte hier niemand sein Radio auf, es gab keinen beißenden Qualm vom Grill und keine Betrunkenen. Außerdem war der Friedhof eine Quelle von Geschichten. Bei den Trauerfeiern wurde aus dem Leben des jeweiligen Toten erzählt und er erfuhr vieles, was er vorher von der Person nicht gewusst hatte. Familiäre Verstrickungen, das kriminelle Vorleben, die berufliche Karriere.

Wer wusste, dass der redselige Versicherungsvertreter, den alle den Kapitän nannten, weil er jahrelang zur See gefahren war, nicht einmal schwimmen konnte? All die Geschichten von fernen Ländern, die er seinen getreuen Zuhörern vor der Bude erzählt hatte, waren erfunden. Trotzdem hatte seine Familie, so wie es sein Wunsch gewesen war, einen Dreimaster in seinen Grabstein gravieren lassen und unter seinem Namen stand: »Schiff ahoi«. Auch die Kaiserin von China war nicht, wie vorgegeben, Bürokraft bei der Stadtreinigung, sondern Sekretärin in der Bezirksparteileitung gewesen, eine Tausendprozentige, wie hinter vorgehaltener Hand in der Kapelle getuschelt wurde. Gleich neben der Kaiserin von China lag das Känguru. Ein Angeber, der vor den Frauen immer mit einem Vermögen geprotzt hatte, obwohl jeder wusste, dass sein Konto ständig überzogen war. Das hatte ihm auch seinen Namen eingebracht: »Große Sprünge, aber nichts im Beutel«. Auf der anderen Seite lag der Besamer, ein rothaariger Bademeister, der durchaus etwas im Beutel gehabt hatte und – wie sich bei der Beerdigung zeigte – seinen Namen zu Recht trug. Auch wenn alle wussten, dass er im Viertel wilderte, waren sie doch überrascht, als an seinem Grab plötzlich ein Dutzend fremde rothaarige Trauergäste erschienen, die alle vorgaben, sein Kind zu sein. Seine Witwe hatte nach einem kurzen Schock alle zur Trauerfeier in die »Linde« eingeladen, und so war aus diesem unverhofften Kennenlernen am Grab eine fröhliche Feier geworden, auf der alle ihre Lebensgeschichten erzählten und lange nach Mitternacht in rothaariger Eintracht das Lokal verließen. Im Grunde genommen war daraus für die Witwe eine Erfolgsgeschichte geworden, denn unter den unbekannten Kindern waren ein Fliesenleger, ein Klempner und ein Malermeister gewesen, die sich aus

Dankbarkeit, nicht verstoßen worden zu sein, rührend um ihre Stiefmutter kümmerten. Das war eben Lindewitz, manche Probleme lösten sich auf unerwartete Weise.

So auch das Problem von Tante Mausi, die ihrem Butterweich seine Beinprothese mit ins Urnengrab geben wollte. Es gab ein Einäscherungsverbot für Beinprothesen, was sie nicht gewusst hatte, und sie musste die Prothese wieder mit nach Hause nehmen, brachte sie aber ganz selbstverständlich zur Beisetzung mit auf den Friedhof. Bruno hatte davon nichts geahnt und das Urnengrab wie in der Friedhofsordnung vorgeschrieben in einer Tiefe von achtzig Zentimetern ausgehoben. Als die Urne versenkt war, blieb nur noch ein halber Meter bis zur Oberfläche und der Prothesenfuß, den Tante Mausi mit ins Grab legte, guckte über den Rand hinaus. Bruno hatte dann einen kleinen Wall über das Butterweichgrab geschaufelt, das sich so über die anderen Urnengräber erhob. Bruno fand diese Lösung gut, denn er hatte Butterweich sehr gemocht.

Bruno hatte seine Lieblingsecken. Er mochte den hinteren Friedhofsteil mit den Familiengruften, die etwas Ehrwürdiges ausstrahlten, und die Gräber auf der Nordseite, die noch richtige Grabsteine hatten. Die Urnengräber dagegen waren nur von schlichten Steinplatten bedeckt, auf denen meist nur der Name und die Lebensdaten standen, kein »Geliebt und unvergessen«, kein Hinweis auf den Beruf oder die Passion des Verstorbenen. Es gab auch Gräber, die niemand besuchte und für die es keinen Pflegevertrag gab. Auch um die kümmerte sich Bruno persönlich. Er pflegte freiwillig das Grab seines Deutschlehrers, der lange an ihn geglaubt hatte, aber doch nicht verhindern konnte, dass Bruno die Schule verlassen musste, weil seine Mutter es so wollte.

Manchmal kaufte er einen Blumenstrauß und manchmal sah er auf dem Kompost nach und suchte nach Blumen, die noch nicht verwelkt waren. Eigentlich verstieß das gegen die Dienstvorschrift, aber er fand, dass es kein Diebstahl war. Wer etwas wegwarf, wollte es nicht mehr haben, und mit etwas Geschick, ließen sich aus einem scheinbar verwelkten Strauß noch einige Blüten retten. So sorgte Bruno dafür, dass alle ihm Anvertrauten bedacht wurden.

Er schritt die Gräberreihen ab und prüfte, was zu tun sei. Auf einem Seitenweg hatte jemand mit einem Stock Linien gezogen. Er erkannte das Muster: Himmel und Hölle. Was könnte passender sein, für diesen Ort? Kinder spielten eben überall.

Für Außenstehende war Lindewitz oft ein bedauernswerter Stadtteil. Kein Viertel, in das man ziehen wollte. Hier wohnten, beziehungsweise »hausten« die Arbeiter, die Prolls. Es wurde darüber gesprochen, als würden sie in Höhlen lebten. Einst war Lindewitz Vorstadt gewesen, ein ländlich besiedeltes Gebiet, das in der Gründerzeit bebaut worden war. Die umliegenden Fabriken expandierten und die Arbeiter brauchten Wohnraum. Die Häuser waren hoch, die Straßen schmal, Schluchten, die auch im Sommer dunkel blieben. Von heute aus gesehen, waren es ordentlich gebaute Häuser, Stein auf Stein, mit Fassaden, an denen es über den Fenstern Verzierungen gab. Als Bruno geboren wurde, waren viele der Verzierungen bereits abgefallen, der Putz bröckelte und in einigen Hauswänden steckten noch Granatsplitter. Das Grau, das er heute auf vielen Bildern und Filmen von damals sah, war in seiner Erinnerung nicht vorhanden, und wenn die Linden blühten, fühlten sich alle Lindewitzer wie in einem Kurort. Es war ihr Viertel, hier gehörten sie hin und sie konnten nicht verstehen, wenn jemand in eine der charakterlosen Plattenbausiedlungen zog.

Am Ende aber kehrten fast alle heim, hierher auf den Friedhof. Im letzten Willen zeigte sich die wahre Verbundenheit. Wer hier auf dem Friedhof lag war ein echter Lindewitzer.

Der Bäcker war sein erster Toter gewesen. Es folgten die ehemalige Schaffnerin der Linie 4 und der Besitzer der Wäscherolle. Wenn er es recht bedachte, waren mit diesen Menschen auch die Berufe ausgestorben. Zwar gab es noch Bäckereien, aber die hatten keine Backstuben mehr. Die Brötchen wurden vorgefertigt auf Blechen geliefert und im Laden in einen Ofen geschoben. Kein Mehlstaub, kein lärmendes Rührwerk mehr. Alles war sauber und übersichtlich und die Kuchen wurden auf Blechen mit hochgezogenen Metallrändern gebracht, die keine breitlaufenden Kuchenränder zuließen.

In seiner Kindheit war Kuchen etwas Besonderes gewesen. Fragte er seine Mutter danach, zuckte die nur mit den Schultern und sagte: »Wer jeden Tag nur Kuchen isst, Bonbons und Schokolade, der weiß ja nie, wann Sonntag ist, und das ist wirklich schade.« Es war ein Spruch, den sich die Mädchen in ihre Poesiealben schrieben. Er hätte auch gern ein Poesiealbum gehabt, damit er die anderen bitten konnte, einen schönen Spruch hineinzuschreiben, aber als er es sich zum Geburtstag gewünscht hatte, war die Antwort der Mutter nur gewesen: »Weiberkram!« Die Mutter hatte nie gebacken, weder an Wochentagen noch an Sonntagen und auch nicht an seinen Geburtstagen.

Während seine Schulkameraden immer in der Meute auf den Hinterhof der Bäckerei zogen und im Chor vor der Backstubentür riefen: »Haben Sie Kuchenränder?«, hatte er sich überwinden müssen, zu klopfen und leise danach zu fragen. Und der Bäcker hatte ihm lächelnd eine Tüte mit besonders breit geschnitten Rändern herausgereicht, an denen noch Teile des Kuchenstücks hingen. Danach war er stolz mit seiner Tüte in den Park gegangen, hatte sich auf eine Bank gesetzt und in kleinen Bissen die Kuchenränder genossen. Niemals hätte die Mutter davon wissen dürfen, denn als er ihr einmal davon erzählt hatte, dass die anderen Kinder nach dem Unterricht in die Backstube gingen, hatte sie ihn nur mit ihrem durchdringenden Blick angesehen und gesagt: »Wehe! Oder willst du, dass die Leute denken, wir hätten nichts zu essen?«

Die Leute, die Leute! Immer die Leute. Wegen der Leute durfte er nie ungekämmt das Haus verlassen, musste alle freundlich grüßen und durfte sich nicht beim Spielen schmutzig machen. Komischerweise hatte seine Mutter Bedenken, dass die Leute, über die sie selbst gnadenlos herzog, schlecht über sie denken könnten. Was sie selbstverständlich taten, denn nicht umsonst wurde die Mutter »Brunhilde das Biest« genannt und sie bot ja auch allen Grund dafür. Erst viel später hatte er herausgefunden, dass alle im Viertel wussten, dass sie ihn schlug. Meist mit dem Kleiderbügel, manchmal auch nur mit ihren harten knochigen Händen, und er hatte sich immer vorgestellt, was wäre gewesen, wenn er einen Vater gehabt oder ihn wenigstens gekannt hätte?

Wahrscheinlich kannte er ihn sogar und war ihm auf der Straße schon begegnet. Vielleicht aber lag er schon hier, in einem der Gräber? Vielleicht hatte er selbst den Sarg mitgetragen oder seine

Urne in der Erde versenkt? Fast manisch verfolgte er bei den Bestattungen älterer Männer die Trauerreden, um auf diese Weise einen Einblick in das Leben des jeweilig Verstorbenen zu bekommen, als hoffte er, dass ein viele Jahrzehnte zurückliegender Seitensprung Erwähnung finden könnte. Es war absurd, denn wer würde so etwas auf einer Trauerfeier preisgeben? Als die erboste Frau Müller die Trauerrede für ihren Mann unterbrochen und über seine Untreue gewettert hatte, war ihm ganz heiß geworden und er hatte auf dem Foto neben der Urne nach Ähnlichkeiten zwischen sich und dem Toten gesucht. Aber dann war ihm klar geworden, dass der umtriebige Herr Müller zwar andere Frauen beglückt hatte, aber zu Brunos Geburt noch ein zeugungsunfähiges Schulkind gewesen war.

Auf dem Friedhof wurde Bruno zuweilen wieder zu dem Kind, das er einst gewesen war. Das Kind mit den vielen Fragen, der Junge, der alles beobachtete, dem sein Deutschlehrer eine Zukunft vorhergesagt hatte, keine große, aber wenigstens eine Zukunft als jemand, der studieren und nicht Kohlenträger werden würde. Hier auf dem Friedhof bei den ihm Anvertrauten, fühlte sich Bruno in guter Gesellschaft.

Bruno sah sich um und versicherte sich, dass er allein war. Er stand noch immer auf dem Weg vor den in den Boden geritzten Kästchen, Himmel und Hölle. Es waren nur wenige Hüpfer bis in den Himmel. Früher hatten sie es im Schwimmbad gespielt, hinten auf dem Sandplatz neben dem Volleyballnetz. Er überlegte, hatten sie mit dem linken oder mit dem rechten Bein angefangen? Er wippte in den Knien. Blödsinn. Bruno richtete sich auf. Er war ein alter Mann, fast sechzig, geplagt von Rückenschmerzen.

Wie zur Bestätigung hörte er ein Martinshorn und kurz darauf ein zweites. Krankenwagen und Notarztwagen näherten sich dem Krankenhaus, kein gutes Zeichen.

5 | TANTE MAUSI

Sie war froh, als ihr der Junge aus dem Laden entgegenkam. Das Laufen mit einem Rollator war ihr verhasst. Wer mit einem Rollator unterwegs war, blickte nicht nach vorn, sondern nach unten, als hätte er etwas auf dem Weg verloren. Schieben, nachlaufen, schieben, wie ein Wurm. In einem Rollstuhl sitzen hatte mehr Würde. Man konnte sich aufrechthalten, nach links, rechts und geradeaus gucken und hatte die Hände frei. Fahren im Rollstuhl hatte etwas Königliches, alle öffneten einem die Türen und ließen einem den Vortritt. Man konnte dankend nicken und sich weiterschieben lassen. Aber es gab niemanden, der sie schob. Ihr Sohn wohnte viele Kilometer entfernt und hatte sie mit dem Satz »Es ist besser so für dich!« in dieses Heim abgeschoben. Nein, es war besser so für ihn. Ihm wäre es schon zu anstrengend gewesen, sie mit dem Rollstuhl vom Wohnheim die Straße entlang bis zum Laden zu schieben. Lutz, der die Familienfigur geerbt hatte und so dick war, dass ihn alle den doppelten Lutz nannten, fehlte es schon mit fünfundsechzig an Kraft. In diesem Alter war sie noch mit einem Rucksack auf dem Rücken über den Rennsteig von Herberge zu Herberge gewandert. Ihr Sohn dagegen glich einem Ersatzteillager, zwei künstliche Kniegelenke, ein künstliches Hüftgelenk und die Oberschenkelknochen waren mit Metallplatten verschraubt. Sie gab ihm noch wenige Jahre, bis auch er im betreuten Wohnen geparkt werden würde. Eine gewisse Genugtuung bei diesem Gedanken konnte sie nicht verhehlen.

Auf einen Rollstuhl mit elektrischem Antrieb hatte sie bisher verzichtet. Ihre bisherigen Beobachtungen hatten sie davon abgehalten.

Meist waren es Männer, die mit ihrem Rollstuhl den Kraftfahrzeugentzug kompensieren wollten und durch die Gänge im Heim rasten. Ihr selbst kam die Geschwindigkeit zu gefährlich vor. Da nahm sie dann doch lieber den Rollator. Mit vierundneunzig Jahren war sie fünf Jahre jünger als ihre beiden Zwillingsschwestern Anne und Marie, die in wenigen Wochen ihren hundertsten Geburtstag feiern würden. Die hundert Jahre war ein magisches Alter, das sie auch gern erreichen würde. Der tägliche Rollatorausflug hielt sie in Bewegung. Ein Problem war nur ihre Körperfülle. Als sie sich am Morgen mithilfe einer Pflegerin, was schon entwürdigend genug war, in ihr Sommerkleid gezwängt hatte, war ihr bewusst, dass jede Bewegung eine Herausforderung werden würde. Die Pflegerin, die einen weiten Kittel trug, hatte unentwegt gestöhnt, was Mausi als ungehörig empfand, denn wenn jemand Grund zum Stöhnen gehabt hätte, dann sie selbst. »Für den nächsten Sommer kaufen Sie sich ein neues Kleid!«, hatte die Pflegerin gesagt. Aber lohnte sich die Anschaffung für eine Vierundneunzigjährige noch, zumal das alte noch gar nicht abgetragen war? Eine Überlegung war es, in Anbetracht des bevorstehenden hundertsten Geburtstags der Zwillinge, jedenfalls wert. Aber jetzt galt es erst einmal, an diesem wunderschönen Frühsommertag eine gute Figur zu machen. Sie zog den Bauch ein und lief, trotz ihrer Körperfülle, mit trippelnden Schritten auf Benedikt zu.

Sie wusste, dass in der Familie über ihre Figur gelästert wurde, aber sie hatte nun einmal gern gekocht und gegessen und so dick war sie nun auch wieder nicht. Es lag einzig daran, dass sie nicht besonders groß war. Früher hatte es dafür den Begriff »vollschlank« gegeben. Das Kleid war nicht das einzige Problem. Sie spürte, wie die Schuhe drückten, weil ihre Füße geschwollen waren. Früher hatte sie in Schuhen mit zehn Zentimeter Absatz laufen können, jetzt machten ihr schon niedrige Pumps Probleme.

»Du musst auf deine Schuhe achten!«, hatte der Vater immer gesagt, »Schuhe verraten viel über den Menschen!«, und den Spruch zitiert: »Der Kopp und die Beene halten das Mädchen reene!«

An den Schuhen erkannte er als Schuster den Charakter der Menschen. Er war der festen Überzeugung, wer seine Schuhe pflegte, war auch sonst ein sorgsamer Mensch.

Was er in seiner Theorie damals vernachlässigt hatte, war die Tatsache, dass es, bis auf Gesundheitsschuhe, kein passendes Schuhwerk für verformte alte Füße gab.

Sie war froh, als sie Benedikt, den sie insgeheim immer noch den Ganker nannte, endlich unterhakte. Seine Großmutter lebte trotz ihres Alters noch zu Hause und musste nicht mit anderen alten Menschen in einer Daseinsform, die Mausi »Betreutes Sterben« nannte, auf den Tod warten. Die meisten ihrer Mitbewohner hatten Demenz und waren als Gesprächspartner nicht zu gebrauchen. Sie selbst war noch in hervorragender geistiger Verfassung. Ihrer Meinung nach hätte sie in ihrer Wohnung bleiben können. Einzig ihr Sehvermögen war altersgerecht schlecht, da kam es schon mal vor, dass sie stolperte oder eine Stufe verfehlte, aber bis auf einen verstauchten Knöchel war nie etwas Ernsthaftes passiert und rechtfertigte nicht die Entscheidung ihrer Familie, sie mit anderen alten Menschen zusammenzusperren. Sie hatte sich nicht wehren können. Mit über neunzig Jahren war man in den Augen der Ämter wieder zum unmündigen Kind degradiert, über das die Verwanden mit dem schwer widerlegbaren Satz »Wir wollen doch nur dein Bestes!« bestimmen durften.

Das Beste hieß »Umzug ins Heim«. Und nun war sie umgeben von Menschen, von denen die meisten ihre Kinder sein konnten. Wie sollte sie da ihre Erinnerungen teilen? Und es war nicht nur so, dass ihnen die entsprechende Lebenszeit fehlte, sie erinnerten sich oft nicht einmal an den Rest. Was sollte sie mit jemand anfangen, der vergaß, in welchem Zimmer er wohnte, wo sich der Speisesaal befand, ganz abgesehen von der Toilette. Die meisten dieser Irren glaubten, dass sie nur vorübergehend eingesperrt wären, und sahen Mausi mit großen Augen an, wenn sie ihnen erklärte, wie es mit ihnen weitergehen würde. Da konnten sie hoffen, wie sie wollten, es gab kein Zurück. Die Leiter führte ständig nach unten, die nächste Station war das Pflegebett und danach kam der Friedhof, auf den sie vom Speiseraum aus bereits sehen konnten.

Sie verglich das Leben immer mit der Käseherstellung. Die Formulierung ihres Vaters »Das war, als du noch Quark im Schaufenster warst!«, der damit auf ihren vorembryonalen Zustand verweisen wollte, hatte sie auf diese Idee gebracht. Am Anfang waren sie Frischkäse, der im Bottich gerührt und dann vorsichtig im Tuch ans Licht gehoben und in die jeweilige Form gepresst wurde. Frische Laibe, die säuerlich rochen, wie Neugeborene. Tag für Tag wurden die Laibe bestrichen, gebürstet poliert, die Kanten geschnitten und dann wieder vorsichtig im Regal platziert. Junger Käse brauchte viel Zuwendung. Je älter er wurde, umso würziger wurde sein Geruch, er bekam er einen Charakter und war dann besonders wertvoll. Doch jeder wusste, was mit Käse geschah, der ausgereift war und im Kühlschrank vergessen wurde: Er begann zu stinken und jedes Öffnen der Kühlschranktür erinnerte daran, dass dieser Käse noch da war. Dann sperrte man ihn in Dosen oder stülpte eine Glasglocke darüber, obwohl man wusste, dass er bereits ungenießbar und sein Geschmack scharf und bitter war. Und am Ende kamen dann die Maden.

Auch der menschliche Geruch veränderte sich im Laufe eines Lebens. Neugeborene dufteten, Kinder waren geruchlos und schon in der Pubertät zeichnete sich die Zukunft ab. Der Mensch begann nicht wie der Fisch, zuerst am Kopf, sondern an den Füßen zu stinken. Erwachsene Menschen überdeckten ihre Körperausdünstungen mit Parfüm und im Alter verlor sich der Geruchssinn, was für viele reiner Selbstschutz war. Leider war das bei ihr nicht der Fall. Auch jetzt noch nahm sie jede Nuance wahr, was in einem Haus voller alter Menschen eine Zumutung war.

Ihr täglicher Ausflug war mühsam, aber für sie trotzdem ein regelrechter Genuss. Sie genoss sogar die Abgase der Autos, zeigten sie ihr doch, dass ihr Geruchssinn nach wie vor intakt war. So wie auch ihr Geschmackssinn. Sie konnte noch Feinheiten unterscheiden, ein Fluch, wenn sie an das Heimessen dachte, das ihrer Meinung nach auf die reduzierten Geschmacksnerven der Heimbewohner eingestellt war. Weiches Essen für Gebissträger und dazu noch völlig überwürzt.

Sie war immer ein Genussmensch gewesen, ihre Schwestern

Marie und Anne hatten es gefräßig genannt. Als jüngstes Kind war sie das schwächste Glied in der Kette und stand unter ständiger Beobachtung, vor allem ihrer beiden fünf Jahre älteren Zwillingsschwestern. Die hatten ihr jeden Bissen in den Mund gezählt. Sie mochte frische Brötchen mit Zuckerrübensirup und bekam immer nur zwei Hälften zugeteilt, obwohl sie gern mehr gegessen hätte. Irgendwann hatte sie begonnen, heimlich zu essen, und als während der Kriegszeit die Angst umging, es gäbe nicht genügend Lebensmittel, hatte das ihre Esslust gesteigert. Aber ihre noch größere Leidenschaft galt dem Wein. Der Hochgenuss, im Sommer an einem kühlen Glas Weißburgunder zu nippen, in der Nase den Geruch von Zitrusfrüchten mit einem Hauch Quitte und Aprikose.

Schon als junge Frau war sie dem Wein verfallen. Tante Gretas Liebe zu einem Weinhändler war nicht, wie überall in der Familie verbreitet, beendet gewesen. Auch nach dem Umzug nach Lindewitz und der Geschäftsgründung hatte es regelmäßige Treffen und daraus resultierende Dankbarkeitslieferungen gegeben. Greta und ihre Tochter Hulda hatten regelmäßig Weinverkostungen abgehalten, und so hatte Mausi gelernt, eine Scheurebe von einem Gutedel zu unterscheiden, einen Grünen Veltliner von einem Portugieser Weißherbst. Und bevor der Weinhändler in den Krieg ziehen musste, hatte ein Pferdefuhrwerk vor dem Geschäft gehalten und der Kutscher unzählige Kisten mit Spätburgunder in den Ladenraum getragen, die am nächsten Tag jedoch zum größten Teil verschwunden waren, ein Geheimnis, dass sich erst nach Kriegsende auflöste. Vorsorglich hatte Greta die Weine in Holzregalen im Keller versteckt, zu dem es einen Zugang direkt vom Hinterzimmer des Ladens gab, und die Tür über Nacht einfach zumauern lassen. Damit war die Selbstversorgung gesichert und nach dem Krieg waren es wunderbare Tauschobjekte auf dem Schwarzmarkt gewesen. Und Gretas gute Beziehungen zu den Bauern im Umland hatten dafür gesorgt, dass niemand in der Familie trotz aller düsteren Vorhersagen hungern musste.

Schwieriger wurde die Weinversorgung erst nach Ende der Vorräte und Gründung der DDR. Die Bruderländer lieferten ihre guten Weine lieber an die Brüder und Schwestern im Westen. Aber dank Gretas und später Huldas Beziehungen zu einem Weingut an der Saale musste Mausi nie Weine mit den Namen »Cotnari« oder »Murfatlar« trinken, die märchenhafte Kopfschmerzen schon in ihrem Namen trugen. Der Zusatz von Zucker war bei vielen Weinen ganz offiziell auf dem Etikett vermerkt und prägte vier Jahrzehnte den Geschmack der Weintrinker. Und als in einem Westpaket eine Flasche »Chateau Neuf du Pape« zur Familie gelangte und selbst die Zwillingsschwestern, die sonst mit den üblichen Weinen vorliebnahmen, zur Verkostung in Huldas Laden kamen, freute sich Mausi und hoffte auf Anerkennung. Doch dann verzog Marie den Mund, sagte zu Anne: »Geh in die Küche und hol die Zuckerdose!« Mausi konnte nicht verhindern, dass Marie einen Teelöffel Zucker in ihr Weinglas rührte und sagte: »Jetzt schmeckt er fast wie Rosenthaler Kadarka.«

Nach dem Mauerfall hatte sich die Weinwelt für alle geöffnet und eine Vielfalt präsentiert, die Mausi glücklich machte. Sie liebte den erdigen Geruch von Nero d'Avola, den Geschmack von dunklen Beeren in einem apulischen Primitivo. Sie kannte die Namen der meisten Weingüter im Medoc und liebte die Weine, die ihren Geschmack aus der Wärme der mineralischen Böden saugten. Dort hingen die Trauben tief an Drahtkonstruktionen knapp über dem Boden. Der Ausflug in die Gegend von Saint Emilion gehörte zu den schönsten Erlebnissen in ihrem Leben. Damals hatte Reinhold, den alle Butterweich nannten, noch gelebt und er hatte ihr diesen Reisewunsch zu ihrem siebzigsten Geburtstag erfüllt.

Doch all das Wissen nutzte ihr wenig, denn sie bekam mit zunehmendem Alter Probleme beim Öffnen der Weinflaschen. Zuerst hatte sie Schwierigkeiten bei verkorkten Flaschen gehabt und selbst mit modernsten Öffnern aus Titanstahl war sie nicht mehr in der Lage gewesen, die Korken aus der Flasche zu ziehen. Weinflaschen mit Schraubverschluss fand sie unangemessen. Doch sie hatte sich fügen müssen, seit sich die Arthrose in ihren Händen verstärkt hatte. Irgendwann reichte die Kraft in den Händen auch dafür nicht mehr aus und die Schwestern im Heim um Hilfe zu bitten, war gefährlich, denn sie sahen es nicht gern, wenn die Bewohner Alkohol tranken. Viele vertrugen ihn nicht mehr und es kam zu Unfällen. Das Rauchen dagegen war erlaubt, dafür gab es einen eigens dafür eingerichteten Raum, in dem es roch wie in einem Aschenbecher. Aber war Rauchen nicht viel gefährlicher als Wein trinken? Sie hätten mit ihrer glühenden Asche das Haus abbrennen können. In dem kleinen Laden im Erdgeschoss gab es Zigaretten, aber keinen Wein. Was war das für eine Ungerechtigkeit! Für Mausi bedeutete das Ausflüge mit dem Rollator in den Supermarkt. Bei ihrer Rückkehr kam sie sich vor wie eine Drogenschmugglerin, die ihre Beute verbergen musste. Doch nicht nur die Beschaffung war ein Problem, sondern auch die Entsorgung der leeren Flaschen. Die Mülleimer wurden von den Reinigungskräften geleert und sie lief Gefahr, dass sie an die

Heimleitung verraten wurde. Zwar gab es in den Gemeinschaftsräumen Papierkörbe, aber diese Räume wie auch alle Gänge, waren von Kameras überwacht, und das Risiko beobachtet zu werden, war zu groß. Sie musste also nicht nur die vollen Flaschen hineinschmuggeln, sondern auch das Leergut unentdeckt wieder hinausbringen. Die Lösung kam unerwartet. Der Enkel ihrer Schwester Marie, der in der Ladenwohnung von Greta und Hulda wohnte, hatte das Familiengeschäft wieder eröffnet, einen Spätverkauf, in dem es auch passablen Wein gab. Der Ausflug vom Heim zum Geschäft war überschaubar. Der Ganker war ein guter Junge. Er war es, der die Idee mit der Trinkflasche gehabt hatte. Sie war aus poliertem Stahl und hatte im Deckel einen Trinkhalm, der sich mit einem klappbaren Stöpsel leicht verschließen ließ. Der Ganker hatte ihr auch eine Vorrichtung an den Rollator gebaut, sodass sie ihr Laster offen zur Schau stellte und ihre Trinkflasche mit der Aufschrift »Racing Team« mit sich führte. Eine Stahlflasche war hinnehmbar, denn zunehmend lagerten die Weingüter ihre Weine in Stahltanks und nicht mehr in Holzfässern. Eine Flaschenfüllung reichte drei Tage und bei schlechtem Wetter kam der Ganker persönlich vorbei und brachte in einer Wechselflasche Nachschub. Er hatte auch ihr Zimmer überprüft und ihr versichert, dass es keine Kamera gab. Und so saß Mausi jeden Abend in ihrem Fernsehsessel und trank in kleinen Schlucken ihren geliebten Wein. Und wenn eine Schwester in das Zimmer kam, um nach ihr zu sehen, was Mausi für einen unnötigen Kontrollzwang hielt, zeigte sie bei der Frage: »Hier riecht es doch nach Alkohol« immer auf eine Packung Weinbrandbohnen, die bereitlag, denn auch das war eine Schwäche, die sie nicht mehr bekämpfen wollte.

Sie wusste, dass es eine Plattitüde war, und doch war es eine Weisheit, die sie für sich selbst in Anspruch nahm: Essen war der Sex des Alters. Wenn sie zwischen einem Lachsschnittchen und der Intimität mit einem alten behaarten Mann wählen müsste, hätte Tante Mausi immer das Lachsschnittchen gewählt.

Sie hatte nach dem Tod ihres Mannes mit diesem Thema abgeschlossen und war überrascht gewesen, dass es sie im betreuten Wohnen wieder einholte. Männer hielten sich selbst als Windelträger noch für unwiderstehlich. Bei Butterweich war es anders gewesen. Ihm hatte es oft genügt, wenn er einfach nur ihre Hand halten konnte, und das Essen und Weintrinken war ihre gemeinsame Leidenschaft gewesen.

Einen Teil ihres Arbeitslebens hatte Tante Mausi als Kaltmamsell verbracht, was, wenn man gern aß, sowohl die richtige als auch die falsche Wahl gewesen war.

Hier noch ein Tüpfelchen Mayonnaise, dort noch ein Radieschenröschen. Selbst mit den Möglichkeiten des volkseigenen Handels zauberte Tante Mausi opulente Buffets. Man konnte auch mit Blutwurstscheiben und Schnittkäse Blumen legen und ihre russischen Eier waren stadtbekannt. Im Mittelpunkt stand immer der Hackepeter-Igel, sie achtete darauf, dass Gehacktes und Geschabtes zu gleichen Teilen gemischt waren und nicht gemogelt wurde und zu viel Schweinefleisch in der Masse war. Die Stacheln schnitt sie sorgfältig aus Zwiebelstücken und verzichtete auf Salzstangen, die schnell weich wurden und sich nicht anschmiegten und dadurch wirkten, als hätte der Igel Stachelausfall.

Ihre Berufsbezeichnung hatten die Zwillinge kichernd als kalte Mamsell definiert und aus ihr eine verschrobene Jungfer gemacht, die mit kalten Spinnenfingern ein Buffet herrichtete. Sie ließen außer Acht, dass sie, Mausi, es war, die bei der Mutter blieb und neben der Hauswirtschaftsschule und ihrer Ausbildung als Köchin die Pflege übernommen hatte. Da blieb keine Zeit für Vergnügen und Ausschauhalten nach einem Bräutigam. Als sie Mitte der 1950er heiratete, galt sie mit ihren siebenundzwanzig Jahren als spätes Mädchen. Und die Zwillinge verbreiteteten in Lindewitz: »Wenn sich dieser einbeinige Möchtegern-Sportler nicht erbarmt hätte, wäre die dicke Murmel wahrscheinlich auf ewig allein.« Die Zwillinge hatten die Deutungshoheit über Mausis Ehe übernommen. Und dabei hätten die Ehen der beiden wesentlich mehr Gesprächsstoff geboten. Es war ihr ein stiller Triumph, dass ihre und Reinholds Liebe bis zu seinem Tod unerschütterlich gewesen war. Ach, Reinhold. Wenn er sie jetzt auf der Treppe vom Geschäft sehen könnte, gestützt von dem Ganker, würde er lachen.

Wie sich die Dinge veränderten. Früher hatte sie den Ganker im Laden beaufsichtigt und er hatte an ihren Händen seine Laufübungen durch den Verkaufsraum gemacht. Jetzt führte er sie zu dem Armlehnstuhl in der Ecke, der extra für ihre Besuche bereitstand. Sie hatte nur zwei Stunden Zeit. Zum Mittagessen musste sie im Heim zurück sein, es wurde durchgezählt, ob alle anwesend waren. Wer fernbleiben wollte, musste sich abmelden.

Abgesehen vom Auffüllen der »Racing Team Flasche«, hatte sie heute noch die Einweisung in ein neues Kartenspiel. Sie war geübt in Rommé, Canasta, Doppelkopf und vielen Brettspielen. Aber erst jetzt war ihr bewusst geworden, dass sie nicht pokern konnte. Sie verfolgte die Pokerturniere nachts, wenn sie nicht schlafen konnte, im Fernsehen. Sie hasste die Kriminalfilme, die in einer Endlosschleife liefen, und wählte meist den Sportkanal. Auch ein wenig in Gedenken an Butterweich. Nachts wurden Sportarten übertragen, für die man beim Zuschauen viel Geduld brauchte. Sie guckte Dart-Meisterschaften, Billard, Curling, endlose Golfturniere. Aber am meisten freute sie sich, wenn gepokert wurde. Man musste keine guten Karten haben und konnte trotzdem gewinnen, wenn man den richtigen Gesichtsausdruck hatte. Aber das war zu einfach, denn es gab Spieler, die öfter gewannen als andere. Worin lag das Geheimnis dieses Spiels?

»Regel Nummer ein: kein Alkohol«, sagte Benedikt.

»Oh«, sagte Tante Mausi. »Das ist aber schade. Wir haben immer getrunken beim Kartenspielen.«

»Du musst konzentriert bleiben! Pokern ist ein Spiel bei dem gilt: Aggression und Konzentration.«

»Das klingt wie Kampfsport.«

»Würde es sonst im Fernsehen übertragen?«

Der Junge hatte recht. Sie hatte noch nie die Übertragung eines Rommé-Turniers oder eines Halma-Duells gesehen.

»Das klingt anstrengend«, sagte Tante Mausi. »Ich dachte, ich mache ein unauffälliges Gesicht und gewinne.«

Benedikt lachte. »Lass uns rüber an den Tisch gehen!« Er half ihr auf und brachte sie ins Wohnzimmer. Sie dachte, dass es ein wenig das Tante Hulda-Gedenkzimmer war. Das Buffet, das Sofa mit dem Holzrahmen, der große Tisch, alles stand wie eh und je an seinem Platz.

»Hier haben wir an jedem Freitagabend die Spielhölle eröffnet.«

»Ich weiß«, sagte Benedikt. »Und Tante Hulda hat immer

gepfiffen, wenn sie gute Karten hatte. Du hast es oft genug erzählt.«

»Ja«, sagte Mausi, »weil es so schön war!« Sie strich über den Tisch. »Da saß Hulda, da Greta, hier ich und dort die Sibirische. Die war lang und dürr wie ein sibirischer Winter und hat uns immer von oben in die Karten geguckt.«

»Ihr habt doch trotzdem betrogen!«

»Sehe ich aus, als könnte ich betrügen?«

»Na, dann lass uns anfangen.« Benedikt mischte die Karten und deckte jeweils zwei auf. »Die Starthand ist das Wichtigste. Am besten, du hast zwei Asse, Könige, Damen oder Buben. Und dann kommt es noch darauf an, an welcher Position du sitzt. Es gibt Button, Small Blind und Big Blind.«

»Gibt's das auch auf Deutsch?«

»Mit wem willst du eigentlich spielen?«

Diese Frage war sehr berechtigt. Zwar gab es Spielnachmittage im Heim, aber dort wurde meist Rommé gespielt, und was sollte sie mit Mitspielern anfangen, denen oft die Karten aus der Hand fielen oder die vergaßen, wann sie an der Reihe waren. Und jemanden zu betrügen, der während des Spiels einschlief, machte auch keinen Spaß.

»Ich hatte an das Personal gedacht«, sagte Tante Mausi.

»An das Personal?«

»Den Pförtner, den Mann von der Fahrbereitschaft, und wenn nichts los ist, vielleicht noch die Nachtschwester.«

Bei einer späten Heimkehr nach einer Familienfeier, hatte sie gesehen, wie der Pförtner und der Mann von der Fahrbereitschaft Offiziersskat gespielt hatten. Da war doch noch Luft nach oben!

»Und was ist mit dir?«, fragte Tante Mausi.

»Ich spiele schon lange nicht mehr.«

»Das klingt nicht nach Lebensfreude?«

Benedikt lächelte gequält.

»Hat sich deine Mutter gemeldet?«

»Die will doch gar nicht wissen, wie es mir geht.«

»Und deine Großmutter?«

»Auch nicht!«

Mausi schob die Karten beiseite und sagte: »Ich glaube, wir sollten lieber reden.«

»Du musst doch zurück ins Heim.«

»Ich habe noch eine halbe Stunde.«

»Außerdem ich will joggen gehen.«

»Rede mit mir oder ich komme nie wieder!«, sagte Tante Mausi.

»Und was ist mit dem Wein?«

Sie lachte. »Du hast mich in der Hand. Aber geredet wird trotzdem. Fang an!«

6 | SEIFENBLASEN

Wie jeden Tag war Claudius sehr früh aufgestanden. So hatte er einige Stunden für sich zum Arbeiten, bevor die Mutter wach wurde und er das gemeinsame Frühstück vorbereitete.

Es waren immer die gleichen Handgriffe, zuerst das Mahlwerk der Kaffeemaschine einschalten, dann das Wasser in den Tank füllen. Die Mutter liebte Kaffee schwarz mit einem Schuss Kaffeesahne. Ganz normalen Bohnenkaffee wie zu Zeiten, als sie noch Rondo zu 3,50 Mark an der Bude auf dem Lindewitzer Markt gekauft hatten. Neumodische Sachen wie Cappuccino oder Latte Macchiato lehnte die Mutter ab.

Claudius' Verrichtungen waren getaktet, seine Cousine Claudia nannte es pedantisch. Die Brotscheiben schnippten genau in dem Moment nach oben, in dem der Eierkocher Vollzug meldete. Zwei Scheiben Toast mit Butter, die eine mit Erdbeermarmelade bestrichen, der andere mit feiner Kalbsleberwurst, ein Ei, nicht flüssig, aber dennoch weich, ein Glas frisch gepresster Orangensaft, an diesem Punkt hatte sich die Mutter der neuen Zeit angepasst.

Sie frühstückte immer im Morgenmantel. Claudius achtete darauf, dass sie dicke Socken trug, damit sie sich nicht erkältete. Erst nach dem Frühstück brachte er sie ins Bad und stellte ihr die Wassertemperatur der Dusche ein. Alle anderen Dinge konnte die

Mutter noch selbst erledigen. Abläufe, die sie seit Jahren kannte, waren wie eingebrannt in ihr Bewusstsein, doch sobald etwas Außergewöhnliches geschah, wurde sie hilflos und wusste nicht mehr weiter.

Es schmerzte ihn, wenn er an ihren letzten Geburtstag dachte. Seine Mutter und Tante Marie feierten ihren Geburtstag immer gemeinsam, so wie sich das für Zwillinge gehörte.

Seit sie vor fast sechzig Jahren das Ausflugslokal am Rande der Stadt entdeckt hatten, feierten sie dort ihren Geburtstag. In Zeiten des Mangels hatte es hier im Frühsommer, wie durch ein Wunder, eine schier unversiegbare Spargelquelle gegeben. Und da die Geburtstagsfeier auf die letzten Maitage fiel, waren ein Pfund frischer Spargel mit Holländischer Soße und Petersilienkartoffeln immer ein Muss. Manchmal hatten sie sich auch ein »Wienerschnitzel nach Art des Hauses« dazu geleistet, ein Schweineschnitzel, wie in fast allen Restaurants. »Echte« Wiener Schnitzel gab es meist nur in Interhotels. Auch die Holländische Soße war nicht rezeptgetreu, sondern eine mit Spargelwasser aufgegossene Mehlschwitze. Aber das störte niemanden. Sie waren daran gewöhnt, wie zum Beispiel auch an die Schwedeneisbecher, die wahrscheinlich eine Erfindung der DDR-Gastronomen waren, die damals die fehlenden Kirschen und Erdbeeren durch Apfelmus ersetzen mussten.

Das Restaurant, das großspurig »Hotel Stadt Welkheim« hieß, hatte weder eine Zimmervermietung, noch war der Ort eine Stadt. Die wenigen Häuser zogen sich entlang der Hauptstraße und die Ansiedlung war selbst zu Fuß schnell durchquert. Das Schicksal oder besser die Liebe hatte sie hierhergeführt, denn Anita, die älteste Schwester der Zwillinge, hatte in diesen Ort eingeheiratet, eine gute Partie damals in der Nachkriegszeit, denn der Auserwählte war ein Dachdeckermeister mit eigener Firma gewesen. Und auch als Anita, die es immerhin auf 95 Jahre brachte, nach einer kurzen Krankheit gestorben war, hatten sie das Ritual beibehalten.

Das Wetter war an jenem Maitag vor einem Jahr festlich gewesen, ein makellos blauer Himmel und eine strahlende Frühsommersonne, deren milde Wärme ihnen gestattete, auf der Terrasse zu sitzen. In der Luft lag Blütenduft, der hin und wieder durch den Geruch der gebratenen Schnitzel verdrängt wurde. Selbstverständlich waren es jetzt echte Wiener Schnitzel und auch die Sauce hollandaise wurde nach dem Originalrezept aufgeschlagen. Die Kellnerin balancierte das Tablett mit den Tellern zwischen den Stuhlreihen und bediente, wie es sich gehörte, zuerst die beiden Jubilarinnen Anne und Marie.

Es war angerichtet. Die Zwillinge saßen vor ihren Tellern und warteten, bis alle aus der Familie bedacht worden waren. Dann gab Marie mit ihrer erhobenen Gabel das Startzeichen und schnell breitete sich eine gefräßige Stille am Tisch aus. Nur das Klappern des Bestecks war zu hören. Doch auch als alle bereits mit dem Essen begonnen hatten, saß Anne immer noch vor ihrem Teller und starrte auf den Spargel und das Schnitzel, als wisse sie nicht, was zu tun sei. Ihre Hände irrten suchend über die Tischdecke, wieder und wieder, und dann begann sie zu weinen. Die Tränen liefen ihr über das zerfurchte Gesicht, sammelten sich am Kinn und tropften auf die Petersilienkartoffeln

»Hör auf zu weinen!«, sagte Marie.

Immer noch sah Anne hilflos auf ihren Teller und strich, statt nach dem Besteck zu greifen, weiter mit zitternden Händen über das Tischtuch.

»Hör auf zu weinen!«, sagte Marie noch einmal und zerschnitt mühelos mit ihrem Messer die Spargelstangen. Der Ton war schärfer geworden. Sie hob den Kopf, sah ihrer Schwester ins Gesicht und sagte: »Du weißt doch, dass du hässlich aussiehst, wenn du weinst!«

Es waren zwei Dinge, die Claudius in diesem Moment geschmerzt hatten. So unzertrennbar die Zwillinge ihnen allen erschienen, so verfeindet waren sie auch.

Es war immer ein Wettbewerb gewesen. Schon während der Kindheit hatten sie gestritten, wer die glänzendsten Lackschuhe hatte, die schönsten Haarschleifen oder den am ordentlichsten gebügelten Faltenrock. Das war ein Leben lang so geblieben. Keine wollte der anderen nachstehen. Kaufte die eine neue Übergardinen, tat es ihr die andere kurz darauf gleich. Leistete sich die eine ein neues Kaffeeservice, kaufte sich die andere neue Likörgläser. Geburtstagsfeiern uferten in Backwettbewerbe aus, Jugendweihen und Schulanfänge wurden zu Fressorgien.

Es war wie in den meisten Familien. Nicht nur Liebe und Fürsorge, sondern auch Gehässigkeit und Missgunst waren der Kitt, der alles zusammenhielt. Zwillinge bedeuteten nicht gleichzeitig Einigkeit. Claudius stellte es sich wie bei einer DNA vor, die mit ihren beiden Teilen ein Ganzes ergab, die Doppel-Helix, die jedes Schulkind aus dem Biologieunterricht kannte. Und war es letztendlich nicht so, dass jedes Teil wichtig war? Alle Zutaten waren im »Baukasten«, der sich Familie nannte? Das Schicksal hatte den Zwillingen zwar das gleiche Aussehen gegeben, nicht aber den gleichen Charakter. Anne war lebenslustiger und leichtfertiger als Marie, die alle Dinge gründlich abwog. Anne war verschwenderisch, Marie sparsam. Claudius hatte seine Mutter und seine Tante gleichermaßen geliebt und als Kind wenig über die Unterschiede nachgedacht. Es war selbstverständlich, dass sie sich jedes Wochenende sahen. Ausnahmen bildeten nur Urlaub oder Krankheit. Andere Gründe zählten nicht. Obwohl Marie die größere Wohnung besaß, trafen sie sich meist bei Anne, was daran lag, dass Maries Mann als Störfaktor gesehen wurde, der es bei den sonntäglichen Besuchen glücklicherweise vorzog, zu Hause zu bleiben, während er in seiner eigenen Wohnung zwangsläufig mit an der Kaffeetafel saß und die Gesprächsthemen bestimmen wollte.

Claudius lebte damals mit seiner Mutter und seiner älteren Schwester Bernadette in einer kleinen Zweiraumwohnung am Ende des Lindewitzer Marktes. Der Fußweg vor dem Haus war schmal, sodass die Straßenbahnen dicht an der Hauswand vorüberfuhren und ihnen die Sicht nach draußen nahmen. Die Wohnung war eng und mit Möbeln vollgestellt, und im Nachhinein erschien es ihm unwahrscheinlich, dass sie dort alle am Wohnzimmertisch Platz gefunden hatten. Pünktlich am Sonntagnachmittag um vier musste die Kaffeetafel gedeckt sein, immer gab es selbst gebackenen Kuchen, manchmal sogar zwei Sorten. Auf dem Herd summte der Pfeiftopf, Claudius sah seine Mutter mit der Kaffeemühle zwischen den Knien auf dem Hocker in der schmalen Küche sitzen, Schweißperlen auf der Stirn. Das Geräusch der berstenden Bohnen begleitete ihn durch die Wochenenden seiner Kindheit. Und auch wenn er noch keinen Bohnenkaffee trinken durfte, schenkte ihm die Mutter immer eine Bohne, die er dann genüsslich zerkaute.

Die andere Sache die Claudius an diesem Maitag vor einem Jahr betrübt hatte, und das mehr als alles andere, war die nicht mehr zu verdrängende Tatsache, dass seine Mutter unter fortscheitender Demenz litt. Die ersten Anzeichen hatte er auf das Alter geschoben. Sie verwechselte die Wochentage, nahm einen Gegenstand und trug ihn in ein anderes Zimmer, um ihn kurz darauf wieder zurückzutragen. Aber ging es ihm nicht oft ebenso? Es gab gute und es gab schlechte Tage. Wie oft war ihm selbst ein Name nicht eingefallen oder hatte er einen Satz beim Sprechen abgebrochen, weil ihm etwas anderes in den Sinn gekommen war? Wann hatte er das erste Mal daran gezweifelt, dass sie die Zeitung, die sie täglich nach Frühstück und Morgentoilette ausgiebig studierte, wirklich las und nicht nur durchblätterte? Oft saß sie längere Zeit in sich gekehrt im Sessel. Dann wieder gab es Momente, in denen sie sich völlig normal unterhalten konnten und sie Anteil nahm an allen Dingen, die er ihr erzählte.

Claudius hatte seine Mutter damals bei der Feier schnell in den Arm genommen und ihr das Schnitzel in mundgerechte Häppchen geschnitten. Es war das erste Mal gewesen, dass sich die Hilflosigkeit der Mutter so deutlich zeigte.

Seine Mutter befand sich in einer Seifenblase, die sie gegen alles abschirmte. Eine fragile Schutzhülle. Sie war sichtbar und doch nicht erreichbar. Man durfte die Seifenblase nicht berühren, dann würde der Zauber verschwinden. Eine geplatzte Seifenblase war nichts weiter als ein nasser Fleck, aber eine schwebende Seifenblase im Sonnenlicht, die bunt leuchtete, war etwas Besonderes.

Als Kind hatte er oft am Küchenfenster gestanden mit seinem Zahnputzbecher und einem Strohhalm, tatsächlich waren es damals Halme aus Stroh gewesen und noch keine Plastetrinkröhrchen. Ein Becher voll Wasser, einige Spritzer von dem gelben Spülmittel, das »Fit« hieß. Ab wann hatte man es grün eingefärbt und warum? Die Kunst war, die richtige Mischung zu finden, nicht zu viel, dann war es Verschwendung, aber auch nicht zu wenig, dann entstanden keine Blasen. Und noch schwieriger war es, die richtige Menge Wasser in den Strohhalm zu saugen. Zog er zu stark daran, dann hatte er die Seifenlauge im Mund und seine Schwester hatte einen Grund zum Lachen.

Sie standen am offenen Küchenfenster und ließen die Seifenblasen auf den Hinterhof schweben. Die meisten fielen nach unten und zerplatzten auf den ausgetretenen Waschhausstufen. Gewinnerblasen schafften es über das Geländer und schwebten auf das gelbe Ziegelsteinpflaster.

Die Steine waren vorher ein Teil des Hauses gewesen. Nach einem Bombenschaden und einem Brand im Dachstuhl war das Haus teilweise abgetragen worden und hatte nur noch drei Etagen. In der dritten Etage wohnte der Hausmeister, der aus den Mauersteinen das Pflaster verlegt und daraus das Recht abgeleitet hatte, dass ihm ein Teil des Hofes gehörte. Dieser Teil, den die Bewohner die Festung nannten, war von einem hohen Eisenzaun umgeben. Selbst bei gutem Wind gelang es nicht, die Seifenblasen über diesen Zaun zu schicken. Entweder sie verfingen sich in den dicht stehenden Eisenstangen oder sie zerplatzten an den scharfen Spitzen der Stäbe.

Nach dem Auszug der Schwester hatte Claudius noch viele Jahre zusammen mit der Mutter in dieser Wohnung gelebt. Jeder hatte ein Zimmer, das gleichzeitig als Wohnzimmer und Schlafzimmer diente. Den hinteren Teil des Korridors konnten sie als

Bad nutzen, es gab eine Wanne und einen Badeofen, der mit Holz zu beheizen war. Das Klo, die Bezeichnung Toilette wäre zu hochtrabend gewesen, war halbe Treppe, was bei einer Erdgeschosswohnung bedeutete, gleich neben der Hoftür.

Wenn er auf die Frage, wo er denn wohne, mit »in Lindewitz« geantwortet hatte, dann folgte oft ein mildes Lächeln, als müsse er bedauert werden, und es schien ihm, viele würden Lindewitz für einen Slum halten.

Erst nach dem Mauerfall war es ihm gelungen, eine neue Wohnung zu finden. Vier Räume mit großer Küche. Sie waren im Viertel geblieben, obwohl es nach dem Mauerfall zu den Stadtteilen gehörte, die am wenigsten saniert worden waren. Aber dafür waren die Mietpreise erschwinglich gewesen und es war ihm gelungen, die Wohnung zu kaufen. Erst spät hatten die Makler das Kleinod Lindewitz entdeckt und versuchten nun, durch steigende Mietpreise die Ureinwohner zu vertreiben. Wie das eben in dieser Branche üblich war.

Insofern war der Kauf ein Glücksfall gewesen. Claudius hatte die Wohnung in seinen und in den Bereich der Mutter geteilt. Jeder sollte seine Privatsphäre haben. Nur die große Wohnküche benutzten sie gemeinsam. Er öffnete die Küchentür, damit der Kaffeeduft in den Bereich der Mutter ziehen konnte. Das war die sicherste Methode, sie zum Frühstück zu holen.

Er ließ die Tür offen und ging noch einmal zurück zu seinem Schreibtisch. Seit er sich selbständig gemacht hatte, konnte er zu Hause arbeiten. Die Werbefirma, bei der er früher angestellt war, versorgte ihn mit Aufträgen. Meist waren es kleine Projekte: Webseiten erstellen und aktualisieren, die Einrichtung von Messeständen oder Präsentationen. Gedruckt wurde immer seltener und wenn, dann nur Hochglanz. »Wertige Ausführung« nannte das sein ehemaliger Chef. Früher war es noch um Inhalte gegangen, heutzutage ging es eher um Aussehen. Die Verpackung musste stimmen, egal was darin war. Die Bildbearbeitungsprogramme machten alles möglich. In den Prospekten gab es nur makellos aussehende Menschen, keine Warzen, keine Falten, keine Krankheitsanzeichen. Bei der Werbung für einen Treppenlifthersteller, an der er gerade arbeitete, sahen alle Probanden aus, als kämen sie direkt aus einem Südseeurlaub.

Und dann lag da noch die fast fertige Ausgabe des »Lindewitzer Monatsblatts« für das er freiwillig die Gestaltung übernommen hatte. Auch wenn viele dachten, es wäre alles schon erzählt, gab es immer wieder etwas zu entdecken und noch genügend alte Lindewitzer, die ihre Erinnerungen aufschreiben und an die nächste Generation weitergeben konnten. Wer wusste heutzutage noch, dass es früher in vielen Stadtteilen Wannenbäder gegeben hatte, in denen man gegen Bezahlung ein Bad genießen konnte? In Zeiten der »Toiletten auf der halben Treppe« hatten viele Wohnungen nur einen eisernen Ausguss in der Küche und eine Badewanne war purer Luxus. Auf dem Titelbild der neuen Ausgabe gab es ein besonderes Bild. Claudius selbst hatte es aufgenommen.

Das Foto zeigte die Zwillinge auf ihrer letzten Geburtstagsfeier, bevor das Essen serviert wurde und es zu dem traurigen Zwischenfall kam. Beide trugen eine weiße Seidenbluse und eine dunkelblaue Samtweste. In den schlohweißen, frisch gewellten Haaren steckte ein Pappdiadem mit einer goldenen 99. Es sah aus, als würden sie jeweils ihrem Spiegelbild gegenübersitzen. Selbst die doppelten Eheringe an den Ringfingern waren gleich. Eine Witwe glich der anderen. Und nun würden die beiden in wenigen Wochen einhundert Jahre alt werden. Normalerweise wurden die runden Geburtstage Lindewitzer Jubilare auf der letzten Innenseite gewürdigt. Ab dem achtzigsten Geburtstag gab es ein kleines Foto mit Namen und Geburtsdatum. In den vergangenen Jahren waren es immer mehr geworden, sodass die Seite bald nicht mehr ausreichen würde. Einmal Lindewitz, immer Lindewitz und zudem wurden die Menschen immer älter. Aber einhundertjährige Zwillinge hatte es in Lindewitz noch nie gegeben. Dieser Geburtstag war ein Foto auf dem Titelblatt wert. Dazu hatte der Ortschronist einen kurzen Text verfasst. Anne und Marie waren ein Teil von Lindewitz gewesen. Bei Spaziergängen wurden sie ständig gegrüßt. Die beiden hatten in einem Kinderheim gearbeitet und in ihrem Berufsleben Generationen von Kindern betreut. Und so unterschiedlich die beiden waren, so unterschiedlich war auch diese Arbeit gewesen. Tante Marie hatte am Tag als Erzieherin gearbeitet, seine Mutter dagegen als Nachtwache. Es war eines der Kinderwochenheime, die in den Nachkriegsjahren gegründet wurden. Träger waren Betriebe, die ihren werktätigen Müttern die Arbeit im Dreischichtsystem ermöglichen sollten. Nur in Ausnahmefällen wurden auch Kinder, die von ihren Familien getrennt werden mussten, darin untergebracht. Das Heim gehörte dem Lindewitzer Motorenwerk, in dem die moderne Frau rund um die Uhr ihren Mann stand. Die meisten Kinder wurden am Montagmorgen sechs Uhr gebracht und spätestens Sonnabendnachmittag vierzehn Uhr abgeholt wurden. So blieb der Sonntag fürs Familienleben. Der Heimalltag versprach, wie immer wieder betont wurde, auf wunderbare Weise Gemeinsamkeit. Die Kinder hatten Spielkameraden, geschulte Erzieherinnen kümmerten sich um die Betreuung, die größeren Kinder halfen den kleineren. Ein großer Garten sorgte für die Erholung. Und wenn ein Kind krank wurde, kam die Kinderärztin aus der nahegelegenen Poliklinik. Die Frauen konnten sich sorgenfrei ihren Berufsleben widmen und den Aufbau des Landes vorantreiben.

Bei Claudius selbst sah es etwas anders aus. Die Mutter war für den Nachtdienst eingeteilt, während Tante Marie am Tag arbeiten durfte. Doch die Mutter hatte es ihm immer als einen Vorteil erklärt. Wenn sie in der Nacht arbeitete, dann hatte sie am Tag Zeit für ihre beiden Kinder. Denn auch der Tagdienst der Erzieherinnen teilte sich in zwei Schichten und sie hätte entweder gefehlt, wenn ihre Kinder am Morgen in Schule und Kindergarten gingen, oder sie abends nicht zu Bett bringen können. Da war es doch viel besser, sie fehlte in der Nacht. Rückblickend fragte sich Claudius, wann die Mutter eigentlich geschlafen hatte. Wenn er am Morgen erwachte, lag sie in ihrem Bett und las die Tageszeitung. Er legte sich kurz zu ihr, dann standen sie auf und weckten die Schwester, die Mutter schmierte die Frühstückbrote, kontrollierte Ranzen und Brottasche und wenn Claudius nach Hause kam, war die Wohnung geputzt, die Wäsche gewaschen und das Abendbrot vorbereitet und die Mutter hatte noch Zeit für einen Nachmittagsspaziergang auf den Spielplatz. Sie brachte ihre Kinder zu Bett, verlangte der großen Schwester das Versprechen ab, gut auf den kleinen Bruder aufzupassen, und fuhr dann per Rad in das nahe gelegene Kinderheim. Wenn er am Morgen neben ihr lag, roch er den Kinderheimgeruch, der eine Mischung aus Desinfektionsmittel, Wäschestärke und Kräutertee war, dazu kam der Geruch der Druckerschwärze aus dem Zeitungspapier.

Er blickte zusammen mit der Mutter im Licht ihrer funzligen

Nachttischlampe auf die Seiten, sah die verwaschenen Schwarz-Weiß-Bilder und sie flüsterte ihm die dazugehörigen Geschichten ins Ohr.

Die Zeitung gab es noch immer und Claudius hatte sie bis heute für die Mutter abonniert und legte sie ihr immer mit auf den Kaffeetisch. Ganz selbstverständlich nahm sie nach dem Frühstück die Zeitung und begann, von hinten zu blättern, genauso wie sie es früher immer getan hatte. Das war üblich gewesen in dieser Zeit, denn niemand interessierte sich für die Worthülsen in den Leitartikeln. Auf der letzten Seite dagegen standen der Wetterbericht, die Lottozahlen, die Meldungen über Verkehrsunfälle und Berichte aus dem Gerichtssaal. Das waren die wirklich interessanten Dinge. Wichtig war auch die Seite davor mit den Traueranzeigen, die von der Mutter mit dem Kommentar »Da wollen wir mal sehen, wer heute aus dem Konsum ausgetreten ist« gelesen wurde. Wer tot war, konnte keine Rabattmarken mehr kleben. Das stimmte, aber trotzdem blieben viele Tote weiterhin Mitglied in der Konsumgenossenschaft. Damit die Mitgliedsgebühr nicht verloren ging, behielten viele Angehörige den Ausweis, klebten weiterhin fleißig Marken und kassierten die Rendite. Der vor über hundertfünzig Jahren im Osten Deutschlands gegründete Konsum-Verein hatte seine Tradition über die Zeit des Sozialismus retten können und erfreute sich immer noch großer Beliebtheit. Nur gab es jetzt keine Marken mehr, sondern Chipkarten, die alle Daten speicherten. Und die Frage »Was brauchen wir noch aus dem Konsum?« war zum geflügelten Wort geworden, auch wenn man zu einem Discounter einkaufen ging.

Die Mutter war während seiner Kindheit großzügig und sparsam zugleich gewesen. Ihr Verdienst als Nachtwache reichte für alle nötigen Dinge, aber schon der Genuss eines Eisbechers im Café musste gut überlegt sein. Claudius liebte das »Ausgehen«, wie es die Mutter nannte, und so oft sie es konnte, gewährte sie ihm dieses Vergnügen. Selbst die Bestellung einer Brühe mit Ei, die vom Kellner schnöde BME genannt wurde und von heute aus gesehen lächerliche fünfzig Pfennige kostete, musste gut überlegt werden. Für vier Personen waren das zwei Mark, was wiederum dem zehnfachen Eintritt ins Freibad entsprach. Meist ging sie heimlich mit ihm allein, weil sie wusste, wie sehr er sich darüber freute. Ganz langsam löffelte er die Suppe und aß das trockene Brötchen, dass es für zusätzliche fünf Pfennige gab, bis zur letzten Krume, die er mit angelecktem Zeigefinger von der Tischdecke pickte. Die Mutter fand das unhygienisch, denn die Tischdecken wurden selten gewechselt und wenn überhaupt nur umgedreht, aber sie tolerierte es. Sie nannte ihn scherzhaft einen Luftikus, verglich ihn mit seinem Vater, über den ansonsten kaum gesprochen wurde. Der Luftikus war kurz nach der Geburt seines Sohnes leider gestorben und zu allem Unglück auch noch auf der falschen Seite der Mauer. Es war lange Zeit ein schmerzhaftes Thema in der Familie gewesen. Das Ausgehen dagegen war bis zu dem Krankheitsbeginn der Mutter ein heiliges Ritual geblieben. Er hatte ihr die schwer erarbeiteten Gaststättenbesuche aus seiner Kindheit um ein Mehrfaches vergolten. Jeden Freitag gingen sie zusammen essen, die Wahl des Restaurants überließ die Mutter ihm. Oft wählte er eine kleine Trattoria, die am Rand des Viertels lag, kurz vor dem Park, in dem Eckhaus, in dem früher die Leihbücherei gewesen war. Die Mutter genoss die Zuvorkommenheit der Kellner, strich jedes Mal bewundernd über die blütenweißen Tischdecken und wagte es nur zögernd, die frisch gestärkten Servietten zu benutzen. Sie las in der Speisekarte wie ein Kind in seinem Wunschzettel an den Weihnachtsmann und ließ sich von Claudius alle Gerichte und ihre Zubereitungsart erklären. Sie war immer wieder aufs Neue entzückt von der Vielfalt der Antipasti, staunte über die Zubereitung der Dorade im Salzmantel und wählte dann doch jedes Mal Spaghetti Napoli. Sie hätte niemals eines der teuren Gerichte bestellt und schwor Claudius, dass ihr jeder Bissen im Hals stecken bleiben würde, wenn sie an den Preis dachte. Es war das in die Gene übergegangene schlechte Gewissen der Kriegsgeneration, die auch danach gelernt hatte zu improvisieren und es als unanständig angesehen hätte, fünfunddreißig Euro für ein Steak auszugeben, wäre es auch noch so gut abgehangen gewesen. Claudius verstand sie. Auch wenn er nur mit einer DDR-Vergangenheit aufwarten konnte, suchte er seine Gerichte im unteren Preissegment. Es war wie eine Haut, die er nicht abstreifen konnte. Den einzigen Ausrutscher, den sie sich leisteten, war eine Panna cotta mit Waldbeeren. Dazu trank die Mutter einen vom »Haus« spendierten Limoncello und verfiel danach lächelnd in eine selige Schläfrigkeit. Und Claudius musste schnell zahlen, damit sie den Heimweg noch schafften.

Manchmal besuchten sie auch eine etwas rustikalere griechische Taverne, die gleich nach dem Mauerfall in der Eingangshalle des Schwimmbads eröffnet hatte. Auch hier wurden sie überaus herzlich begrüßt. Erst vor einigen Jahren war Claudius bewusst geworden, dass er intuitiv diese Restaurants vorschlug, weil es in anderen Nationen geradezu goutiert wurde, dass ein Sohn seine Mutter zum Essen ausführte. Die Mutter wurde voller Respekt behandelt, ihr der Mantel gehalten und der Stuhl gerade gerückt. Im Empfinden des italienischen und griechischen Personals war es völlig normal, dass ein Sohn und seine Mutter gemeinsam zum Abendessen gingen. In der »Linde« die er einmal gewählt hatte, weil das Auto in der Werkstatt war und es so regnete, dass er sich für die geringste Entfernung entschied, hatte der Kellner ihnen einen Tisch mit der Bemerkung »Das ist aber nett, dass Sie Ihre Mutter zum Essen ausführen« zugewiesen, in einem Tonfall, der klang, als hätte sich Claudius einen Hund aus dem Tierheim zum Gassigehen ausgeliehen. Er wusste, dass ihn viele belächelten, ihn Ödipussi nannten und ihm nachsagten, er würde sich mit seiner Mutter trösten, weil er keine Frau gefunden hatte. Und Brunhilde das Biest hatte lauthals vor der Bude verkündet: »Wer weiß, was da alles abgeht!«

Er hatte lange nachgedacht, wie er es begründen sollte, und ihm war ein Wort eingefallen, mit dem er alles beschreiben konnte: Respekt.

Dankbarkeit wäre zu wenig gewesen. Nein, es war der Respekt vor der Lebensleistung seiner Mutter, die zu der Generation Klaglos gehörte, die seit fast einhundert Jahren diesen Stadtteil Lindewitz prägten. Basta.

Jetzt würde er nach ihr sehen, sie würden frühstücken und danach würde er Seifenblasen kaufen gehen. Die gab es jetzt als fertig angerührte Mischung. Man musste nur einen Stab eintauchen, durch den Ring pusten und schon war man umgeben von den schönsten Seifenblasen. Damit würde er die Mutter überraschen und sie konnten sich gemeinsam erinnern. Er trat auf den Flur und war irritiert von der Stille.

7 | NACH DEN RECHTEN SEHEN

Jeden Vormittag, und die Betonung lag auf »jeden«, egal wie das Wetter war, ging Benedikt joggen. Einzig die Länge der Strecke passte er den Witterungsbedingungen an. Seine dünnen Beine täuschten. Bei schönem Wetter lief er etwa fünfzehn Kilometer und manchmal, vor anstehenden Wettkämpfen, weitete er das Training auf fünfundzwanzig Kilometer aus. Auch wenn es Wettkämpfe für Amateursportler waren, bei denen es eher um die Teilnahme als um eine gute Platzierung ging, war er doch bestrebt, im vorderen Feld anzukommen. Beim Stadtlauf im vergangenen Sommer hatte er beim Halbmarathon einen zwölften Platz belegt. In diesem Jahr wollte er unter die ersten zehn kommen. Seine Laufstrecke führte ihn rings um Lindewitz, quer über den Markt am alten Kino vorbei, hin zum Kanal und weiter im Uhrzeigersinn zur Ruine des Wasserschlosses. Neben dem ehemaligen Wassergraben begann die Gartenanlage »Heimaterde«, die in einen kleinen Wald überging. Dieses Wäldchen war in den letzten Jahren ein wichtiger Puffer zwischen den Gärten und dem Stadion-Gelände des »Motor Lindewitz«. Die neuen Gartenbesitzer und die Fußballfans bekämpften sich, wie sich bei dem Anschlag auf das Vereinsbüro in der Spitalstraße gezeigt hatte. Nach einer scharfen Rechtskurve folgte dann das Motorenwerk mit den Werkhallen, dem Verladebahnhof und den Sozialgebäuden. Und danach kam die lange Reihe der ehemaligen Arbeiterhäuser, um die es während der vergangenen Jahrzehnte so viel Streit gegeben hatte. Auf seiner Runde passierte er die Orte, die ihm seit seiner Kindheit vertraut waren. Das Kinderheim, in dem seine Großmutter gearbeitet hatte, den Spielplatz mit dem Rutschelefanten, den es noch heute gab und der jetzt wahrscheinlich nach fast fünfunddreißig Jahren Mauerfall unter Denkmalschutz stand. Frühe Erinnerungen mischten sich mit späteren Erfahrungen und den Erzählungen seiner Verwandten. In gewisser Weise fühlte er sich auch, als würde er schon einhundert Jahre in diesem Viertel leben, das von dem Stadtparlament als »Milieuschutzgebiet« bezeichnet wurde. Das klang wie der Brutplatz für eine seltene Storchenart, aber auch wie ein Ort, der unter besonderer Beobachtung stand, ein Areal mit einem Hauch Haftanstalt. Wahrscheinlich wurden alle Lindewitzer beobachtet, was nicht abwegig war, wenn er an die Kameras im Viertel dachte. Besonders der Lindewitzer Markt war gut bewacht. Es war seit Jahren ein Streitpunkt. Durften die Daten gespeichert und ausgewertet werden? Oder sollte es nur eine Live-Überwachung an Bildschirmen geben? Benedikt stellte sich müde Polizeibeamte an Monitoren vor, die, während sie belegte Brote aßen, notierten: »Zielperson B. begibt sich auf seine Joggingrunde, kein Verlassen des Viertels befürchtet.«

Der Stadtteil war vom Marktplatz aus in die Landschaft mäandert und hatte auf der einen Seite seine natürliche Grenze an einem Kanal gefunden, der einmal die Stadt mit den Weltmeeren verbinden sollte. Es fehlten nur noch wenige Kilometer bis zum Anschluss an einen Fluss, der wiederum vereint mit einem anderen Fluss in die Nordsee mündete. Doch keine Diktatur und keine Demokratie hatte es bisher geschafft, den noch fehlenden Graben auszuheben. Seine Mutter hatte ihm erzählt, dass ihre Lieblingsband in den 1970er-Jahren eine Ballade geschrieben hatte, in der ein kleiner Otto den großen Otto in Hamburg anflehte: »Hol mich nach Norden!« Da waren die Genossen im Politbüro sicher froh gewesen, dass der Kanal mitten auf dem Feld plötzlich zu Ende war und niemand auf die Idee kommen konnte, von Lindewitz aus nach Hamburg zu schwimmen. Das Lied wurde aber trotzdem verboten, sicher war sicher. Dachten sie damals jedenfalls und hätten niemals gedacht, das »die aus dem Norden« eines Tages sich hier in den Villen am Kanal ansiedeln würden.

Viele Lindewitzer nannten diese Gegend von jeher den »Blinddarm«, in Anlehnung an ein überflüssiges Organ. Vor dem Krieg hatten hier die Besitzer der Motorenfabrik samt ihrem Hofstaat gewohnt, und als sie nach dem Krieg geflohen oder enteignet worden waren, zogen in die Villen hinter den hohen Hecken die Parteibonzen und Kombinatsdirektoren ein. In Benedikts Kindheit in den 1990er-Jahren waren die meisten der Villen unbewohnt und die Grundstücke ein wunderbarer Abenteuerspielplatz gewesen. Allerdings nur so lange, bis der Streit um die Eigentumsverhältnisse geschlichtet war und die Erben der ursprünglichen Erbauer die Häuser wieder in Besitz nahmen. Jetzt war das Kanalufer Privatgelände, das geschützt von hohen Eisenzäunen und Hecken den Weg zum Wasser versperrte. Die Besitzer der Grundstücke hatten über Treppen einen eigenen Zugang zum Kanal und kleine Boote an den in die Kanalmauer eingelassenen Eisenringen festgezurrt. Große Boote, die sie wahrscheinlich gern besessen hätten, waren für die anschließenden Gewässer nicht zugelassen und es war ein ewiger Kampf zwischen den Naturschützern und den Bootsbesitzern, die nicht hinnehmen wollten, dass ihnen verboten wurde, mit heulenden Motoren durch das Wasser zu pflügen, während die anderen den freien Zugang zu den Brutplätzen der Wasservögel am Kanalufer forderten. Benedikt wusste, dass seit Jahren einige Verfahren anhängig waren, und er ahnte auch, wer gewinnen würde. Recht kannte keine Moral.

Nach den Villen kam der Jammerhügel. Eine Anhöhe mit den Resten einer Wasserburg. Ringsherum war ein Graben gezogen, der früher einmal Wasser geführt haben sollte und der jetzt mit Müll gefüllt war. Nur eine kleine Holzbrücke verband den Hügel mit dem »Festland« und genau zweiundfünfzig Stufen führten nach oben zur Ruine. Benedikt hatte sie als Kind immer gezählt. Oben unter den Schatten der mittlerweile großgewachsenen Platanen waren Bänke und zwei steinerne Tischtennisplatten aufgestellt, die als Tresen dienten. Früher war hier der Jugendtreff gewesen, an dem abends die »Halbwüchsigen«, die oft größer waren als ihre Eltern, mit ihren Rekordern abhingen. Auch er war einige Male mit seinen Freunden dagewesen, hatte hier sein erstes Bier getrunken und den ersten Joint geraucht, von dem ihm so übel geworden war, dass er es nie wieder versucht hatte. Es gab eine Feuerstelle, die in den letzten Jahren wegen der zunehmenden Waldbrandgefahr nur noch selten benutzt werden durfte.

Jetzt waren es Arbeitslose und Rentner, die hier ihre Zeit mit Biertrinken, Rauchen und dem Verherrlichen der alten Zeiten verbrachten, was oft ins Jammern überging. Noch vor einiger Zeit hatte Benedikt die Treppenstufen in sein Trainingsprogramm eingebunden, aber um diese Jahreszeit waren die ersten Bänke schon am Morgen besetzt und er wurde als Störenfried angesehen und mit einem »Verpiss dich!« verjagt.

Gleich neben dem Jammerhügel begann der Gartenverein »Heimaterde«. Die Kolonie zog sich entlang der Bahngleise, über das Gelände, das für den Wohnungsbau ungeeignet war. Früher hatten Tante Mausi und Onkel Butterweich hier einen Garten gehabt, etwa zweihundert Quadratmeter, überquellend von Blumen, Gemüse und Ostbäumen. Ein schmaler Weg führte zu einer kleinen Laube, in der die beiden im Sommer übernachteten. Benedikt war oft bei ihnen zu Besuch gewesen und hatte gern die Rolle des fehlenden Enkels übernommen, so wie er auch von Tante Anne und Tante Hulda wie ein Enkel behandelt worden war. Er war der Liebling seiner Tanten und Onkel und vergeblich hatte seine Mutter darum gebeten, ihn nicht zu verwöhnen. Er hatte es nie ausgenutzt, aber er hatte ihre Liebe genossen und sich nicht gewehrt, selbst als sie ihn noch als Zehnjährigen abküssen wollten. Einen Teil seiner Sommerferien hatte er in Tante Mausis Garten verbracht. Tante Mausi, die ihre Arbeitsjahre als Kaltmamsell im Restaurant der Pferderennbahn verbracht hatte, half dort hin und wieder aus und war auch in der Gartenkantine eine gern gesehene Köchin, wenn eine Familienfeier auszurichten war. Bei Tante Mausi gab es immer Essen im Überfluss und sie bekämpfte seine Magerkeit hartnäckig mit den Resten von den Buffets. Er durfte die Wurst ohne Brot essen und Süßigkeiten naschen, so viel er wollte.

Auch seine Großmutter fütterte ihn, wenn er bei ihr zu Besuch war, aber durch die Streitigkeit zwischen ihr und seiner Mutter Claudia war er lieber in der störungsfreien Zone von Tante Mausi und ließ sich mit russischen Eiern und Schinkenröllchen vollstopfen. Sie nannte ihn ihren kleinen Genießer und sah ihm beglückt zu, wenn er aß.

Doch diese Erinnerungen waren getrübt, wenn Benedikt sich jetzt der Gartenanlage näherte, wechselte er die Straßenseite.

Es gab mal einen Witz und der ging so: Was sagt eine Mutter in Brandenburg, wenn sie nach ihren Kindern sehen will? »Ich geh mal nach den Rechten sehen!« Auf traurige Weise war dieser Witz in vielen Teilen des Landes und selbst im einst proletarischen Lindewitz wahr geworden.

Die Besitzverhältnisse in der Gartenanlage hatten sich schleichend geändert. Benedikt, der in der Niemandszeit zwischen Mauerfall und Wiedervereinigung geboren worden war, nannte es so, denn wenn es ein Niemandsland gab, dann musste es auch eine Niemandszeit geben. Viele Eltern, auch seine Mutter, waren damals hin und her gerissen zwischen Verlustängsten und Aufbruchsstimmung, wobei die Aufbruchsstimmung überwog. Sie hatte es nicht gewagt, das übliche Babyjahr in Anspruch zu nehmen und sich aus Angst, sie könne ihre Stelle an der Universität verlieren, eine zusätzliche Beschäftigung als Touristenführerin gesucht. Benedikt war oft in der Obhut seiner Omas, Tanten und Onkel geblieben, vor allem in Tante Huldas Laden und Tante Mausis Garten. Erst vor Kurzem war ihm das erste Video, das es von ihm gab, in die Hände gefallen und er hatte es auf seinem Rechner digitalisiert. Es zeigte ihn, vor Freude kreischend, in Tante Mausis Garten unter dem großen Apfelbaum in einer Zinkbadewanne sitzend, spürbare Leichtigkeit eines Sommertags. Wenn Benedikt durch die Gartenanlage lief, grüßten ihn alle, steckten ihm Schokoladenriegel zu oder ein Überraschungs-Ei und in der Gartenkantine bekam er ein Benjamin-Blümchen-Eis geschenkt, das Tante Mausi wahrscheinlich später bezahlte. Die Welt war bunt und süß, roch nach Kaugummi und den Rosen in Tante

Mausis Garten. Doch nach und nach verschwanden die vertrauten Gartennachbarn und die Grundstücke verwilderten. Die Reisekataloge lockten mit anderen Gärten, der Blumeninsel Mainau oder den Poseidon-Gärten auf Ischia. Da blieb keine Zeit mehr fürs Rasenmähen und Heckeschneiden. Auch war der Garten als Versorgungsgrundlage für frisches Obst und Gemüse in den Hintergrund getreten.

Seinen Schulanfang hatten Benedikt noch in der Gartenkantine gefeiert mit einem wunderbaren Tante-Mausi-Buffet, auf dem es einen Kinderteil gab und extra für ihn sein damaliges Lieblingsessen Milchreis mit Zucker und Zimt und Mus aus den Äpfeln von dem Baum, unter dem seine Zinkbadewanne stand. Doch kurz darauf im Herbst schloss die Kantine, es gab kein Erntedankfest mehr und auch keine Weihnachtsfeier für alle Gartenbesitzer. Der Wirt hatte aufgegeben, weil sich der Betrieb für ihn nicht mehr lohnte, und die Tür mit einem Eisengitter verriegelt. Mit einem Schild am Eingang der Gartenanlage wurde ein neuer Pächter gesucht.

Der neue Wirt kam aus dem Kampfsportverein, der sich in der ehemaligen Sporthalle des Motorenwerks niedergelassen hatte. War es die Nähe zu ihrer »Muckibude« oder der Name »Heimaterde«, der die neuen Kneipengäste angezogen hatte? Oder war es einfach nur Zufall gewesen?

Der neue Pächter war überraschend jung. Ein kräftiger Mann im Muskelshirt, der sich zusammen mit Freunden auch gleich um die verwahrlosten Gärten daneben kümmerte, da konnte man schon mal hinnehmen, wenn sie am späten Abend laute Musik hörten.

Benedikt erinnerte sich an das Getuschel in der Gartenanlage, was das wohl für welche wären, mit ihren kahl rasierten Köpfen? Aber so wie Hundebesitzer versprechen, dass ihre Hunde nicht beißen würden, hieß es über die neuen Gartenbesitzer mit ihren martialischen Tattoos, die tun doch niemanden etwas. Seid doch froh, dass die Kantine wieder in Betrieb ist. Nur Tante Mausi war unglücklich, nicht nur, weil die neuen Besitzer auf ihre Dienste als Kaltmamsell verzichteten und ihre eigenen Grillabende und Schlachtfeste veranstalteten, sondern weil ihm heute klar war, was sie damals mit der Bemerkung »Ich rieche so etwas auf hundert Meter Entfernung« gemeint hatte. Damals hatte er gedacht, es wären die Bratwürste gewesen, und sich gewundert, was Tante Mausi gegen Bratwürste einzuwenden hatte. Aber auch er hatte die Kantine gemieden und lieber auf sein Eis verzichtet. Zwar fuhr er weiter mit seinem Roller durch die Gartenanlage, doch es grüßte ihn kaum noch jemand. Die neuen Gartenbesitzer hatten Hunde, die nicht bellten und Benedikt, der immer nach Schokolade roch, auch nicht anschnupperten und ihn nur mit starrem Blick fixierten. Das machte ihm mehr Angst als die kläffenden Köter, die vor Tante Huldas Laden angebunden waren.

Die Hunde in der Gartenanlage hatten glattes Fell und ähnelten damit ihren Besitzern, die sich wahrscheinlich täglich ihre Schädel rasierten. Allerdings hatten die Hunde keine Tattoos.

Es kamen immer neue Hunde und immer neue kahlrasierte Hundebesitzer dazu. Die meisten trugen Shirts mit aufgedruckten Kreuzen, Cargohosen und schwarze feste Schuhe, die Onkel Butterweich Springerstiefel nannte. Er war es auch, der sich beschwerte und die Polizei rief, als einer der Hundebesitzer eine schwarz-weiß-rote Fahne an einem Zaun befestigte Die beiden

Polizisten zuckten nur mit den Schultern, das war kein Straftatbestand, und der Hundebesitzer gab an, dass er nur seine Bettwäsche trockne.

Noch fünf Jahre hielten Tante Mausi und Onkel Butterweich in ihrem Garten, den sie jetzt »die Festung« nannten, den neuen Nachbarn stand, dann gaben sie ihr Grundstück »ab«, wie das im Pächterdeutsch hieß. Aber eigentlich gaben sie es »auf«. Als sie drei Tage später noch eine vergessene Kiste aus der Laube holen wollten, war auf dem Grundstück die Reichskriegsflagge gehisst, kein Straftatbestand, wie sie ja bereits vor Jahren von der Polizei erfahren hatten, und Onkel Butterweich sagte zu Benedikt, der damals gerade die Konfirmation hinter sich hatte: »Versprich mir, dass du einmal für das Recht kämpfst, dass so etwas verboten wird.« Als sich Benedikt Jahre später für Jura einschrieb, hatte er an diesen Satz gedacht.

Dass ausgerechnet am Rand von Lindewitz dieser Hotspot der rechten Gesinnung entstanden war, fand Benedikt bitter. Er hatte daran gedacht, seine Laufstrecke zu ändern, aber hieße das nicht, den anderen den Platz überlassen?

Manchmal, wenn er nachts grübelte, überlegte er, ob er nicht einfach mal in die Kneipe gehen, sich an den Tisch setzen und mit ihnen reden sollte. Im Laufe der Jahre waren auch Jungs dazugekommen, mit denen er früher zur Schule gegangen war. Jungs, die damals eher ängstlich gewesen waren, sich gefürchteten hatten, über den Bock zu springen, und die nun, muskelbepackt, mit wiegenden Schritten von ihrem Kampfsportverein in die Gartenanlage liefen. Sie grüßten ihn, wenn sie ihn sahen, und er grüßte zurück. Aber dann war jene Nacht gekommen, in der sie ihm, zusammen mit ihren Kameraden, die Scheiben zerschlagen hatten.

Auch am Morgen vor dem Überfall war er hier langgelaufen. Es hatte geregnet, die Gehwege waren nass und bei jedem Schritt spritzten ihm Tropfen gegen die Waden. An jenem Morgen war die gesamte Straße und selbst die Einfahrt zur Anlage zugeparkt gewesen, beiläufig, im wahrsten Sinne des Wortes, hatte er die Kennzeichen zur Kenntnis genommen. Und gedacht »alles Landeier«, denn viele Autos kamen aus dem Umland, manche sogar aus über hundert Kilometer Entfernung. Die Männer, wahrscheinlich die Fahrer, standen in kleinen Gruppen auf dem Gehweg, so als sammelten sie sich für einen Ausflug. Da war ihm eingefallen, dass am Abend der erste Jahrestag dieser unsäglichen Kundgebungen war, die jetzt regelmäßig unter Polizeischutz in der Innenstadt abgehalten wurden. Meinungsfreiheit war ein Grundrecht, aber für die Reden, die dort gehalten wurden, fand er nur die Worte »Hass« und »Hetze«. Er hatte den Fernsehberichten nicht glauben wollen und war zusammen mit seinem Onkel Claudius zu einer dieser Veranstaltungen gegangen.

Was er sah, war gespenstisch. Der Platz, auf dem einst das Volk friedlich für die Wiedervereinigung des Landes demonstriert hatte, war durch Polizeikleinbusse geteilt. Jeweils drei Fahrzeuge standen in einer langen Reihe nebeneinander, die wiederum beidseitig durch Polizeiketten flankiert waren. Die Polizisten waren mit Helmen und Schilden ausgestattet, als wollten sie gleich in eine Schlacht ziehen. Auf der linken Seite stand eine Bühne. Der Zugang zu dem Platz davor war schmal, vielleicht um Drängeleien zu verhindern, vielleicht aber auch, um die Menschen, die sich auf der anderen Seite der Polizeikette postiert hatten, abzuhalten, das Areal zu stürmen. Die Bürgerrechtler von damals wollten die Beschmutzung »ihres« Platzes nicht hinnehmen und hatten zu einer Gegendemonstration aufgerufen und eigentlich hätten Benedikt und Claudius auf diese Seite gehört.

Aber sie zwängten sich durch den schmalen Zugang und standen dann zwischen alten Frauen und Männern, Familien, Jugendlichen und jungen Männern, die wie die Männer aus der Gartenanlage aussahen. Die Zuschauer trugen Plakate, an denen die Bundeskanzlerin am Galgen hing oder in Sträflingskleidung hinter Gittern saß. Sie schwenkten Deutschlandfahnen, Sachsenfahnen und Reichskriegsflaggen. Und ein Mann brüllte von der Bühne: »Wo sitzt das Pack?« Und die Menge antwortete schreiend im Chor: »Im Bundestag!«

Was die beiden Seiten hüben und drüben der Polizeikette einte, war das Geschrei. Die einen riefen »Volksverräter, Volksverräter«, was auf Sächsisch wie »Volksfahrräder« klang, aber leider nur eine Irritation war. Die andere Seite schrie über die Polizistenköpfe hinweg: »Schämt euch, schämt euch!« Was Benedikt auch nicht besonders originell fand.

Und dann kam ein neuer Redner auf die Bühne und fragte wie der Kasper seine Zuschauer: »Seid ihr alle da?«

»Jaaa!«

»Seid ihr das Volk?«

»Jaaaa!«, brüllte die Menge

»Habt ihr eine Geschichte?«

»Jaaaa!« Diese Frage zielte sichtbar auf die Reichskriegsflaggenfraktion, die ihre Fahnen eifrig schwenkte.

»Habt ihr eine Kultur?«

»Deutschland, Deutschland!«

Und dann sah Benedikt einen Kommilitonen aus seinem Studienjahr, der im Takt der Rufe seine Faust schwang. Daneben reckte ein Mann ein Plakat nach oben, auf dem die Bundeskanzlerin zu sehen war. Sie stand an einem Tisch untenherum nackt, sodass die schwarze Scham zusehen war, doch beim genauen Hinsehen war es ein schwarzer Arm, der sich zwischen ihren weißen Beinen nach oben reckte und ihr mit gespreizten Fingern in den Schritt griff.

»Die Regierung stellt bezahlte Schlägertrupps auf, um uns vom Demonstrieren abzuhalten!«, rief der Mann von der Bühne.

Er war schlecht zu verstehen, da neben Benedikt gerade ein Kameramann mit den Rufen »Lügenpresse, Lügenpresse!« attackiert wurde. Die Polizisten sahen eine Zeit lang zu, bis sie ihm langsam zu Hilfe kamen.

Die Gegendemonstranten setzten jetzt Trillerpfeifen ein, weshalb der Redner noch lauter brüllte. Er zeigte auf die Seite der Pfeifer und »Schämt euch!«-Rufer und stellte fest: »Das sind psychisch kranke Menschen, die durch pausenlose freiheitsfeindliche Gehirnwäsche krank geworden sind!«

»Sperrt sie ins Heim!«, rief der Mann mit dem Merkel-Plakat.

»Krank« war das richtige Wort, dachte Benedikt: »Das Land ist krank!« Oder war das zu harmlos? Was Benedikt hier sah, machte ihm Angst. Er gab Claudius zu verstehen, dass er gehen wollte, aber der Weg zurück war versperrt. Hinter ihnen standen die Leute so dicht nebeneinander, dass kein Durchkommen war. Plötzlich setzte sich der Pulk in Bewegung, ganz langsam, obwohl die Behörden das Laufen auf der Ringstraße verboten hatten. Das ist die alte Route, sagte Claudius zu Benedikt. »Wir sind das Volk!«, skandierte die Menge.

Zwar hatte die Stadtbehörde die Versammlung genehmigt, nicht aber den Umzug auf den Pfaden der 1989er-Demonstranten. Benedikt sah zu Claudius, der damals dabei gewesen war, doch Claudius erwiderte seinen Blick nicht, bewegte sich mechanisch wie eine Puppe, deren Sprungfeder gerade aufgezogen worden war. Über sein Gesicht huschten die Lichtkegel der Rundumleuchten der Polizeiwagen, kaltblaue Schläge, die den Gesichtsausdruck noch starrer erscheinen ließen. Die Polizisten liefen vor der Spitze der Demonstration, das Gesicht der ersten Reihe zugewandt, sie liefen rückwärts, in tänzelnden Trippelschritten, es erinnerte Benedikt an ein Spiel aus seiner Kindheit: »Ein Hut, ein Stock, ein alter Mann, vor, zurück, zur Seite, ran!« Warum blieben sie nicht einfach stehen und stoppten den Demonstrationszug?

Benedikt und Claudius versuchten seitlich aus der Gruppe herauszukommen. Dabei sah Benedikt noch einmal seinen Kommilitonen, der die Faust hob. Ein Typ, den alle an der Fakultät Bulli nannten. Wollte er ihm drohen? Wollte er ihm signalisieren, dass er an seiner Seite stand? Oder war es einfach nur eine hippe Geste?

Auch an dem Morgen vor dem Überfall auf seinen Laden hatte er ihn gesehen, in einer der Gruppen, die neben den Autos stand. Und auch dort hatte Bulli mit der geballten Faust in seine Richtung gezeigt. Doch das war nicht das einzige Zeichen gewesen. Ich hätte es wissen müssen, hatte Benedikt nach dem Überfall gedacht. Denn bei einem Sportfest an der Uni nur wenige Monate zuvor hatte er den muskulösen Oberkörper von Bulli gesehen, verziert mit einem kunstvollen Tattoo, irgendetwas Keltisches, das am rechten Rand in einer Girlande auslief. Und Bulli hatte auf Benedikts magere Brust gedeutet und gesagt: »Na, willste auch ein Tattoo? Vielleicht Tim und Struppi?«

Die Beleidigung hatte er wegstecken können, nicht aber den Ärger darüber, dass er nicht sofort erkannt hatte, dass die Girlande bei genauem Hinsehen aus mäandernden Hakenkreuzen bestand. Das fanden auch viele seiner Kommilitonen. Aber beweisen konnte es niemand. Doch die Begegnung auf der Demo war ein weiteres Indiz dafür, dass der Verdacht begründet war. All diese Dinge verfolgten ihn und beherrschten seine Gedanken, selbst beim Joggen.

Benedikt hatte das Wäldchen erreicht, das den Stadionbereich des »Motor Lindewitz« von der Gartenanlage trennte. Niemandsland zwischen den Fronten, das einen Puffer bildete. Die Anhänger des »Motor Lindewitz« hatten für das Anzünden ihres Vereinsbüros ewige Rache geschworen. Benedikt rannte über den Parkplatz und bog in das Areal der Motorenfabrik ein.

Die Fabrik, die über hundert Jahre lang vielen Lindewitzer Arbeit gegeben hatte und nun stillgelegt war. Eine Industrieruine, die an die Vergangenheit erinnerte. Lindewitzer Motoren waren in vielen Ländern begehrt gewesen, in Panzern, Kränen, Schwermaschinen. Jetzt bewohnten Tauben die Werkhallen und über die Ziegelwände zogen sich Graffitis. Holunderbüsche wuchsen aus allen Ritzen und umschlossen das Gebäude mit einer festen Hecke. Bald würde er blühen und die benachbarten Anwohner anziehen, die aus den Dolden Sirup kochten. Es ging das Gerücht, dass es für das Gelände einen Käufer gab, der das mit

Taubenzecken gespickte Gemäuer in hochwertige Lofts umwandeln wollte. Den seit vielen Jahren tobenden Streit über die Eigentumsverhältnisse hatte am Ende die Kommune gewonnen. Doch statt das Areal für den sozialen Wohnungsbau zu nutzen, waren die Fabrikgebäude und auch ein Teil der Nachbarhäuser, in denen vorher die Arbeiter gewohnt hatten, zum Verkauf ausgeschrieben worden.

Die Mietskasernen neben der Fabrik waren schon zu Ende der DDR so marode gewesen, dass sie nicht mehr offiziell zum Bestand des Wohnungsamts der Stadt zählten. Auch seine Mutter hatte eine Zeit lang zu den Bewohnern gehört. Er kannte sogar die Koordinaten: zweites Haus von links, dritte Etage, Fenster in der Mitte.

Bis heute war es ein Hausbesetzerparadies für junge Leute, die in den Backsteinhäusern, die seit Jahrzehnten dem Verfall preisgegeben waren, mehr hausten als wohnten, in den Werkshallen des Motorenwerks heimlich Partys feierten oder am Abend auf dem Grundstück vor den Häusern um Eisentonnen herumsaßen, ins Feuer starrten und rauchten. Wie viele von ihnen wirklich noch dort wohnten, wusste niemand. Einige waren Langzeitstudenten, andere gingen, entgegen allen Gerüchten, arbeiten. Sie blieben unter sich, und bis auf den Umstand, dass sie hin und wieder mit Trommeln vor dem Einkaufszentrum saßen, um Geld bettelten und die Anwohner mit ihrem Lärm nervten, belästigten sie niemanden. Sie nannten es alternatives Wohnprojekt und hatten ein verblichenes Transparent mit dem Anarchiezeichen über die Fassade gespannt. Bei den Älteren hießen sie Asoziale oder Penner, für die Rechten waren sie Zecken, die vertrieben werden mussten. Der Verkauf der Häuser ließ daran keinen Zweifel mehr.

Benedikt war am Ende seiner Laufrunde angekommen und fiel in einen langsamen Trab. Am Eingang zum Werksgelände mühten sich zwei Arbeiter mit dem Aufstellen einer Tafel. Und täglich grüßt das Murmeltier, dachte er. Jemand hatte die Holzpfeiler, an der sie befestigt war, knapp über den Boden durchgesägt. Ein »Spiel«, das nun schon seit zwei Wochen so stattfand. Zeichnungen und Fotos zeigten die Schönheit der neuen Bebauung und warben für den Kauf von hochwertigen Apartments mit Fußbodenheizung und Echtholzparkett. Auf die Rückseite der Tafel war mit schwarzer Farbe die Botschaft gesprüht: »Wir bleiben hier!«

8 | FAMILIENBANDE

Nachthemd, Hausschuhe, Waschtasche? Die Schwester hatte Claudia aufgetragen, persönliche Dinge der Mutter mitzubringen. Aber was brauchte man auf einer Intensivstation?

Claudia stand vor der Wohnungstür, den Schlüssel in der Hand, und zögerte. Ihr wurde bewusst, dass sie noch nie allein in dieser Wohnung gewesen war. Der Umzug vor zwanzig Jahren war das Ergebnis langwieriger diplomatischer Verhandlungen gewesen. Warum sollte die Mutter aus der Familienwohnung, die sie nur noch allein bewohnte, ausziehen? Zu groß? Ach was, so war wenigstens Platz für Besucher. Die Treppen? So blieb sie in Bewegung. Die Bewirtschaftung der Wohnung? Dafür gab es Haushaltshilfen. Und wäre es nicht angebracht gewesen, dass Claudia zu ihrer Mutter zog? Platz wäre doch genug? Und wohnte nicht auch Claudias Cousin bei seiner Mutter? Erst der Verweis, dass auch ihre Zwillingsschwester in eine moderne Wohnung gezogen war, brachte die Entscheidung. Der Zwillingswettbewerb war das beste Argument. Und dass Claudia nicht mit ihr zusammenziehen wollte, musste die Mutter schließlich schweren Herzens hinnehmen. Es blieb bei dem täglichen Telefonat und einem wöchentlichen Besuch zu Kaffee und Kuchen. Das nachmittägliche Kaffeetrinken empfand Claudia als eine urdeutsche Mahlzeit. In welchen Ländern gab es das noch? In Italien wurde der Espresso nach dem Essen zusammen mit dem Dolce gereicht, in Frankreich gab es kleine Kunstwerke aus der Patisserie und in England den Five o'Clock Tea, der nur hin und wieder üppig ausfiel. Das Kaffeetrinken in Deutschland war eine vollwertige Mahlzeit. Kaum hatte man sich am Mittag durch den Teller mit Braten und Gemüse gekämpft, bei dem in Claudias Kindheit galt »Aber iss wenigstens das Fleisch!«, musste man sich kurz darauf schon wieder an den gedeckten Tisch setzen, um Torte zu essen. Auch nach dem Kaffeetrinken gab es nur eine kurze Verschnaufpause, denn dann folgte das Abendessen, das aus Aufschnittplatten oder Kartoffelsalat mit Würstchen bestand, je nachdem bei wem man eingeladen war, oder manchmal auch aus beidem. Sie feierten alles: Geburtstage, Verlobungen, Hochzeiten, Schulanfänge, Jugendweihen, Geburten, Trauerfälle. In Claudias Kindheit, als viele ihrer Onkel und Tanten noch lebten, bedeutete es wöchentlich eine Familienfeier und gern wurde um sich überschneidende Termine gekämpft. Hochzeit schlug Geburtstag, das war gesetzt, aber wie war es mit einem Schulanfang und einer Verlobung? Doch damit nicht genug, An jedem Sonntagnachmittag trafen sich Anne und Marie samt Kindern. Manchmal gingen sie ins Schwimmbad oder spazierten durch die nahegelegene Gartenkolonie, aber meist trafen sie sich in Tante Annes Wohnung. Ihr Mann, der aus Hannover stammte, war der deutschen Teilung zum Opfer gefallen. Nach dem Krieg hatte er es vorgezogen, in Westberlin zu arbeiten, und sich nicht entschließen können, zu seiner Familie zu ziehen. Dann wurde die Mauer gebaut. Über seinen Tod gab es in der Familie die gehässige Verdächtigung, dass er die Krankheit und seinen Tod nur vorgetäuscht hätte, um seine Familie zu verlassen. Letztendlich war es nicht nachzuprüfen.

Wie beinahe bei allen spaltete sich auch Claudias Familie in einen Ostteil und in einen Westteil, weil viele gedacht hatten, der Mauerbau wäre eine vergängliche Aktion, wer ist schon so verrückt und baut eine Mauer durch ein ganzes Land. Die deutsche Teilung war, glaubte Claudia den Erzählungen ihrer Tanten und Onkel, damals als eine Kinderkrankheit betrachtet worden und wer hätte den ahnen können, dass sich so ein Blödsinn zu einer chronischen Krankheit auswuchs. Im Nachhinein betrachtet hatte die deutsche Teilung die Familienfeierlichkeiten etwas reduziert, denn wo hätte es hingeführt, wenn alle in einem Land geblieben wären?

Claudia schloss auf und trat in den Flur. Da waren sie alle versammelt. Sie hatte der Mutter damals zum Einzug in die neue Wohnung gerahmte Familienfotos geschenkt und wenn man den Korridor bis zum Bad lief, durchschritt man eine Ahnengalerie.

Claudias Lieblingsbild hing gleich neben der Tür, die gesamte Familie ihrer Mutter. Der Schuhmachermeister Alois Klopf, seine Frau Selma und die sieben Kinder. Mausi kuschelte sich auf den Schoß des Vaters, die Zwillinge umrahmten die Mutter. Der erstgeborene Sohn Karl saß auf dem Sofa zwischen seinen Schwestern Anita und Ida, und an der Wand lehnten Erna und Hermann. Auf dem Tisch standen zwei Weinflaschen, Anita blickten mit somnambulem Blick in die Kamera. Die Weinflaschen waren ein deutliches Zeichen dafür, dass Tante Greta zu diesem Zeitpunkt bereits nach Lindewitz zurückgekehrt war und die Familie mit Wein versorgte. Und selbstverständlich hing auch ein Foto von der Geschäftseröffnung auf dem Flur. Rückgerechnet musste das Foto Ende der 1920er-Jahre entstanden sein, Tante Mausi war ein pausbäckiges Kleinkind und die Mutter und Tante Anne präsentierten beim Lachen ihre Zahnlücken und waren vermutlich gerade in die Schule gekommen. Ja, damals, als das Ei noch drei Pfennige kostete und die Kinder auf den Fahrbahnen Ball spielen konnten, weil so wenige Autos fuhren.

Einst waren sie ein Imperium gewesen. Der lustige Onkel Karl, der mit den Ohren wackeln konnte, die melancholische Tante Anita, Cousine Felizitas, Cousin Sandro. Onkel, Tanten, Neffen, Nichten, Cousins, Cousinen, Schwippschwager, Schwiegertöchter. Es waren Menschen die immer noch, ob tot oder lebendig, zu Claudias Leben gehörten und nicht zu verleugnen waren. Egal wie sie sich verhalten und welche Vergangenheit sie hatten. Onkel Karl blieb in Claudias Erinnerung der lustige Onkel Karl, obwohl er als Oberingenieur an der Erfindung der Panzerfaust beteiligt gewesen war. Niemand hatte mit ihr früher darüber gesprochen. Sie sah ihn im Sessel sitzen, ein dicker Glatzkopf, der die Zigarre nur aus der Hand legte, wenn er sie auf den Schoß nahm. Er trug immer weiße Hemden mit einer roten Fliege und je nach Jahreszeit eine Weste oder eine Strickjacke darüber. Er spielte mit ihr Hoppe-Hoppe-Reiter, wenn er fällt, dann schreit er, fällt er in den Sumpf, dann macht der Reiter plumps. Er ließ sie fallen, fing sie im letzten Moment auf und lachte, dass sein ganzer Körper bebte, weil er sah, wie sie Angst hatte. »Nie würde ich dich fallen lassen«, rief er und drückte sie gegen seinen dicken Bauch und dann wackelte er mit seinen Ohren, bis auch Claudia wieder lachte. Immer wenn jemand Zigarre rauchte, musste sie an Onkel Karl und seine wackelnden Ohren denken.

Heute würde sie sagen, ich habe auf dem Schoß des Erfinders

der Panzerfaust gesessen und mich vereinnahmen lassen. Aber die Frage nach Schuld tilgte doch kein Verwandtschaftsverhältnis.

Onkel Karl gehörte genauso zur Verwandtschaft wie Tante Mausi oder Tante Anne. Die bucklige Verwandtschaft, wie es immer hieß, die man gleichermaßen liebte und hasste. Obwohl, niemand war bucklig, bis heute. Zwar lief Tante Mausi etwas gebeugt, aber das lag an ihrem Rollator. Und obwohl es zahlreiche Witwen in der Familie gab, getreu jeder Statistik waren die Männer zuerst gestorben, hatte niemand einen Witwenbuckel. Und warum sollten eigentlich nur Witwen einen Buckel bekommen und nicht Witwer? Weil sie früher starben als ihre Frauen? Der Begriff bucklige Verwandtschaft schloss alle ein, heutzutage wahrscheinlich auch Diverse. Aber vielleicht war der Familienbuckel ein Synonym dafür, dass man seine Verwandtschaft wie einen Buckel mit sich herumschleppte? Ein notwendiges Übel, eine Last, die nicht abzuschütteln war, sosehr man sich auch mühte. Verwandt blieb verwandt, selbst wenn man sich dafür schämte. Oder bedeutete der Begriff, dass einer für den anderen seinen Buckel hinhielte? Getreu dem Motto »Einer für alle! Alle für einen!«, auch wenn sie keine Musketiere waren? Selbst die größten Leugner würden zugeben müssen, dass es irgendwo im Körper einen Sensor gab, der die Familienzugehörigkeit signalisierte. Cousin Kai-Uwe, der eine Wissenschaftslaufbahn an der Universität eingeschlagen hatte und immer wieder als Beispiel diente, wozu man es in dieser Familie im Gegensatz zu all den vielen »verkrachten Existenzen« bringen konnte, hatte es einmal als chemische Verbindung deklariert. Ein Botenstoff, der bisher unentdeckt geblieben war. Denn warum empfand man die eigenen Kinder und die Kinder seiner nahen Verwandten als besonders hübsch und fiel bei deren Anblick in Verzückung, während die unbeteiligten Nachbarn hinter vorgehaltener Hand davon sprachen, dass die Kinder wie Missgeburten aussahen?

Onkel Karl hatte es, nach dem Genuss einiger Biere, bei einem Familientreffen als eine Schleimspur bezeichnet, auf der man langschlitterte, ob man es wollte oder nicht. Damals hatten alle entsetzt aufgeschrien. Doch er hatte sehr recht, denn an seinem Beispiel zeigte sich, wie kritiklos einer dem anderen folgte, denn war es für die Familie nicht eine Selbstreinigung gewesen, Karl nach Kriegsende zu verstoßen? Nun gut, diesen Part hatten dann die Russen übernommen. Der »Große Bruder« hatte den großen Bruder samt seiner Familie eines Tages abgeholt und niemand in der Familie hatte gewusst, wohin sie gebracht wurden und ob sie jemals zurückkommen würden. Das war eine Geschichte, die jahrzehntelang bei keiner Familienfeier erzählt wurde. So wie auch die Geschichte von Onkel Hermann, der nach Kriegsende verschwunden blieb und über dessen Schicksal sich scheinbar niemand Gedanken machte.

Doch auch ohne Kriegsdefizite wurde sichtbar, dass die Familieneinheiten schrumpften. Zwar hatten sie sich, wenn man es biologisch betrachtete, weiterhin fortgepflanzt, aber nicht in dem Ausmaß ihrer Eltern und Großeltern. Das letzte Foto zeigte nur zwei Personen: Claudia selbst mit dem dünnbeinigen Benedikt auf dem Schoß.

Aber nicht nur das konnte der Grund sein, dass im Laufe der Jahrzehnte die gemeinsamen Feiern immer weniger geworden waren. Bedeutete früher »im engsten Familienkreis«, dass zu Geburtstagen mindestens zwanzig Gäste kamen, schafften es jetzt viele nicht einmal mehr, anzurufen oder eine Nachricht zu schicken, und ganz normale Geburtstagskarten waren sowieso aus der Mode gekommen. Viele luden statt ihrer Familie lieber ihre Freunde ein. Die Mutter und Tante Anne waren die Ausnahme, sie hielten an der Tradition fest. Für das Fernbleiben zur Geburtstagsfeier gab es keine Entschuldigung, außer dem Tod. Doch nun lag eines der Geburtstagskinder auf der Intensivstation. Eine Situation, mit der niemand gerechnet hatte. Außer die Mutter selbst. Auf der Garderobe lag ein Zettel mit Anweisungen für den Fall, dass sie ins Krankenhaus kommen würde. Hatte sie diesen Zettel jedes Mal weggenommen, bevor Claudia zu Besuch kam? Oder hatte sie eine Vorahnung gehabt? Wenn es so wäre, warum hatte sie dann nichts gesagt? Und vor allem Claudia nicht um Hilfe gebeten und war allein zur Wäscherolle, die jetzt Heißmangel hieß, gefahren? Und wo waren eigentlich der Rollfix und der Wäschekorb abgeblieben?

An erster Stelle auf dem Zettel stand »Bitte den ›Strichkoffer‹ nehmen«. Das Wort Strichkoffer war in Anführungszeichen gesetzt und jeder in der Familie hätte gewusst, dass damit das kleine helle Lederköfferchen gemeint war.

Im Gegensatz zu der Geschichte von Onkel Karl oder dem Verschwinden von Onkel Hermann war das eine der immer wieder erzählten Episoden auf Geburtstagsfeiern: Die erste Westreise der Mutter Mitte der 1970er-Jahre. Als Passierschein diente ein amtsärztliches Attest, das bescheinigte, dass die ältere Schwester Erna lebensbedrohlich erkrankt war und wahrscheinlich nur noch kurze Zeit zu leben hatte. Mit diesem Attest durfte man auf der Behörde vorsprechen, um einen Pass zu beantragen. Dazu kam eine Beurteilung der jeweiligen Vorgesetzten, die in dem Fall der Vorgesetzten selbst zum Verhängnis wurde. Die Leiterin des Kinderheims hatte die Mutter in den höchsten Tönen gelobt und den verhängnisvollen Satz geschrieben, dass sie »befürworte, dass die Kollegin Martin in den Westen reist«. Aber wie konnte die Leiterin eines sozialistischen Kinderheims die Reise einer ihrer Mitarbeiterinnen in das Land des Klassenfeindes befürworten? Das klang ja geradezu, als würde sie die Reise gutheißen? Das war der Kreisreferentin einen Verweis wert gewesen. Die Mutter bekam trotzdem ihren Pass und die Genehmigung für drei Tage, zu ihrer kranken Schwester zu reisen. Drei Tage inklusive der Reisezeit, die damals viele Stunden betrug, weil die Züge nicht so schnell fuhren und es lange Kontrollen an der Grenze gab. Viele Interzonenzüge starteten erst am Abend, sodass der Grenzübertritt nach Mitternacht war. Das brachte einen längeren Aufenthalt im Westen, hatte aber den Nachteil, dass die Mutter in den frühen Morgenstunden am Zielort ankam. Und selbst im goldenen Westen gab es um diese Zeit keinen Nahverkehr und sie hatte mit der Familie der Tante vereinbart, dass sie sich ein Taxi nehmen sollte. Immerhin hatten ihr die DDR-Behörden ein »Bewegungsgeld« zugestanden, das sie im Verhältnis eins zu eins auf der Staatsbank eintauschen durfte. Es waren siebzig Westmark pro Tag, eine Summe, die ihnen damals unfassbar hoch erschien, denn das hätte auf einen Monat mit dreißig Tagen gerechnet 2100 DM bedeutet. Wofür sollte man diese hohe Summe in einem Monat ausgeben, es sei denn man lebte in Saus und Braus, wie es Tante Hulda immer formulierte. Für die drei Tage im Westen waren es für die Mutter immerhin 210 DM. Das Geld lag auf dem Küchentisch und wurde von allen bestaunt und ehrfurchtsvoll berührt. Es waren zwei Einhundertmarkscheine und ein Zehnmarkschein. Die Scheine waren viel stärker als gewohnt und das Papier knisterte geheimnisvoll, wenn man den Schein bewegte. Es war das Zahlungsmittel aus einer Welt, die sie aus dem Fernsehen kannten. Es gab Sendungen, in denen man die wunderschönsten Dinge gewinnen konnte, die auf einem Band an einem vorüberfuhren, wenn man ein gutes Gedächtnis hatte. Aber es gab auch Sendungen, die vor Bösewichten warnten, die Frauen überfielen und sexuell belästigten.

Die Mutter hatte vorher noch nie ein anderes Land bereist. Und wenn sie in den Urlaub fuhren, dann meist zum Wandern in den Thüringer Wald oder in die Sächsische Schweiz. Dafür gab es zwei große Koffer, die an den Kanten schon ganz abgestoßen waren und für die Kinder einen grün-rot karierten Luftkoffer. All diese Behältnisse eigneten sich nicht für eine Drei-Tage-Reise und waren auch viel zu schäbig, um sich damit vor der Westverwandtschaft zu präsentieren. Also kaufte sich die Mutter eigens für diese Reise ein beiges Köfferchen, echt Leder, mit Reißverschluss und verschließbaren Schnappschlössern. Das Köfferchen schwenkend lief sie durch die Wohnung wie ein Mannequin auf dem Laufsteg. Und der Vater sagte, es sieht ja aus, als wolltest du damit auf den Strich gehen. Auf diese Weise bekam der Koffer seinen Namen, der Strichkoffer.

Claudia und der Vater brachten die Mutter zum Bahnhof. Auch Tante Mausi und Tante Anne waren gekommen. Auch sie wären gern zu ihrer Schwester gereist,

Doch Tante Anne galt als politisch unzuverlässig, weil sie den falschen Mann geheiratet hatte, und Tante Mausi verzichtete, weil sie den richtigen Mann geheiratet hatte, dem die Beantragung einer Westreise unter Umständen beruflich geschadet hätte.

Die Mutter stand am offenen Fenster und winkte zurück, und

sie liefen ein Stück neben dem langsam aus der Bahnhofshalle rollenden Zug her und riefen: »Pass gut auf deinen Strichkoffer und das Geld auf!« Und in dem Lachen schwang ein bisschen Sorge mit, dass der Mutter etwas zustoßen könnte.

Claudia holte den Koffer aus dem Schlafzimmer und legte ihn auf das Sofa. Schon beim Anheben wunderte sie sich über das Gewicht, und als sie ihn aufklappte, sah sie, dass er bereits gepackt war. Zwei Nachthemden, zwei Handtücher, zwei Waschlappen. Hausschuhe, Waschtasche. Ein Heft mit Sudoku-Rätseln, ein Schreibblock und eine kleine Federmappe. Die Mutter löste täglich zwei Sudoku-Rätsel und zusätzlich alle Kreuzworträtsel, die in der Tageszeitung zu finden waren. Sie stoppte mit einem Wecker die Zeit und sah die Lösungsdauer als Seismograf für ihre geistige Verfassung. Obwohl sie es abstritt, lebte sie seit der Demenzerkrankung ihrer Schwester in Angst, dass auch sie betroffen sein könnte. Bei jeder Wortfindungsstörung verfiel sie in Panik und Claudia musste ihr versichern, dass auch sie selbst oft nach den richtigen Begriffen suchte, ihr Namen entfielen oder sie nicht mehr wusste, wo sie ihr Auto geparkt hatte. Mit eiserner Disziplin löste die Mutter die Rätsel und machte zusätzlich Übungen mit kleinen Gummibällen, die sie in ihren Händen presste, um die Synapsen im Gehirn zu aktivieren.

Es bestürzte Claudia, dass ihre Mutter gepackt hatte. Immer wenn sie vorsichtig das Gespräch auf mögliche Krankheiten gelenkt hatte, bei dem keine andere Verbform als der Konjunktiv möglich gewesen war – »könnte es sein, dass du eines Tages, sagen wir in zehn Jahren, dich vielleicht so unwohl fühlen könntest, dass du vielleicht einen Arzt brauchen könntest, ich meine nur prophylaktisch« –, immer abgewehrt hatte und mit ihrer eisernen Gesundheit Paroli geboten hatte: »Wenn ich krank bin, sage ich Bescheid.« Und nun zeigte sich, dass die Mutter ihrem Ende, oder zumindest einer Krankheit, bewusst entgegengesehen hatte.

Im Koffer lag auch ein Zettel, der auf die schwarze Kassette verwies, in der die nötigen Unterlagen deponiert seien. Die schwarze Kassette war der Familientresor, in dem alle wichtigen Dokumente aufbewahrt wurden. Geburtsurkunden, Sterbeurkunden, Arbeitsbücher, Sozialversicherungsausweise, Reisepässe, Sparbücher, Mitgliedsausweise jeglicher Art. Sie stand seit Jahrzehnten in der linken Seite der Schrankwand hinter einer verschlossenen Tür, die leicht zu öffnen war, weil der Schlüssel steckte. Die Kassette war aus schwarz lackiertem Metall und die Schnappschlösser waren einfach nur nach oben zu drücken. Für Einbrecher wäre es eine große Freude gewesen, alle Dinge so beieinander zu finden, wobei das Interesse an Lebensmittelmarken, Mütterpass und verfallenen Aktien sicher gering gewesen wäre. Als Kind hatte Claudia in dieser Kassette, auf der Suche nach dem Vorleben ihrer Eltern, gestöbert. Den Eintrag in die »Berufsstammrolle der Deutschen Arbeitsfront« mit dem Hakenkreuzstempel, die Dokumente, in denen alle Bezeichnungen ein »Reichs« vorangestellt bekamen, die »Reichsmessestadt«, die »Reichsärztekammer«. Die Konfirmationsscheine der Eltern, die immer noch nach Weihrauch rochen. Es waren Botschaften aus einer Zeit, über die ihre Eltern nur ungern sprachen und die immer mit einem »Was hätten wir denn tun können?« kommentiert wurde. In ihrer Jugend hatte Claudia ihre Eltern für den Zweiten Weltkrieg verantwortlich gemacht, ihnen Mitläufertum vorgeworfen, das waren Gespräche, die immer im Streit endeten. Bis heute gab es viele unbeantwortete Fragen. Claudia hatte viele Jahrzehnte Zeit gehabt, aber nun lag die Mutter im Koma und es war unklar, wann sie jemals wieder auf Fragen antworten könnte.

Sie öffnete die Kassette. Ganz oben auf lagen vier Solidaritätsmarken des FDGB, des Freien Deutschen Gewerkschaftsbundes, zu dem der Beitritt alles andere als frei war. Die Mitgliedsbeiträge richteten sich nach dem Einkommen, die Solidaritätsabgaben nach der Überzeugung des Mitglieds. Überraschend, dass es vier Marken à zwanzig Mark waren. Weshalb hatte die Mutter diese Marken gekauft? Achtzig Mark waren ein Vermögen gewesen. Auf den Marken war eine nach oben gestreckte geballte Faust neben der chilenischen Flagge zu sehen und darüber stand »VENCEREMOS«. Wir werden siegen. »Wir«, das bedeutete Salvador Allende, Luis Corvalán, Victor Jara und alle anderen chilenischen Genossen, die von der DDR unterstützt wurden. In Claudias Erinnerung war es in der Zeit vor 1989 das einzige Mal gewesen, dass sie freiwillig zu einer Demonstration gegangen war. Aber warum hatte die Mutter achtzig Mark gespendet? Auch das reihte sich in die offenen Fragen ein.

Neben den Solidaritätsmarken lag der rote Reisepass der Mutter, direkt neben dem blauen. Zwei Pässe zwei Welten. Der rote gehörte zu der heutigen Welt, er konnte beantragt werden, war viele Jahre gültig und berechtigte zum Reisen in viele Länder. Manchmal war noch ein Visum notwendig, aber auch das wurde nach der entsprechenden Wartezeit erteilt. Der blaue Pass gehörte zu einer untergegangenen Welt, in der die Mutter ein amtsärztliches Attest von ihrer Schwester brauchte, um für drei Tage zum Krankenbesuch ins Ruhrgebiet fahren zu können. Dort hatte sich sofort nach der Ankunft die Prophezeiung in Bezug auf den Strichkoffer erfüllt. Wegen des nachmitternächtlichen Grenzübertritts war die Mutter in den frühen Morgenstunden angekommen und hatte mit ihrer Schwester vereinbart, dass sie mit einem Taxi zur Wohnung kommen würde. Aus DDR-Sicht ein heikles Unterfangen, denn an welchem Bahnhof würde um 4.30 Uhr ein leeres Taxi warten? Doch an diesem Punkt war der Kapitalismus zuverlässig. Der Strichkoffer wurde im Kofferraum verstaut und die Mutter setzte sich auf den Beifahrersitz, sagte ihr Adresse und kurz darauf hielt das Taxi vor dem Haus der Schwester. Der Preis für die Fahrt betrug stolze elf D-Mark. Die Mutter zückte schweren Herzens einen ihrer beiden Hundertmarkscheine, doch der Fahrer konnte so früh am Morgen nicht wechseln und stellte die erwartbare Frage »Haben Sie es nicht kleiner?«, woraufhin die Mutter antwortete: »Nein leider nur zehn Mark«, und ihren Zehnmarkschein vorzeigte, den der Fahrer bereitwillig nahm. Schon glaubte die Mutter an einen »Ost-Rabatt«, als der Fahrer sich über sie beugte und sagte: »Und für die eine Mark bekomme ich ein Küsschen!« Wild um sich schlagend suchte die Mutter nach dem Hebel zum Öffnen der Tür, was ihr als ungeübte Mercedes-Beifahrerin nicht sofort gelang. Sie stürzte zum Haus ihrer Schwester und der mittlerweile lachende Taxifahrer musste ihr den Strichkoffer hinterhertragen. Das also war die harte Landung auf dem Boden des Kapitalismus.

Immer wieder wurde über diese Geschichte gelacht. Aber all das war Schnee von gestern, wie man so sagte. Der Kapitalismus war über die Mauer geschwappt und der Koffer blieb der Koffer und wurde weiterhin, ohne besondere Vorkommnisse, auf Reisen mitgenommen, zu einem Kurzurlaub nach Marienbad, an die

Ostsee und in den Thüringer Wald. Und nun lag er gepackt auf dem Sofa für eine kurze und vielleicht letzte Reise.

Claudia suchte in der Kassette nach der Krankenkarte, die mit einer großen Büroklammer an einen Umschlag geheftet war. Erst dachte sie an ein Testament, aber dann sah sie das Formular. Auf der letzten Seite war handschriftlich noch eine Bemerkung angefügt.

Claudia saß verloren neben dem aufgeschlagenen Koffer auf dem geblümten Sofa und starrte auf diesen letzten Satz.

»Ich möchte ein selbstbestimmtes Leben führen und lehne alle Behandlungen ab, die mich künstlich am Leben halten.«

9 | OHREN ANLEGEN

Alles war sehr schnell gegangen, zuerst kam der Notarzt, dann der Krankenwagen und Claudius stand hilflos daneben, während die Ärzte versuchten, die Atmung der Mutter zu stabilisieren, sie auf eine Trage schnallten und aus der Wohnung trugen. Es war ein Film, der immer wieder vor seinen Augen ablief, während er jetzt in einem kleinen Raum auf den Arzt warten musste.

»Heute ist der Tag der Hundertjährigen«, sagte der Arzt zu Claudius. »Ihre Mutter ist schon die zweite Patientin.«

»Jeder ist es wert«, sagte Claudius und sein Entsetzen schwang in seinem Tonfall mit.

Der Arzt stutzte. »Sie missverstehen mich, wir tun, was wir können. Aber …«, er zögerte, »um ehrlich zu sein, es ist schon ungewöhnlich, wenn auch keine Sensation mehr. Die Patienten werden immer älter. Und irgendwann werden unsere Möglichkeiten unsere Kapazität übersteigen. Aber noch einmal: Wir machen keinen Unterschied, ich meine ob fünfzig oder hundert Jahre, wir retten hier Leben!«

»Wird sie es schaffen? Ich meine bis zum Geburtstag?«

»Wir schließen hier keine Wetten ab! Wir haben Ihre Mutter sofort ins künstliche Koma versetzt, sie braucht jetzt Ruhe.« Der Arzt machte eine Bewegung, die etwas von Resignation hatte, ein leichtes Schulterzucken. »Wir werden sehen, wie sich die Werte entwickeln.«

»Kann ich zu ihr?«

Der Arzt nickte. Er führte Claudius zu einer halb offenstehenden Tür und eilte dann zu einer Krankenschwester, die nach ihm rief.

Statt die Schiebetür weiter zu öffnen, zwängte sich Claudius durch den Spalt. Es war nicht normal, aber er hatte plötzlich Angst, etwas zu berühren. Es dauerte einige Sekunden, bis sich seine Augen an das Halbdunkel gewöhnt hatten. Dann sah er die Mutter, angeschlossen an blinkende Geräte, verkabelt, mit Schläuchen bestückt. Eine Sonde führte in ihre Nase. Es beruhigte ihn ein wenig, dass die Geräte anzeigten, dass die Mutter am Leben war. Er sah auf den Monitor und prüfte die gleichmäßigen Amplituden. Puls und Blutdruck waren niedrig, aber vielleicht musste das im künstlichen Koma so sein. Er setzte sich auf den Stuhl neben dem Bett. »Ach, Mama!«, sagte er und griff nach ihrer Hand. Er sah auf dem Monitor wie der Puls stieg. Sie fühlt, dass ich da bin, dachte Claudius, aber fürchtete im selben Moment, dass sie sich aufregen könnte. Sie wolle ihm nicht zur Last fallen, hatte sie immer gesagt.

Wie seine Cousine Claudia war er ein Nachzügler, wie man das so salopp nannte, weil der Abstand zu seiner Schwester acht Jahre betrug. Er mochte das Wort nicht, weil es klang, als hätte man den Zug verpasst und musste nun hinterherbummeln. In seinem Fall wäre Nesthäkchen viel zutreffender gewesen, denn er hatte sich, wie viele in der Familie meinten, im wahrsten Sinne des Wortes im Nest verhakt. Er kommt nicht los von seiner Mutter, sagten die einen, er kümmert sich aufopferungsvoll um sie, die anderen.

Er verstand nicht, warum immer alles bewertet werden musste. Und warum war es ihm nicht egal, was andere über ihn dachten? Lag es an seiner Erziehung? Selbst im Sprachgebrauch seiner sonst so toleranten Mutter gab es den Satz »Was sollen denn die Leute von uns denken?« Sie war darauf bedacht, dass ihre Kinder ordentlich aus dem Haus gingen, mit sauberen Sachen, gewaschenen Händen und gekämmten Haaren. Sich nichts nachsagen lassen, war eine der Grundregeln in seiner Familie.

Als Kind hatte er es nicht verstanden. Heute war ihm bewusst, unter welchem Druck die Mutter gestanden haben musste. Schuld daran war der Luftikus, sein Vater, der nur als Foto existierte, das, verdeckt durch einen Strauß Strohblumen, auf dem Buffet stand. So war er versteckter Teilhaber am Leben seiner Familie. Gesprochen wurde sehr selten über ihn, und wenn, dann nur im Flüsterton, und es war unerwünscht, nach ihm zu fragen. Es schien, als habe die Familie ein Schweigegelübde abgelegt.

Wie ein Puzzle hatte er sich die Geschichte seines Vaters zusammengelegt und sich von den Rändern zur Mitte hin durchgearbeitet. Ein Randstück war das Kriegsende im Frühling 1945. Symbolträchtiger hätte dieser Termin nicht ausfallen können. Alles begann zu sprießen, der Flieder blühte, die Linden auf dem Markt trieben hellgrüne Blätter aus dem verwitterten Holz. Auch aus den Schuttbergen zwischen den Ruinen wuchsen Pflanzen, Holunder, wilde Möhre, Schachtelhalm und die Löwenzahnblüten leuchteten gelb wie kleine Sonnen. So hatte es ihm die Mutter immer wieder beschrieben und den Satz angefügt: »Und dann kam dieser schöne Mai.«

In den Jahren zuvor waren sie und ihre Zwillingsschwester

Marie zum Kriegsdienst verpflichtet gewesen und mussten im Polizeipräsidium arbeiten. Während Marie als Sprecherin der Luftlagemeldungen ausgesucht worden war und von einer Rundfunkkarriere träumte, war Anne Mädchen für alles, kochte Kaffee, erledigte Botengänge, und wie weit dieser Begriff definiert war, blieb eines der fehlenden Puzzleteile. Dann, im Jahr 1945, kam zuerst der Frühling und dann kamen die Amerikaner und dann die Handelsvertreter mit ihren Bauchläden. Claudius erinnerte sich noch an das Schild an der Wohnungstür seiner Großeltern: »Betteln und Hausieren verboten«, das er als Student heimlich abgeschraubt hatte, um es an die Tür seiner Studenten-WG zu kleben. Nach Kriegsende waren die Händler allerdings willkommen gewesen. Auch wenn das Geld knapp war und alle auf der Jagd nach Lebensmitteln waren, lechzten sie doch nach Konsum und sei es danach, etwas zu kaufen, das unnütz war, nur um des Kaufens willen. Zentraler Punkt für die Abwicklung der Geschäfte war der Hauptbahnhof. Offiziell auf dem Querbahnsteig, inoffiziell im Schatten des Güterbahnhofs. Der Luftikus war in beiden Terrains unterwegs gewesen. Seine Eltern hatten einen Stoff- und Kurzwarenladen in Hannover und während des Kriegs Zubehör zum Nähen von Uniformen für höhere Dienstgrade bereitgestellt. Goldene Litzen und Knöpfe, die jetzt nach einer anderen Verwendung suchten. In der eigenen Stadt wollten sie nicht an ihre vorherige Tätigkeit erinnern, der Bezug wäre zu naheliegend gewesen, und so schickten sie ihren Sohn mit einem Bauchladen auf Reisen. Der Junge sollte sich auch als Geschäftsmann bewähren. Der Straßenverkauf war als Lebensschule gedacht. Ursprünglich sollte er nach einer Außenstelle in Berlin Ausschau halten, aber auf den ersten Blick schien diese Stadt nur aus Trümmern zu bestehen und so war er einfach weiter Richtung Süden gefahren. Im Zug hatte er den lustigen Herrn Schmidt kennengelernt, der mit Gummibällen handelte, einen Gegenstand, den in diesen kargen Zeiten niemand brauchte und der doch reißenden Absatz fand. Die beiden jungen Männer betrieben ihre Geschäfte fortan gemeinsam und fanden ein Zimmer bei der Witwe Kerner mit Blick auf den Lindewitzer Markt, den sie ebenfalls für ihre Verkäufe nutzten. Hier konnten sie sich den Luxus leisten, die Ware statt im Bauchladen auf einem klappbaren Verkaufstisch anzubieten.

Es kam, wie es kommen musste. Der Luftikus pries seine goldenen Knöpfe und Litzen an, und die Mutter, die genau wie er damals Anfang zwanzig war, konnte weder den Knöpfen noch seinem Charme widerstehen. Sie nannte ihn einen Luftikus, nicht nur wegen der Leichtigkeit, mit der er durchs Leben schwebte, sondern vor allem wegen seiner abstehenden Ohren, die umgangssprachlich »Segelohren« genannt wurden.

Diese Ohren hatte Claudius von seinem Vater geerbt, der unverkennbare Beweis der Vaterschaft, die von den Hannoveraner Großeltern nach seiner Geburt angezweifelt worden war. Die Großeltern, die ihren Sohn auf Reisen geschickt hatten, damit er die nötige Reife zur späteren Geschäftsübernahme bekommen sollte, waren nicht begeistert darüber, dass er statt der erwünschten Geschäftsreife seine Geschlechtsreife vorangetrieben hatte und verkündete, dass er bald heiraten wolle. Und als dann auch noch die Rote Armee die Amerikaner als Besatzungsmacht ablösten, war es mit der Zuneigung zur sächsischen Schwiegertochter vollends vorbei. Eine mittellose Ostdeutsche unter russischer Besatzung war unerwünscht, da brachte auch der Verweis auf Oma Gretas Geschäft keine Milde. Nach Hannover sollte die zukünftige Braut keinesfalls kommen, »die will sich doch nur ins gemachte Nest setzen«.

Anne hatte keinesfalls die Absicht, nach Hannover zu ziehen, sie war in Lindewitz verwurzelt und ein Abschied wäre ihr schwergefallen. Dem Luftikus zuliebe hätte sie es wahrscheinlich getan, aber auch der war skeptisch. Vielleicht war es ihm auch gar nicht unrecht, dass seine Frau in Lindewitz blieb. Er reiste als Handelsvertreter durchs Land und hatte, wie man so sagt, überall einen Fuß in der Tür.

Außerdem sollte die Zweiraumwohnung am Lindewitzer Markt sowieso nur eine vorübergehende Lösung sein, bis er das Geschäft in Hannover übernahm. Seine Eltern waren alt und er würde als einziger Sohn das Geschäft erben. Doch die Eltern waren zäh, der Luftikus blieb in Wartestellung, segelte mit seinen Ohren durchs Land und verkaufte Kurzwaren. Die Mutter arbeitete zu dieser Zeit noch als Aushilfsverkäuferin in einer Bäckerei und der Luftikus verwöhnte sie bei seinen Besuchen mit Geschenken aus dem »Westen«. Er schien überglücklich, als sich die Geburt seines ersten Kindes ankündigte, und überhäufte auch seine Tochter Bernadette, die er »meine kleine Prinzessin« nannte, mit Geschenken. Doch er blieb auch jetzt ein Gänger zwischen den Welten, wie er es nannte. Als Ende der fünfziger Jahre die Reisen über die Sektorengrenzen schwieriger wurden, verlagerte er seine Geschäftszentrale in den Westen Berlins. Den Schritt, für immer zu seiner Familie in die nun schon seit Jahren gegründete DDR zu ziehen, zog er nicht in Betracht. Dort ließen sich keine Geschäfte machen und seit der Währungsreform gab es für ihn nur eine deutsche Währung, die zählte. Ein fehlendes Puzzleteil war, was die Mutter darüber dachte. Sie schwieg, wenn Claudius sie danach fragte, und gab ausweichende Antworten. »Es waren nun mal schwierige Zeiten!«

Hatte sie noch darauf gehofft, jemals mit ihrem Mann zusammenzuziehen? Und hatte sie dem Satz »Niemand hat die Absicht eine Mauer zu errichten« wirklich geglaubt und auf eine Wiedervereinigung gehofft? Oder war sie froh gewesen, ein eigenes Leben zu führen? Waren die Mutter und der Luftikus zwei Königskinder, die zwar füreinander bestimmt gewesen waren, aber nicht zueinander finden konnten?

Jetzt saß Claudius an ihrem Bett und wusste nicht, ob sie jemals wieder aufwachen würde. Über sechzig Jahre hatte er mit ihr zusammengelebt, wie konnte es sein, dass es da noch unerzählte Geschichten gab? Oft, wenn er nach seinem Vater gefragt hatte und warum sie denn nicht nach Westberlin gezogen wären, lächelte die Mutter und sagte: »Jetzt lieber nicht.«

Geschichten, die immer wieder erzählt wurden, gab es dagegen zuhauf. Die Erzählungen über die Berlin-Fahrten der Mutter bestanden aus vermeintlich lustigen Begebenheiten. Zum Beispiel die Geschichte von der Frau im Zug, die, als sich eine Kontrolle der Transportpolizei näherte, ein Stück Butter und ein Päckchen Kakao unter ihrem Hut versteckte. Denn selbstverständlich waren auch vor dem Mauerbau Reisen in den Westteil Berlins nicht erwünscht. Während die Polizisten alle Koffer im Abteil auspacken ließen, begann die Frau vor Angst so zu schwitzen, dass ein wenig Butter schmolz und zusammen mit Kakaopulver als Rinnsal über ihr Gesicht lief. Darüber wurde noch Jahrzehnte später herzhaft gelacht. Ebenso über die S-Bahn-Fahrt von Claudius Schwester Bernadette, die mit sieben Jahren allein mit der S-Bahn zum kranken Vater fahren musste, um Geld zu holen. Die Mutter war kurz zuvor von einer Polizeistreife beobachtet worden und wagte es nicht mitzufahren. Es war eine kurze, aber gefährliche Fahrt über die Sektorengrenze. Von heute aus gesehen ein unfassbarer Vorgang. Ein siebenjähriges Mädchen fährt allein in einer S-Bahn, schon das ließe heute den Puls vieler Eltern steigen. Doch es ist nicht irgendeine S-Bahn, sondern der Zug von Ost nach West und natürlich auch wieder zurück. Für den Geldschmuggel war schon für vorherige Fahrten eine Naht am Stehkragen des Pepitamäntelchens aufgetrennt worden, durch die das Geld zwischen den Stoff gesteckt werden konnte. Die Schwester als »Westkind« ausstaffiert mit schickem Mäntelchen, weißer Strumpfhose und Lackschuhen war bereits für den Fall, dass die Mutter einmal nicht mitkommen könne, geschult worden. Sie solle sich neben eine fremde Frau stellen, die aussah, als käme sie aus dem Westen. Und Bernadette erzählte auf allen Familienfeiern stolz, wie sie die fremde Frau angelächelt und ihre Hand genommen hätte. Was aber, wenn sie sich vertan hätte? Was wäre, wenn? Wenn die Mauer nicht gebaut worden wäre, wenn der Vater sich nicht mit Tuberkulose angesteckt hätte. Wenn seine Eltern die Schwiegertochter nicht verstoßen, sondern mit ihren Kindern nach Hannover geholt hätten? »Wenn der Hund nicht geschissen hätte, hätte er den Hasen gekriegt«, war einer von Tante Mausis Sprüchen.

Wenn Claudius als Kind allein zu Hause war, suchte er nach der Zigarrenkiste, die tief im Kleiderschrank versteckt lag. Wie ein Kriminalist betrachtete er immer wieder die fünf verblassten Schwarzweißbilder. Sie waren quadratisch, mit einem gezackten Rand: der Luftikus mit der Mutter auf dem Lindewitzer Markt, der Luftikus mit Baby Bernadette auf dem Schoß, der Luftikus hinter der Verkaufstheke des Kurzwarenladens seiner Eltern. Der Luftikus mit Bernadette an der Hand, das Beweisfoto für die Existenz des Pepitamäntelchen. Der Luftikus mit der Mutter vor dem Eingang zum Bahnhof Zoologischer Garten. Er trug einen weiten zweireihigen Anzug, ein helles Hemd und eine gestreifte Krawatte, deren Farben Claudius nur erraten konnte und sie sich bunt wie einen Regenbogen vorstellte, und hatte den Arm um die Schultern der Mutter gelegt. Hinten auf dem Foto stand mit dünnem Bleistift: »Letzter Besuch 8. August 1961«. Neun Monate später war Claudius geboren worden. Der Luftikus hatte es nie erfahren. In der Zigarrenkiste lag auch ein Telegramm aus Hannover: Joseph gestorben stop Herzliches Beileid stop. Joseph, wie fremd das klang.

Claudius konnte sich noch erinnern, dass Bernadette jedes Jahr ein Geburtstagspäckchen von den Großeltern bekam. Er selbst bekam nicht einmal eine Geburtstagskarte.

Er wusste, dass die Mutter ein Foto von ihm nach Hannover geschickt hatte. Aber die Antwort, die er erst viel später erfahren hatte, lautete damals, dass es eine Unverschämtheit sei, einem todkranken Mann ein Kind unterzujubeln. Unterjubeln, das war ein Wort, das ihn seitdem verfolgte.

Waren seine Segelohren nicht Beweis genug für seine Abstammung? Die Ohren waren die Verbindung zu seinem Vater und er hatte sich als Kind heftig gewehrt, als er operiert werden sollte. Ohren anlegen lassen war damals üblich. Alle versuchten ihn zu überreden. Was willst du denn mit deinen beiden Henkeln am Kopf, hatte Tante Marie immer gerufen. Aber Claudius war »stur« geblieben.

Der Tod des Vaters hatte das Stigma, das auf seiner Mutter lag, etwas geschmälert. Jetzt war sie verwitwet und hatte die Schmach, die Frau eines Westdeutschen zu sein, abgelegt. Der Vater war der wahre Grund für die Nachtdienste der Mutter. Ihr konnte die Erziehung der Kinder nicht anvertraut werden. Die Arbeit als Nachtwache war in Ordnung, dann schliefen die Kinder, aber wie sollte sie positiv auf sie einwirken, wenn es ihr nicht einmal gelungen war, ihren Mann zur Übersiedlung in die DDR zu bewegen?

Seine Mutter war für ihn Mutter und Vater in einem gewesen. Und er hatte allen, die ihn danach fragten, geantwortet, dass er seinen Vater nicht vermissen würde. Aber das war nicht die Wahrheit.

Als die Mauer gefallen war, hatte er sich vorgenommen, nach Hannover zu fahren. Zwar waren die Großeltern gestorben, aber vielleicht gab es ja das Kurzwarengeschäft noch. Und was war aus dem Haus geworden, das seinen Großeltern gehört hatte? Zusammen mit der Mutter hatte er sich ausgemalt, wie er hinfahren und sein Erbe einfordern würde, so wie es zu dieser Zeit viele Westdeutsche im Osten Deutschlands getan hatten. Ein Ostdeutscher erhebt Anspruch auf sein Erbe! Schon der Gedanke hatte ihm und der Mutter viel Spaß bereitet. Doch er war bis heute nie dort gewesen.

»Wir sollten endlich nach Hannover fahren!«, sagte Claudius laut zu seiner Mutter. Er sah wie die Blutdruckkurve auf dem Monitor plötzlich ausschlug. Eine Lampe begann zu blinken, ein Ton signalisierte Alarm. Mit einem Ruck wurde die Tür aufgezogen und der Arzt eilte zu den Geräten. Verwundert sah er zu Claudius. »Sie sitzen am falschen Bett!«

»Nein!«, sagte Claudius. »Das ist meine Mutter!«

Der Arzt zog einen Vorhang zurück und zeigte auf das Nachbarbett.

Claudius war fassungslos. Erst jetzt las er den Zettel, der am Fußende des Bettes hing. »Aber wieso liegt hier Tante Marie?«

»Sie wurde vor Ihrer Mutter eingeliefert.«

»Glauben Sie an Schicksal?«

Der Arzt zuckte mit den Schultern. »Dann hätte ich nicht Medizin studieren müssen.«

10 | ZWISCHEN DEN SCHWESTERN

Tante Mausi saß zwischen ihren beiden Schwestern. Die Krankenschwester hatte den Vorhang, der die beiden Intensivbetten trennte, zurückgezogen und egal, ob sie nach links oder nach rechts blickte, bot sich ihr das gleiche Bild. War das ein Blick in ihre eigene Zukunft?

Die scheinbare Unsterblichkeit ihrer Schwestern hatte sie sorglos werden und ihre Lebenszeitrechnung immer an der magischen Zahl Hundert orientieren lassen. Immerhin wären das noch mindestens sechs Jahre. Sechsmal Weihnachten, sechsmal Ostern und unzählige Besuche bei ihrem Großneffen Benedikt, der ihr heute die Regeln des Pokerns beigebracht hatte. Es war nie zu spät für etwas Neues. Doch nun saß sie hier im Halbdunkel zwischen ihren Schwestern und ahnte, dass es auch anders kommen könnte.

Als am Mittag die Heimleiterin in den Speisesaal gekommen war und alle Stimmen verstummten, hatte sie geahnt, dass es sich nicht um die Mitteilung handelte, dass es heute als Kompott statt roter Grütze Apfelmus geben würde. Gerade hatte ihr eine der Hilfskräfte das Essen serviert. Es gab Schweinebraten, Kartoffeln und Rotkohl. Schon der Geruch ließ ahnen, dass die Soße nichts mit dem Braten zu tun hatte. Tante Mausi stellte sich ein unterirdisches Pipelinenetz vor, durch das die künstliche Soße an öffentliche Einrichtungen gepumpt wurde. Das Rotkraut war so fein geraspelt, dass es mit sehr hoher Wahrscheinlichkeit aus Konserven kam, die Kartoffeln waren chemisch geschält und so hart, dass sie aufpassen musste, dass sie beim Anstechen nicht vom Teller schnipsten, aber das größte Verbrechen war, dass die Küchenkräfte die Soße nicht nur über das Fleisch, sondern auch über die Kartoffeln und den Rotkohl gegossen hatten. Einfach einen Schwapp über den ganzen Teller. Am Ende lautete die Argumentation: Das landet doch sowieso alles zusammen im Magen. Was für ein Unsinn. Zuerst wurde das Fleisch auf den Teller gelegt, dann kam die Soße darüber und dann wurden die Beilagen platziert. Daran war nicht zu rütteln, auch nicht in einer Gemeinschaftsküche. Und dann war die Heimleiterin zu ihr an den Tisch getreten und hatte gesagt: »Es hat einen Notfall gegeben!«, und Tante Mausi hätte fast geantwortet: »Ich weiß, die Soße schwimmt auf dem Rotkohl!« Aber sie hatte gespürt, dass eine Beschwerde unpassend war, denn in dem Wort »Notfall« schwang ein mitleidiger Ton. Die Heimleiterin dämpfte ihre Stimme und fügte hinzu: »Ihre beiden Schwestern liegen im Krankenhaus.« Dabei deutete sie auf die gegenüberliegende Wand. Tante Mausi verstand die Geste sofort. Die Wand versperrte den Blick zum Krankenhaus und dem Friedhof daneben. Aber was meinte die Heimleiterin mit »Ihre beiden Schwestern«? Von den neun Geschwistern waren nur noch sie und die Zwillinge übriggeblieben. Die Zwillinge Anne und Marie wurden in der Familie immer in einem Atemzug genannt: Annemarie. Sie waren gefühlt eine Person. Zwar hatten vor den Zwillingen bereits fünf Geschwister das Licht des Viertels erblickt und waren, aller in dieser Zeit vorherrschenden Kindersterblichkeit zum Trotz, am Leben geblieben, aber die Zwillinge waren im Familienverbund etwas Besonderes gewesen, ein Doppelwesen, das es zu bestaunen galt. Zur Zeit ihrer Geburt lebten noch alle älteren Geschwister bei den Eltern, und die beiden neugeborenen Schwester wurden kurz nach dem Wochenbett in die Obhut ihrer Brüder und Schwestern gegeben, die durchaus entzückt über die beiden lebensgroßen Babypuppen gewesen waren.

Agnes, die erst später den Namen Mausi bekam, war sechs Jahre nach den Zwillingen im Jahr der Weltwirtschaftskrise geboren worden. Ihr großer Bruder Karl hatte da bereits eine eigene Familie und auch die beiden ältesten Schwestern standen kurz vor der Verlobung und planten ihr eigenes Leben. Und so wurde Agnes die Babypuppe der Zwillinge. Die wenigen Fotos aus dieser Zeit zeigten sie in einem Puppenwagen, im Puppenbett und zwischen den Zwillingen auf dem Sofa sitzend.

Die Mutter war den ganzen Tag lang mit dem Haushalt beschäftigt und der Vater, der nach dem Verlust seines Ladens im Keller des Hauses, dem Souterrain, wie er es nannte, eine Schuhreparaturwerkstatt betrieb, hatte die Übersicht über seine Kinder verloren und rief, wenn er ein Kind suchte, vorsichtshalber alle Namen: »Karl, Ida, Erna, Anita, Hermann, Annemarie, Agnes!«

In einer ihrer ersten Erinnerungen saß sie am Tisch vor einem Teller Nudelsuppe und die Zwillinge stritten, wer die Mutter spielen und sie füttern durfte. Meist gewann Marie. Im Gegensatz zur wirklichen Familie war die Mutter im Spiel immer die Bestimmerin. Sie gab vor, wie lange Agnes schweigend am Tisch sitzen musste, sie schimpfte, wenn sie ihre Kniestrümpfe schmutzig gemacht hatte, und wenn Anne beschwichtigen wollte, wurde auch sie zurechtgewiesen. Schon in ihren ersten Lebensjahren hatte Agnes gespürt, dass es zwischen den Zwillingen etwas gab, das die Luft zum Knistern brachte.

Marie hatte sie damals gezwungen, die wabblige Hühnerhaut, die oben auf der Suppe schwamm, zu essen. Die Haut war zäh und noch heute, nach über neunzig Jahren, verspürte Tante Mausi Ekel, wenn sie daran dachte.

Die Familie lebte damals in der vierten Etage eines Gründerzeithauses. Darüber gab es nur die Dachkammern des Hausmeisterehepaars. Als Kind hatte sie nie über Geld nachgedacht und darüber, dass die Miete vielleicht günstiger war, wenn man vier Stockwerke nach oben steigen musste. Auf der Etage lagen zwei Wohnungen. In der einen waren die Zimmer für die Kinder, in der anderen lebten die Eltern, dort gab es die Küche, das Schlafzimmer und die gute Stube, die nur an Sonn- und Feiertagen genutzt wurde. Sonntagmittag versammelte sich die gesamte Familie um den großen ovalen Tisch, um gemeinsam zu essen. Dann gab es den geliebten Sonntagsbraten, von dem sie als Jüngste immer das kleinste Stück bekam, was sie stillschweigend hinnahm. Im Gegensatz zu den Zwillingen, die sich ständig benachteiligt fühlten und ein ebenso großes Stück Fleisch wie ihre älteren Geschwister einforderten. Und der Vater, der darüber entscheiden musste, gab, wenn auch etwas mürrisch, seine Zustimmung. Was die Zwillinge nicht merkten: Nicht sie waren die Lieblinge des Vaters, sondern Agnes, die er liebevoll »meine kleine Mausi« nannte. Wenn die Geschwister in der Schule oder auf der Arbeit waren, setzte sie sich zu ihm in die Werkstatt. Es war ein kleiner schmuckloser Raum, an dessen Ziegelwänden die Werkzeuge hingen und in dem ein spezieller Geruch, eine Mischung aus Leim, Leder,

Schuhcreme und den Ausdünstungen der Schuhe schwebte. Dazu kam eine Prise Holz, denn der Vater stellte auch Holzpantoffeln her, deren Sohlen er von dem Tischler aus der Werkstatt gegenüber bekam.

Der Raum war immer kalt. Im Sommer ließen sie die Tür weit offen und froren trotzdem und im Winter zog es, weil die Tür immer einen Spalt breit offenstehen musste, damit sie nicht an den Abgasen des kleinen eisernen Ofens erstickten, auf dem immer eine Emaillekanne mit heißem Wasser stand. Manchmal goss der Vater etwas Wasser in eine Tasse und gab eine Prise Zucker dazu. Die Zauberlimonade war ihr Geheimnis. Und es gab noch ein Geheimnis, das nur sie beide teilten.

Der sonst eher schweigsame Vater wurde, wenn Kunden kamen, gesprächig. War er im Kreise seiner Familie sowohl beim gemeinsamen Essen als auch beim obligatorischen Sonntagsspaziergang immer ernst und wirkte schon allein durch seine Körperfülle und seine tiefe Stimme unnahbar, verwandelte er sich in seiner Werkstatt, wenn er auf seinem Schemel hockte und mit vorgezogenen Schultern und gebeugtem Kopf Schuhe reparierte. Kamen die Kunden, um ihre Schuhe zu bringen oder abzuholen, gab es oft einen Plausch über die schweren Zeiten, das Wetter und die neuesten Vorkommnisse in der Nachbarschaft. Der Vater zeigte sich interessiert an allen Ereignissen. Agnes saß dann still auf der Werkbank, wie es sich gehörte, wenn sich Erwachsene unterhielten. Sie lauschte den Erzählungen, in denen es oft um ihr unbekannte Dinge ging. Sie wusste nicht, was geschwängert bedeutete und abgetrieben, und sie wusste nicht, weshalb die Erwachsenen bei dem Satz »Je älter der Bock, desto steifer der Stock!« lachten, aber sie lachte mit. »Das hast du jetzt aber nicht gehört, Mausi!«, sagte der Vater dann. Der Name setzte sich fest und alsbald wurde Agnes von allen Familienmitgliedern und Nachbarn »Mausi« gerufen. Der Name begleitete sie in die Schulzeit, in die Berufsausbildung, selbst in ihre Ehe, und bis heute blieb sie Tante Mausi. Und immer, wenn sie den Namen hörte, dachte sie ein wenig wehmütig an ihre Kindheit, an das gemeinsame Essen in der guten Stube, das Gefühl, eine große Familie zu sein, an die Abende mit ihren älteren Geschwistern. Tagsüber war sie oft allein, aber abends trafen sich alle großen und kleinen Kinder im Mädchenzimmer, erzählten Geschichten, sangen und die älteren Schwestern machten, sofern es das Licht der Petroleumlampen zuließ, Handarbeiten und stickten Monogramme in ihre Aussteuer. Auch Mausi wurde behäkelt und bestrickt und konnte sich nicht gegen die kratzigen Wollpullover wehren, die ihr die Zwillinge überzogen.

Sie rechnete, wie viel Zeit seitdem vergangen war, verdrängte die Zahl aber sofort wieder. Es war kurios, je älter sie wurde, umso näher rückte die Vergangenheit. Gerade noch hatte sie mit den Zwillingen am Tisch gesessen und Suppe gegessen und jetzt lagen die beiden hier auf dieser Intensivstation und wurden beatmet. Was wäre, wenn sie nicht mehr aufwachen würden? Aber man starb doch nicht wenige Tage vor seinem hundertsten Geburtstag und verdarb allen die Feier? Das wäre wieder typisch für die Zwillinge, die immer Aufmerksamkeit brauchten.

Auf dem einzigen Foto von den beiden im Babyalter trugen sie die gleichen gehäkelten Ausfahrgarnituren. Und nun lagen sie auch wieder gleich gekleidet im Krankenhausnachthemd im Bett.

Kann es sein, fragte sich Tante Mausi, dass die Tatsache, am selben Tag geboren worden zu sein, auch dazu berechtigte, am selben Tag zu sterben?

Mausi fröstelte. Sie trug noch immer ihr Sommerkleid, nicht weil sie schön aussehen wollte, sondern weil sie es allein nicht ausziehen konnte. Es kniff unter den Achseln und wahrscheinlich hatte die Pflegerin, die ihr am Morgen geraten hatte, sich ein neues Kleid zu kaufen, recht gehabt. Aber lohnte es sich jetzt noch, wenn die Geburtstagsfeier vielleicht ausfiel?

Sie rückte sich auf ihrem Stuhl zurecht, streckte beide Arme seitlich aus und legte eine Hand auf den rechten Arm von Anne, die andere auf den linken Arm von Marie. Sie atmete tief durch und versuchte den Atem wie Strom durch ihren Körper fließen zu lassen.

Das hatte die Therapeutin empfohlen, die manchmal ins Heim kam, um mit den alten Leuten Entspannungsübungen zu machen. Wobei Tante Mausi sich gar nicht entspannen wollte, ein bisschen Aufregung war doch immer gut und unterbrach den langweiligen Alltag. Aber jetzt war dieses Wissen hilfreich. Sie spürte an ihrer rechten Hand die Wärme von Anne, ließ sie durch ihren Körper und an der linken Seite über ihre Hand auf den Arm von Marie gleiten. Seit Anne dement war, hatte Marie Besuche bei ihrer Schwester vermieden, als wäre Demenz eine ansteckende Krankheit. Tante Mausi praktizierte eine familiäre Wiedervereinigung und ließ die Energien fließen, aber vielleicht war es auch nur Wunschdenken. »Einbildung ist auch eine Bildung«, hatte Butterweich immer gesagt.

Die Krankenschwester hatte ihr einen Metallstuhl zwischen die Betten gestellt, auf dem es ihr langsam unbequem wurde. Vielleicht sollte sie sich zur Abwechslung eine Zeit lang auf den Sitz ihres Rollators hocken. Tante Mausi drückte sich mit beiden Händen von ihrem Stuhl hoch. Das Problem war nicht die Kraft, sondern das Kleid, das über der Brust und dem Bauch spannte. Ihr Blick fiel auf die frisch gefüllte Racing-Team-Flasche, die am Rollator hing. Hier in diesem Raum, in dem es nach Desinfektionsmittel roch, würde niemand bemerken, wenn sie einen Schluck nahm. Zwar war es früher Nachmittag, aber der Gedanke, auf einer Intensivstation Rotwein zu trinken, erheiterte sie. Einen Schluck auf Anne und einen Schluck auf Marie.

Die Zwillinge hatten immer auf sie herabgesehen, was einfach war, da sie viel kleiner war. Aber es war auch Dünkel, weil sie in der Gastronomie arbeitete. Gastronomie wurde in der Familie als etwas Schlüpfriges betrachtet. Wer dort arbeitete, schenkte nicht nur Alkohol aus, sondern trank ihn auch gern selbst. Was durchaus stimmte, aber was war daran verwerflich? Noch misstrauischer standen sie ihrer Arbeitsstelle im Restaurant der Pferderennbahn gegenüber. Misstrauen war nicht unangebracht, denn wie die Rennen ausgingen, wurde manchmal in einem Hinterzimmer im Restaurant festgelegt. Hin und wieder gab ihr der Kellner, der dort servierte, einen Tipp und sie rannte so schnell sie konnte zum Wettschalter, um auf den Sieger zu setzen. Sie gewann eigentlich immer, setzte aber nie große Summen. Wie hieß es so schön: »Kleinvieh macht auch Mist.«

Selbst als nach der Währungsunion ein Teil des Ersparten halbiert wurde, reichte es, um mit Butterweich schöne Reisen zu unternehmen und ihm seinen Herzenswunsch zu erfüllen, einmal das alte Wembley-Stadion zu sehen.

Der Grund der Sticheleien war ihre fehlende Ausbildung gewesen. Aber ihr Schulabschluss war auf das Kriegsende gefallen, und nach der mittleren Reife hatte sie als Hilfsköchin gearbeitet, in Tante Huldas Laden ausgeholfen und sich um die Mutter gekümmert, die in eine Depression gefallen war. Da blieb keine Zeit für eine Ausbildung. Marie dagegen hatte eine kaufmännische Lehre abgeschlossen und sich dann später in einem Abendstudium zur Erzieherin ausbilden lassen. Zugegeben, das war sicher eine Anstrengung gewesen, aber kein Grund, herablassend auf Mausi zu schauen. Diesen Dünkel hatte sie nie verstanden. Und war es nicht so, dass ihre Kochkünste auch als Rentnerin noch gefragt waren? Bis vor wenigen Jahren hatte sie hin und wieder in der Rennbahngaststätte, in der sie einmal angestellt gewesen war, ausgeholfen und mit einem kleinen kalten Buffet die Nerven der Wettfreunde beruhigt oder im Stadtpark zum sonntäglichen Tanztee für Häppchen gesorgt. Was ist denn die Maßeinheit für den Wert eines Menschen? Lebensfreude und Humor? Oder doch eher Bildung? Sie nahm einen Schluck aus ihrer Flasche und dachte, wenn es das Gewicht wäre, hätte ich gewonnen. Sie war wertvoll, soviel stand fest, und das war noch einen Schluck wert. Sie merkte, dass die Lichter der Geräte verschwammen und über den Gesichtern ihrer Schwestern ein Schleier lag. Was, wenn sie schlafend für immer verschwanden?

Dann war sie die Einzige, die sich noch an die Familiengeschichten erinnern konnte. Aber auch an die Veränderungen in Lindewitz. Butterweich hatte es immer umfassender betrachtet. Wenn die Zeitzeugen fehlten, würde es nur noch Bücher geben und Menschen, die erzählten, was sie in diesen Büchern gelesen hatten. Es war ihr heute im Gespräch mit Benedikt bewusst geworden. Der Junge haderte mit seinem Leben. Naja, eigentlich haderte er nicht mit seinem Leben, sondern mit dem Leben, das ihn umgab.

Er fühlte sich alleingelassen von seiner Mutter, auch von seiner Großmutter, die beide nicht verstehen konnten, warum er kein Jurist sein wollte. Wozu hatte er dann so lange studiert? Man musste doch etwas aus seinem Leben machen! Vorwürfe, die nicht unberechtigt waren, auf die es aber eine Antwort gab, die leider auch mit ihrer eigenen Vergangenheit zusammenhing. Sie hatten viele Dinge hingenommen, mit der einfachen Begründung: »Es war eben so!« Nein! Das Schweigen musste ein Ende haben. Auch sie selbst hatte Anteil daran. Sie hatte Benedikt nie die wahre Geschichte von Butterweichs Unfall erzählt, jene Geschichte, an deren Verschweigen sie sich, seit dem Frühsommer 1953, gewöhnt hatte. Der hochbegabte Fußballspieler, dem nach einem Motorradunfall der linke Unterschenkel amputiert werden musste. Das tragische Ende einer großen Sportkarriere. Aber Butterweich hatte gar kein Motorrad besessen. Es rührte sie immer noch zu Tränen, wenn sie an ihren ersten Besuch im Krankenhaus dachte, und er, um sie aufzuheitern, gesagt hatte: »Tja, da muss ich eben jetzt Handball spielen.«

Kennengelernt hatten sie sich in Huldas Laden, in dem Mausi aushalf. Er hatte eine Tüte Eier gekauft und Mausi hatte jedes Ei, wie es Vorschrift war, durchleuchtet. Und Butterweich hatte interessiert zugesehen und gefragt: »Was machen Sie, wenn Sie ein Küken sehen?«

Und Mausi hatte gesagt: »Dann brüte ich es aus!«

Und dann hatten sie beide gelacht.

Danach war täglich gekommen und hatte jeden Tag nur eine Sache gekauft. Worauf Hulda über das kurze Gedächtnis dieses Kunden gelästert hatte, bis sie merkte, dass er es darauf anlegte, immer von Mausi bedient zu werden. Beim Kauf von einem Kilo

Zucker hatte er sie dann zu einem Fußballspiel eingeladen und Mausi, die damals weder wusste, was ein Libero war, wie viele Männer zu einer Fußballmannschaft gehörten und was der schwarze Mann auf dem Spielfeld bedeutete, hatte lachend zugesagt. Das war im Mai 1953 gewesen, die Linden hatten geduftet und Mausi war zum ersten Mal in ihrem Leben zu einem Fußballspiel gegangen. Butterweich hatte seine berühmten Flanken geschlagen und sie hatte ihm zugejubelt. Danach waren sie in der Gartenkantine der »Heimaterde«, die in der Nähe des Stadions lag, essen gegangen, Bratkartoffeln mit falschem Hasen und Weißkrautsalat. Als Kompott gab es Apfelmus, selbst gemacht. Und Mausi, hatte gesagt, hier möchte ich einmal einen Garten haben und Butterweich hatte lächelnd genickt.

Dann hatte er sie nach Hause gebracht und ihr vor der Haustür einen Kuss gegeben, nach dem Mausi nicht mehr gewusst hatte, ob sie die Treppe nach oben gestiegen oder geschwebt war. Und dann Mitte Juni war er plötzlich verschwunden, von einem Tag auf den anderen. Und nach schier endlosen zwei Wochen war der Mann, von dem sie nun wusste, dass es der Schiedsrichter war, in Huldas Laden gekommen und hatte ihr von dem Motorradunfall berichtet. Ein Unglück, bei dem es Schuldige gab, die aber nicht zur Verantwortung gezogen werden konnten. Nur die Zwillinge kannten die vollständige Geschichte und als sie vorhin den Raum voller blinkender Geräte betreten und auf ihre stummen bleichen Schwestern geblickt hatte, war ihr bewusst geworden, dass einzig sie noch von der Wahrheit berichten konnte. Und ihr fiel der Totengräber ein, den sie am Morgen auf der anderen Straßenseite gesehen hatte. War das eine Warnung gewesen? Sie durfte die Wahrheit nicht mit ins Grab nehmen, das war sie Butterweich schuldig. Nach dem Fall der Mauer hatten sie beide weiter geschwiegen, obwohl es gar nicht mehr nötig gewesen wäre. Es war das Schweigen über das Schweigen. Wäre das Wort Deal damals in den 1950er Jahren in ihrem Sprachgebrauch gewesen, so wäre es zutreffend gewesen. Es war ein Deal. Die beiden Männer, die an Butterweichs Krankenbett gekommen waren, hatten ihm einen Vorschlag gemacht und er hatte angenommen. Manchmal war das Leben schlicht. Und was wäre gewesen, wenn er das Angebot ausgeschlagen hätte? Auch dann wäre sein rechter Unterschenkel amputiert worden und ein Leben ohne Fußball hatte er sich nicht vorstellen können. Vorhin, als sie Claudius bei der Krankenwache abgelöst hatte, wusste sie, dass jetzt der Zeitpunkt gekommen war zu reden. Claudius war ein guter Zuhörer, sie musste ihm weniger erklären, als gedacht, jetzt siebzig, Jahre später, lagen die Karten, wie man so schön sagte, auf dem Tisch. Und dann hatte sie ihn gebeten, zu Benedikt zu gehen, wenn einer die Wahrheit brauchte, dann war es Benedikt. Sie nahm noch einen Schluck aus der Flasche, die sich erschreckend leicht anfühlte. »Ich glaube ich bin betrunken«, dachte Tante Mausi, bevor sie einschlief.

11 | GRÄTSCHE IM HALBFELD

Das Treffen mit Tante Mausi hatte Claudius gleichzeitig beruhigt und beunruhigt. Claudius mochte sie sehr, auch wenn seine Mutter und Tante Anne immer über die »dicke Murmel, die ihren Körper nicht im Griff hat« gelästert hatten. Tante Mausi war die Lustigste in der Familie. Eine Tante, die gern Wein trank, laut über alles lachte, was auch nur den Verdacht aufkommen ließ, lustig zu sein, und die vor allem Selbstironie besaß. Sie und Onkel Butterweich hatten sich früher legendäre Wortgefechte geliefert, gespickt mit Loriot-Zitaten, was es für Kenner noch unterhaltsamer machte. Und auch vorhin im Krankenhaus, als sie kam, um ihn abzulösen, rief sie schnaufend, ihren Rollator vor sich herschiebend:

»Gehörst du zur Familie?

Nein?

Schwein gehabt!«

Doch dann war sie wieder ernst geworden, hatte auf ihre beiden Schwestern geschaut und gesagt: »Da hat sich der Herrgott aber etwas Besonderes einfallen lassen!«

Dann hatte sie ihn umarmt und fast mit ihrem Gewicht vom Stuhl gerissen. Von Tante Mausi war eine Kraft ausgegangen, die Claudius in dieser Intensität so noch nie wahrgenommen hatte. Nachdem sie eine Weile zusammen geschwiegen hatten, fasste sie ihn am Arm und sagte: »Du musst dich um die Lebenden kümmern!«

Aber Mama und Tante Anne sind doch noch gar nicht tot, wollte er antworten. Doch Tante Mausi ließ keine Widerrede zu, schnaufte und redete weiter: »Geh zu Benedikt! Sag ihm, dass seine Oma und Tante Anne im Krankhaus liegen. Rede mit ihm! Er braucht uns!« Sie beugte sich zu Claudius und sagte leise: »Ich möchte ihm etwas schenken. Etwas sehr Persönliches. Und ich will dir eine Geschichte dazu erzählen.« Und dann hatte sie ihm flüsternd, so als sollten es die Zwillinge nicht hören, die Geschichte von Butterweich erzählt.

Kurz darauf kam Claudia, um Sachen für ihre Mutter zu bringen. Sie umarmte Claudius und Tante Mausi. Es war ein Wiedersehen zwischen Lachen und Weinen und die Krankenschwester ermahnte sie, leise zu sein. Ein Grund für Tante Mausi, Claudia und Claudius zu sagen, dass sie mit ihren Schwestern allein sein wolle. Als sie gingen, hatte sie ihnen noch nachgerufen: »Und denkt daran, wir sind alle Lindewitzer!«

Und nun stand Claudius, wie ihm Tante Mausi befohlen hatte, an der Rezeption des Heims, das er und Claudia in Anlehnung an eine bekannte amerikanische Fernsehserie »Die schattige Pinie« nannten, und bat darum, dass man ihm Tante Mausis Zimmer aufschloss, um das Geschenk für Benedikt zu holen. Es brauchte einige Überredungskunst, bis ihm die Heimleiterin die Tür von Tante Mausis Zimmer öffnete. Der flache Karton lag oben auf dem Kleiderschrank, war aus fester Pappe, aus Zeiten, als ein Karton noch Jahrzehnte halten musste. Vorsichtig öffnete Claudius die Schachtel und sah hinein. Tante Mausi hatte ihm eine große

Aufgabe übertragen. Behutsam nahm er den Karton und brachte ihn aus dem Heim, an der rußgeschwärzten Hausfassade des Vereinsbüros von »Motor Lindewitz« vorbei zu Benedikt in den Laden. Als Kind hatte auch Claudius bei »Motor Lindewitz« gespielt, auch wenn er nur mäßig talentiert war. Aber »Motor Lindewitz« war mehr als ein Fußballklub. »Motor Lindewitz« war ein Bekenntnis. Sein Onkel Butterweich hatte ihn persönlich zum ersten Training gebracht.

Der Verein war tief verwurzelt in diesem Viertel, das schon immer eine Wohngegend der Arbeiter und kleinen Angestellten gewesen war. Die meisten der Mitte des 19. Jahrhunderts gebauten Mietshäuser waren schlicht und hatten wie durch ein Wunder die Bombenangriffe im Krieg und den Materialmangel der DDR überstanden. Umso bitterer erschienen jetzt die Brandschäden durch »die Vorkommnisse«. Der Sportverein wurde schon zu seiner Gründung nach dem Ersten Weltkrieg als »Rote Sporteinheit« bezeichnet. Und selbst zu Zeiten der DDR, in der das Wort ROT durch die Arbeiterfahne positiv besetzt war, konnte man röter sein, als es dem Staat lieb war. In Claudius' Kindheit war die Sympathie für diesen Verein eine verdeckte Form des Widerstands. Die Fans von »Motor Lindewitz« galten als politisch unzuverlässig und waren aus Sicht der Genossen Staatsfeinde, ein Makel, den die Lindewitzer Fußballfans mit Stolz zur Schau trugen. Die Vereinsfarben waren allerdings gewöhnungsbedürftig: Rote Trikots, gelbe Hosen und grüne Stutzen, die dem Verein die Bezeichnung »Die Ampelmännchen« einbrachten.

Die Verbundenheit mit diesem Verein war bis heute eine Gesinnung. Und ebenso wie damals waren sie weiterhin ein Hassobjekt. Jetzt wurden die Fans von den Rechten als Feindbild erkoren. Claudius hatte oft darüber nachgedacht, warum Fußball die Menschen politisch so polarisierte. Selbst bei Eishockeyspielen, bei denen es auf der Spielfläche wilde Prügeleien gab, waren die Fans einfach nur Fans ihrer Mannschaft und verbreiteten keine politischen Botschaften.

In seiner Kindheit war Sport immer staatsnah gewesen. Es gab die Volkssportbewegung mit dem Slogan »Jeder Mann an jedem Ort mehrmals in der Woche Sport«, an der sich alle beteiligen sollten. Die Späher der Sportvereine, heute nannte man sie Scouts, kamen in die Schulen und hospitierten in den Sportstunden. Alle Schüler wurden gewogen und vermessen, wobei nicht nur die Körpergröße notiert wurde, sondern auch die Spannweite der Arme und die Länge von Oberkörper und Beinen. Dann ging es ins Kreistraining: Liegestütze, Kniebeugen, Strecksprünge, Klimmzüge und die Stange bis zur Turnhallendecke hochklettern. Auch diese Ergebnisse wurden in eine Liste eingetragen.

Claudius bekam nach diesen »Sichtungsstunden« immer eine Postkarte nach Hause geschickt mit der Aufforderung, er solle sich beim örtlichen Ruderverein melden. Die Länge seiner Arme stand in günstigem Verhältnis zur Länge seines Oberkörpers und seine Ausdauerwerte schienen ausreichend für eine erfolgreiche Rudererkarriere zu sein. Der Kanal, auf dem das Rudertraining stattfand, zog sich an Lindewitz entlang und war einst angelegt worden, um der Stadt einen Zugang zum Meer zu verschaffen. Er war in Claudius' Kindheit ein trübes Gewässer, in dem niemand zum Vergnügen baden und Boot fahren wollte. Der Schlamm, den Bagger Jahr für Jahr aus dem Wasser hoben, wurde beim Trocknen bretthart, und die Mutter hatte ihm verboten, dieses Gift anzufassen. Warum also sollte er auf einem giftigen Kanal rudern, wenn ihm der schöne grüne Rasen von »Motor Lindewitz« zu Füßen lag und es der Wunsch seines Onkels war, dass er dort Fußball spielte? Allerdings waren in dem so siegorientierten Land keine Erfolge für »Motor Lindewitz« vorgesehen, ja geradezu unerwünscht.

Auch über die DDR-Fußball-Oberliga wachte der Staat, genauer gesagt Erich Mielke. Er bestimmte, dass der von ihm bevorzugte Berliner Fußballklub »BFC« an erster Stelle stehen sollte. Werden heute die guten Spieler aus den Mannschaften der Gegner weggekauft, wechselten damals die Spieler auf Befehl in die Lieblingsmannschaft des Ministers für Staatssicherheit. Trotzdem gelang »Motor Lindewitz« die Sensation. Schon vor Gründung der Berliner Mannschaft hatte niemand von staatlicher Seite ein Interesse an Siegen von »Motor Lindewitz«, und die Sportfunktionäre parkten »nichtförderungswürdige Spieler« im Lindewitzer Verein, aber Fußball war eben nicht berechenbar und die Lindewitzer schafften es dank ihrem Kampfgeist an die Spitze der Liga. Was nicht sein sollte, war plötzlich Wirklichkeit, auch wenn es danach wieder ein Stück bergab ging. Das Auf und Ab in der Tabelle brachte den Lindewitzern den Beinamen »Fahrstuhlmannschaft« ein, aber egal ob am Anfang oder am Ende der Tabelle, die Ampelmännchen mischten die Liga auf, begleitet von ihren treuen Fans.

Die Fans machten den Unterschied. In den 1970er-Jahren waren das bei »Motor Lindewitz«, abgesehen von den alteingesessenen Linderwitzern, vor allem langhaarige Jugendliche in Jeans, Jesuslatschen und gebatikten T-Shirts, für den Staat Gammler und Asoziale, obwohl sie fast alle einer Arbeit nachgingen. Der Besuch der Spiele war ein Bekenntnis zum Anderssein. Und wenn die Lindewitzer Anhänger »Lindewitz vor, noch ein Tor!«, riefen, war dies nebenbei auch der Wunsch, dass die amtierende Regierung eins in den Kasten bekam.

Als die Punkwelle mit zeitlicher Verspätung über die Mauer schwappt, kamen die sogenannten Punker dazu.

Punker fanden sich in allen Fangemeinden der Oberliga, sogar auch unter den Anhängern des Berliner Fußballklubs »Dynamo« und saßen auf der Stadiontribüne neben Genossen und Funktionärskindern.

Im Nachhinein erscheint alles wie eine Erfindung. Der Armeegeneral und Minister für Staatssicherheit, der gleichzeitig auch Präsident aller Dynamo-Sportvereine der DDR war, saß bei den Heimspielen seines geliebten Fußballvereins zwischen seinen Getreuen. Die Funktionärskinder, die ihre Karten oft von ihren Vätern bekamen, saßen auf der gegenüberliegenden Tribüne. Auch in Funktionärsfamilien war nicht alles harmonisch, und vor allem die Söhne lehnten sich gegen ihr Väter auf. Und was war die größtmögliche Provokation in einem Staat, der seine linke Gesinnung immer wieder zur Schau stellte? Eine rechte Gesinnung, nicht im Sinne von konservativ, sondern rechts im Geiste des Nationalsozialismus. Ein Hakenkreuz an eine Hauswand zu malen war eine Mutprobe. Ebenso es in die Schulbank zu ritzen, dann die Linien durchzuziehen, ein Dach darüber und es als Haus aussehen zu lassen. Jeder Schüler, der später an der Bank saß, wusste, dass es ein Hakenkreuz gewesen war. Zwar gab es das Spiel, ein Haus zu zeichnen, ohne den Stift abzusetzen, das sich »Das ist das Haus vom Nikolaus« nannte, diese Häuser hatten jedoch Diagonalen, die Hakenkreuzhäuser waren in Viertel geteilt, aber man konnte behaupten, man hätte sich vertan.

Ganz offen war die Provokation bei den Fußballspielen in Berlin. Butterweich hatte es als Reporter mit eigenen Augen gesehen und davon erzählt. Die Front verlief durch das Stadion. Es wurde nicht nur Fußball gespielt, es gab auch das Spiel »Väter gegen Söhne«. Auf der einen Seite saßen die Funktionäre, angeführt von dem Präsidenten des Fußballclubs, die vor Gründung der der DDR tatsächlich gegen die Nazis gekämpft hatten und sich nun als »Sieger der Geschichte« präsentierten. Der Faschismus war besiegt und existierte nur noch auf der anderen Seite der Mauer. Eine Haltung, die letztendlich in eine Politik des Verschweigens mündete. Gegenüber auf der Tribüne ihre Kinder, die von dieser Verlogenheit wussten und außerdem gegen ihre Eltern rebellieren wollten und dazu noch gegen den Staat, den sie ebenfalls als verlogen ansahen. Die Summe ihrer Gegenwehr war ein gefährliches Zeichen: Der Hitlergruß. Der Arm wurde gegenüberliegenden Stadionseiten entgegengestreckt und es gab Sprechchöre: »Wer soll unser Führer sein? Erich Mielke!« Es wurde aber auch gerufen: »Erich Mielke in die Produktion« und auch der Ruf »Die Mauer muss weg!« war keineswegs eine Erfindung der 1989er-Demonstranten. Gab es einen Freistoß und die gegnerische Mannschaft bildete eine Mauer, dann war diese Aufforderung durchaus angebracht. Doppeldeutig wurde der Ruf, weil hinter dem Berliner Stadion der Grenzstreifen verlief. Die stärkste Provokation aber blieben Naziparolen. War der »1. FC Union«, der Berliner Erzrivale aus der »Alten Försterei« zu Gast, dann wurde gerufen: »Gib Gas, wenn der FCU durch die Gaskammer rast!« Vor allem bei Abendspielen, bei denen nur das Spielfeld durch Flutlicht beleuchtet wurde, waren diese Rufe aus der Anonymität der im Dunkel liegenden Ränge möglich.

Die Staatsmacht tolerierte fast alles. Warum sollte man sich aufregen, das waren doch eigentlich alle ordentliche Jungs, die arbeiten gingen, Sport machten, naja, und wenn sie sich mal prügelten, da waren doch auch die anderen schuld, diese linken Punker, die faul und staatsfern waren.

Der Grundirrtum war, dass der antifaschistische Schutzwall, wie die Mauer offiziell genannt werden musste, nicht wie behauptet, das Gute vom Bösen trennte, sondern nur das Land teilte. Faschistisches Gedankengut blieb auf beiden Seiten erhalten.

Butterweich hatte immer gesagt, es sei zu einfach, das als Provokation abzutun oder gar als Kavaliersdelikt.

Das Beispiel war für ihn eine Aktion von Berliner Fußballfans nur wenige Monate nach dem Mauerfall.

Alles sollte neu werden. Der »Berliner Fußballklub« wurde in »Fußballclub Berlin«, umbenannt, als Neubeginn etwas dürftig, aber die Fans waren sowieso dieselben geblieben. Nach einem Spiel im Mai 1990 zog ein Teil davon, der von der Polizei als »negative Anhänger« bezeichnet wurde, vom Stadion in die Innenstadt zum Marx-Engels-Forum. Hier zwischen Fernsehturm und Palast der Republik wachten »Sakko und Jacketti«, die überlebensgroßen Statuen von Marx und Engels mit ernsten Gesichtern über das DDR-Volk.

Und dann geschah etwas, dass im Nachhinein unfassbar erscheint. Vor diesen beiden Denkern bildeten zweihundert Fußballfans auf einer Fläche von etwa fünfzehn mal fünfzehn Metern in nur drei Minuten ein lebendes Hakenkreuz. Es lag auf der Hand, dass diese »Performance«, wenn man es so nennen will, eine immense Übungszeit erforderte und damit die Einschätzung der Behörden, dass diese Fans alle Einzeltäter seien, widerlegte.

Das war kein Spaß, den man nebenbei auf einer Gartenparty einübte. Fußballfans neigen zu merkwürdigen Dingen, binden sich im Sommer Schals um, setzen sich Hüte auf, manche erscheinen mit Elchgeweihen oder im Ganzkörperkostüm und sie singen laut und falsch stupide Texte. Das kann man mögen oder nicht. Aber als Butterweich Claudius von dem Hakenkreuz-Standbild erzählte, war beiden bewusst, dass hier etwas gärte, das schwer zu kontrollieren sein würde.

Es war immer dagewesen und schöngeredet worden. Es war nicht, wie behauptet, eine »Kinderkrankheit«, die vorübergehen würde, es war eine Seuche, die ihre Keime überall hinterließ und bis heute infektiös blieb.

An den Rufen in den Fußballstadien hatte sich bis heute wenig geändert. Die Lindewitzer Spieler und Fans wurden weiterhin als »Schwuchteln«, »Zigeuner« oder »Juden« bezeichnet. Und der Stadionsprecher eines anderen Fußballvereins der Stadt hatte erst kürzlich das Foto der Leitfigur eines Reinigungsmittel gepostet. »Meister Proper«, der unter Jugendlichen wegen seiner Glatze der »Wischnazi« genannt wurde, trug auf der Fotomontage eine Sonnenbrille, in deren Gläsern sich die Gleise von Auschwitz spiegelten. In der Botschaft darunter, die an »Motor Lindewitz« gerichtet war, stand: »Gute Nacht!«

Auch das würde er mit Benedikt besprechen. Er wusste, dass Benedikt unter diesen Dingen litt und jemanden brauchte, mit dem er seine Sorgen teilen konnte. Aber vor allem würde er ihm die wahre Geschichte von Butterweichs Fußballkarriere erzählen. Das Geschenk in dem Karton hatte einen hohen Symbolwert, es war ein Zeichen der Anerkennung von Tante Mausi für Benedikt und sollte zeigen, dass ihn die Familie ernst nahm und immer für ihn da war.

Die Ladentür war abgeschlossen und Claudius klopfte an die Glasscheibe. Es dauerte einige Zeit, bis Benedikt erschien. Seine Haare waren nass, wahrscheinlich hatte er gerade geduscht.

»Nicht erschrecken!«, sagte Claudius. »Ich soll dir ein Geschenk von Tante Mausi bringen.

»Aber sie war doch erst heute Morgen hier und hat Wein geholt.«

»Sie ist gerade im Krankenhaus.« Er sah das Entsetzen im Gesicht von Benedikt. »Sie ist nur zu Besuch, deine Oma und deine Tante sind im Krankenhaus.«

»Aber die haben doch bald Geburtstag!«

Es war merkwürdig. Alle dachten sofort an den hundertsten Geburtstag der Zwillinge, als wäre es ausgeschlossen, dass jemand sterben könnte, der dieses Ziel vor Augen hatte. Claudius war es ja genauso gegangen und er merkte, wie der Schreck, dass die beiden nicht wieder aufwachen könnten, sich in seine Gedanken schlich.

»Was ist denn passiert?«

»Sie hatten beide wahrscheinlich einen Hirnschlag. Gleichzeitig«, er musste fast lachen, »wie es sich für Zwillinge gehört.«

Benedikt sah ihn an. »Und nun?«

»Müssen wir warten!«

»Dass sie sterben?«

»Oder aufwachen. Sie liegen im künstlichen Koma.«

»Kann ich zu Oma und Tante …« Benedikt stutzte »… ist Tante Anne eigentlich meine Tante oder wie nennt man das?«

Claudius lachte, das wäre jetzt ein Part für Tante Mausis Loriot-Leidenschaft gewesen, den er gern übernahm, um die Traurigkeit wenigstens für einen Moment abzustreifen. »Ich bin dein Onkel, weil ich der Sohn der Schwester deiner Großmutter bin, darum ist deine Mutter meine Cousine und meine Mutter deine Großtante.«

Sie lachten beide. Claudius legte den Karton auf die Ladentheke. »Der ist von Tante Mausi, nein, Großtante Mausi. Sie sorgt sich um dich.« Er schob den Karton zu Benedikt. »Sei vorsichtig, es ist ein Heiligtum!«

Benedikt öffnete den Deckel und schlug das Seidenpapier zurück. Vor ihm lag ein Trikot des »Motor Lindewitz«.

Es war aus steifer Baumwolle und die Nummer 3 mit groben Stichen aufgenäht. Ein Trikot aus dem Pleistozän. Keine Mikrofaser, keine aufgedruckte Nummer. Dem Träger dieses Trikots, den alle Butterweich nannten, stand, als er es trug, eine große Karriere bevor, der Linksfuß, der die Flanken butterweich in den Strafraum schlug. Magische Bälle, die den gegnerischen Spielern zwischen den Beinen hindurchrutschten oder einen Bogen um sie machten und kurz vor dem Tor wieder auftauchten. In der Fußballsprache der heutigen Zeit heißt das: »Er spielt einen Chipball in die Box.« In diesem Trikot war er 1951 DDR-Meister geworden.

Als er vor zehn Jahren starb, hatte er schon sechzig Jahre lang nicht mehr Fußball gespielt. Bei der Trauerfeier, vor der Einäscherung, trug er an beiden Füßen die Fußballschuhe mit den aufgeschraubten Stollen, obwohl jeder wusste, dass er ab dem Knie eine Prothese hatte. Ein Motorradunfall, auf dem Höhepunkt seiner Karriere hieß es immer.

Butterweich hatte nach seinem Unfall Glück im Unglück gehabt oder Unglück im Glück, Claudius dachte über die Formulierung nach und kam zu keinem Ergebnis. Die Geschichte, die ihm Tante Mausi vorhin erzählt hatte, änderte vieles. Als Claudius geboren wurde, hinkte Butterweich bereits seit acht Jahren über den Lindewitzer Markt. Damals noch mit einem angeschnallten Unterschenkel aus Holz, mit dem er sich ständig seinen Beinstumpf wund rieb.

Er war dem Fußball treu geblieben und kommentierte Fußballspiele im Radio. An jedem Sonntagnachmittag gab es eine Konferenzschaltung mit verschiedenen Reportern vor Ort. Ging man in den Mietshäusern die Treppe nach oben, gehüllt in einen Geruch aus Bohnerwachs, Sonntagsbraten, Krautgemüse und frisch gebackenen Kuchen, dann konnte man in jeder Etage die sich überschlagenden Stimmen der Radiokommentatoren hören. »Wir schalten jetzt nach Aue«, »Toor, Toor für den Hallischen FC«, »In Berlin steht es noch immer null zu null«, »Scherbarth schießt einen langen Pass zu Lisiewicz, der schlenzt zurück und Scherbarth schiebt das Leder butterweich ins kurze Eck«. Die sanfte Stimme Butterweichs war zwischen den raueren Kommentaren seiner Kollegen leicht zu erkennen.

In den vergangenen Jahren hatte Claudius aus Wut darüber, dass er für die Live-Berichterstattung eines Fußballspiels im Fernsehen Geld bezahlen sollte, wieder das Radio eingeschaltet, um die Bundesligaspiele zu verfolgen. Und aus seinem Ärger war Verzückung geworden. Er empfand es als angenehm, die Augen zu schließen und den Kommentatoren, die ihrer Begeisterung freien Lauf ließen, zuzuhören: »Tooor! Tooor für Bochum«, »In München gibt es Elfmeter!« Einer fiel dem anderen ins Wort, in den Stimmen schwang Aufgeregtheit mit, Enttäuschung, Triumph, aber keine Neutralität wie bei den Fernsehkommentatoren. Radiohören verlangte Fantasie, war aber viel emotionaler.

Im Schnelldurchlauf hatte ihm Tante Mausi vorhin Butterweichs Lebenslauf erzählt. Schon der Tag seiner Geburt, der Schwarzer Donnerstag genannte 24. Oktober 1929, klang wie ein böses Omen, dem Schwarzen Donnerstag folgte der Schwarze Freitag und die Weltwirtschaftskrise, die das das Ende der Weimarer Republik einläutete. Seine Familie hatte zwar kein Geld zu verlieren, aber das politische Desaster war für seinen Vater groß. Butterweich stammte aus einer Lindewitzer Arbeiterfamilie, die aus ihrer linken Gesinnung keinen Hehl machte. Butterweich, der eigentlich Hans-Peter Kertschak hieß, wohnte während seiner Kindheit am Rand von Lindewitz, in den Häusern gleich neben der Motorenfabrik. Hinter den schmucklosen Ziegelfassaden verbargen sich kleine Wohnungen, die nur mit dem Nötigsten ausgestattet waren. Die Toiletten waren Plumpsklos in den Hinterhöfen. Wasserspülung wäre für die Arbeiter zu viel Luxus gewesen. Butterweich, den damals noch alle Hansi riefen, verbrachte den größten Teil seiner Kindheit im nahe gelegenen Park mit Fußballspielen. Er war geradezu besessen von Bällen, und hätte nicht der Krieg begonnen und wären nicht die Sportvereine nach und nach geschlossen worden, hätte er sein Können schon viel früher unter Beweis stellen können. Nach dem Krieg schloss er sich dem wiedereröffneten Lindewitzer Fußballklub an, weigerte sich diese Mannschaft zu verlassen und krönte seine Karriere mit der Meisterschaft im Jahre 1951. Das Glück schien perfekt, als er Mausi kennenlernte. Dann kam der Juni 1953 und nicht nur in der Lindewitzer Motorenfabrik wurde unter den Arbeitern Unmut laut. Sie forderten die Herabsetzung der Normen, freie Wahlen, die Einheit Deutschlands und den Rücktritt der Regierung. Der Vater von Butterweich, der während des Nationalsozialismus als standhafter Kommunist mehr Zeit im Gefängnis als zu Hause verbracht hatte, marschierte in der ersten Reihe der Demonstranten mit einem Schild, auf dem »Butter statt Kanonen« stand, und die Männer neben ihm riefen: »Butter, Brot und Speck fressen uns die Bonzen weg!« Und Butterweich lief neben dem Demonstrationszug her und konnte nicht fassen, dass sein Vater, den sie für sein Bekenntnis zum Kommunismus im Gefängnis fast zu Tode geprügelt hatten, plötzlich dagegen aufbegehrte. Sie liefen in Richtung Innenstadt, immer mehr Menschen schlossen sich an. Butterweich wollte sich zu seinem Vater durchdrängeln, hatte aber keine Chance und ging wieder zurück auf den Gehweg. In der Ferne sah er Armee-Lastkraftwagen, die immer näherkamen. Er erkannte die Uniformen der Roten Armee. Ein Motorrad fuhr direkt auf die Menge zu. Er blieb auf dem Gehweg und dachte noch, vielleicht wäre es besser, sich in eine Toreinfahrt zu stellen, als das Motorrad einen Schwenk machte. Dann konnte er sich an nichts mehr erinnern.

Nicht an den Zusammenprall und auch nicht daran, dass sein Vater sein Schild weggeworfen hatte und zu seinem Sohn geeilt war, nicht an den Rotarmisten, der auf seinem Motorrad einfach weitergefahren war, und nicht an den Krankenwagen, der sich mit lauter Sirene den Weg durch die Menge gebahnt hatte.

Die beiden Männer, die Butterweich im Krankenhaus besuchten, wussten nichts von Butterweichs Gedächtnislücken und sprachen von einem Versehen, einer Unachtsamkeit. Immerhin war

Butterweich der Sohn eines »VDN«, eines »Verfolgten des Nationalsozialismus«, nach dem eine Grundschule in Lindewitz benannt worden war. Kein Wort darüber, warum der Vater gerade zu diesem Zeitpunkt auf der Straße gewesen war. Die beiden Männer drückten noch einmal ihr Bedauern aus und boten Butterweich, der eine Neulehrerausbildung für die Fächer Sport und Geschichte abgeschlossen hatte, eine Stelle als Fußballreporter an. Sie nannten es ein »Trostpflaster«. Aber es gab eine Bedingung und die hieß: Schweigen.

Sie hatten ihn nicht einmal dazu überreden müssen, denn es war ihm peinlich gewesen, dass er der Bestechung nachgegeben hatte. Nicht zuletzt auch, um seinen Vater, der selbstverständlich ins Visier der Ermittler geraden war, vor einer Strafverfolgung zu schützen.

Butterweich hatte sich an die Abmachung gehalten und das Schweigen auch auf Tante Mausi übertragen. Und sie hatten auch weitergeschwiegen, als die Mauer gefallen war. Was hätte es denn gebracht, wenn sie geredet hätten? Die Zwillinge hatten ohnehin immer gelästert, dass Butterweich »auf die Füße gefallen« wäre, was in Anbetracht eines amputierten Unterschenkels schon etwas makaber war.

Claudius nannte es die Scham der Opfer, die fürchteten, durch ihr Schweigen zum Täter geworden zu sein. Bis heute.

12 | HAUSBESUCHE

Als Claudius gegangen war, holte Benedikt einen Kleiderbügel, stülpte das Trikot von Butterweich vorsichtig darüber und hängte ihn an den Griff einer oberen Schublade in Huldas Ladenregal. Obwohl er sonst nie tagsüber trank, öffnete er sich ein Bier, setzte sich auf einen Kasten und nahm einen großen Schluck. Der Besitz war eine Ehre, aber gleichzeitig auch eine Verantwortung.

Wieder einmal zeigte sich an Butterweichs Biografie, dass nichts so stattgefunden hatte, wie es einem auf dem ersten Blick erschien. Alles war in Bewegung. Und nun war auch noch seine Großmutter ins Krankenhaus gekommen und lag auf der Intensivstation. Warum hatte sie ihn nicht um Hilfe gebeten? Er hätte ihr die Wäsche zur Mangel gebracht. Aber nein, Hilfe annehmen war nicht ihr Ding, selbst vom eigenen Enkel nicht.

Anders als Tante Mausi suchte seine Großmutter keinen Kontakt zu ihm. Auch seine Mutter hatte er seit Wochen nicht gesehen. Nur manchmal kam eine Textnachricht. »Geht es dir gut?« Und er antworte mit einem kurzen »Ja, danke«. Was hätte er denn sonst schreiben sollen? »Mir geht es beschissen, ich sitze hier in einem Spätverkauf, wollte eigentlich mal die Welt retten und habe stattdessen Angst?« Seine Großmutter und seine Mutter nahmen ihm übel, dass er seine Promotion an der Uni abgebrochen hatte. Am Anfang hatte er ihnen gesagt und vielleicht auch selbst gedacht, dass es nur eine Pause wäre und er zur Uni zurückkehren würde, aber durch die Vorkommnisse im Viertel war er an einen Punkt angelangt, an dem er keinen Sinn mehr darin sah.

Er musste sich eingestehen, dass sich vor Studienbeginn sein Bild über die Justiz aus amerikanischen Blockbustern gespeist hatte, Klassiker, die oft gezeigt wurden. Tom Cruise überführte den fiesen Jack Nicholson, Ryan Gosling Antony Hopkins. In den Gerichtssälen traf sich das Who is Who der amerikanischen Schauspielbranche, gutaussehend und charismatisch kämpften sie um den Sieg der Justiz gegen das Verbrechen. Besonders hatte ihn Julia Roberts beeindruckt, die als Laienjuristin Erin Brockovich mit immenser Ausdauer um Schmerzensgeld für Giftmüll-Opfer stritt und am Ende eine hochdotierte Anstellung in einer Kanzlei bekam. Und Benedikt stellte sich vor, wie er nach Beendigung des Studiums gegen das Unrecht kämpfen würde. Prost. Er nahm noch einen Schluck.

Sein erstes Praktikum, das er erst in im Nachhinein zu schätzen wusste, hatte er auf dem Sozialgericht absolviert. Dort wurde um Dinge gestritten, die ihm vorher als selbstverständlich erschienen waren, zum Beispiel um den Grad einer Pflegestufe, die Feststellung einer Behinderung oder die Zuteilung von Heilmitteln.

Bei den Fällen, die er begleiten durfte, ging es nicht nur um die Kosten, sondern in erster Linie um Würde, die Würde von Alten, Kranken, sozial Schwachen, die den Behörden hilflos gegenüberstanden. Zum Beispiel wenn eine Krankenkasse bei einem herzkranken kleinen Jungen die Kostenübernahme für eine RSV-Impfung verweigerte, weil es diese nur bis zu einem bestimmten Alter kostenlos gab und er die Altersgrenze um wenige Tage überschritten hatte. Für viele Betroffene waren diese Streitigkeiten eine zusätzliche Belastung, die Energie erforderte, die sie für andere Dinge, wie die Pflege ihrer Angehörigen, dringender gebraucht hätten. Es war eine unspektakuläre Arbeit, die er die zähen Mühen der Bürokratieebene nannte. Die meisten Fälle wurden mit einem vorgelagerten Schlichtungsverfahren begonnen, manchmal, wenn der Ausgang zu ungewiss war, gab es einen Vergleich. Das waren nicht die großen Fälle, von denen er geträumt hatte. Aber im Nachhinein betrachtet, hatten die Richter viele kleine, aber positive Dinge bewirken können.

Beim zweiten Praktikum in einer großen Kanzlei lernte er, wie viel Spielraum Gesetze für Unternehmen boten. Es erinnerte ihn in an den Satz Machiavellis »Der Zweck heiligt die Mittel«, den ein Dozent zu Beginn des Studiums zur Diskussion gestellt hatte. Vor allem zur Erhaltung der politischen Macht war jedes Mittel recht, wobei Recht in diesem Fall großgeschrieben sein müsste, denn jedes Mittel ersetzt das Recht.

Zum Beispiel gab es Tricks und Finten, die angewendet wurden, um Firmen zum Umgehen von Umweltauflagen zu verhelfen. Teilte man das Unternehmen in verschiedene Bereiche, galten die Auflagen für jeden Bereich einzeln und die Summe der Emissionswerte konnten aufgeteilt werten. Simsalabim, und schon passte es wieder. Die Anwälte freuten sich über ihre kluge Idee und Benedikt kam das erste Mal ins Grübeln, was sein Ziel am Ende des Studiums sein sollte.

Am ehrlichsten erschien ihm die Arbeit am Sozialgericht, aber als sich dann die Teilzeitstelle an der Uni und die Möglichkeit zur Promotion bot, sah er es als einen Aufschub für seine Entscheidung. Sein Doktorvater war ihm mit dem Thema sehr entgegengekommen. Der Fokus lag auf den Lindewitzer Meuten, Jugendgruppen, die es im Dritten Reich innerhalb des ganzen Stadtgebiets gegeben und die als Gegenkraft zur Hitlerjugend agiert hatten. Der Vater von Onkel Butterweich gehörte zu einer Gruppe, die sich dem Lindewitzer Fußballverein anschlossen und unter dem Deckmäntelchen der Sportvereinigung politische Schulungen abhielten. Es gab auch Gruppen, die sich der Musik verschrieben hatten und Swingabende veranstalteten, aber selbst das galt als politischer Widerstand und wurde mit hohen Haftstrafen geahndet. Benedikt hatte zufällig einen Teil der Gerichtsakten im Archiv gefunden und das Thema seiner Doktorarbeit war grob gesagt die juristische Aufarbeitung dieser Prozesse. Die Arbeit machte ihm Spaß, er kam gut voran. Der Laden war ein kleiner Nebenerwerb und wäre nicht der Überfall gewesen, hätte er heute wahrscheinlich ein »Dr.« vor seinem Namen und alles wäre bestens und seine Familie glücklich. Doch statt mit der Vergangenheit beschäftigte er sich jetzt mit der Gegenwart und prüfte akribisch alle Ereignisse.

Nach dem Überfall auf seine Straße und seinen Laden war die Polizei überraschend schnell gekommen. Nicht einmal zehn Minuten hatte es gedauert, bis die ersten Einsatzwagen vor Ort waren. Ein Freund von Benedikt war der Meinung, weil sie gedacht hätten, die Angreifer wären tatsächlich Linke gewesen. Tja, und dann hatten sie plötzlich die fast dreihundert rechten Randalierer zurück auf den Lindewitzer Markt getrieben und sie, wie es so schön hieß, »festgesetzt«. Gut sichtbar für die Bewohner auf dem Pflaster platziert und nach und nach die Personalien aufgenommen. Danach wurden alle nach Hause geschickt. Nicht erfasst wurden die

Kennzeichen der vor der Gartenanlage geparkten Autos, ebenso nicht registriert, die Messer, Baseballschläger, Schlagstöcke und anderen Waffen auf den Hutablagen, die Kofferräume und Fahrzeuge wurden nicht nach Schusswaffen durchsucht. Lediglich die widerrechtlich auf dem Parkplatz vor dem Supermarkt abgestellten Autos bekamen ein Bußgeld. Es blieb eine Liste mit 286 Namen, daran war nicht zu rütteln, und alle warteten auf einen großen Prozess. Benedikt verfolgte die Sache einerseits als Betroffener, andererseits aus fachlichem Interesse. Und dann waren da noch die anderen Betroffenen: der Dönerverkäufer, die Buchhändlerin, die Friseurin, die Frauen der Verwaltung von »Motor Lindewitz«, die Bewohner, deren Fenster eingeschlagen worden waren, die Mieter der Dachgeschosswohnungen, bei denen mithilfe von Feuerwerksraketen versuchte worden war, Feuer zu legen. Sie alle warteten und es geschah: nichts. Einen Monat lang, zwei Monate lang, drei Monate lang, ein halbes Jahr. Nichts. Benedikt wusste, dass die Behörden oft überlastet waren, aber andererseits liefen die Täter frei herum und sein Kommilitone Bulli, der nachweislich an dem Überfall beteiligt gewesen war, besuchte weiterhin die Vorlesungen und Seminare an der Juristischen Fakultät.

Nach neun Monaten wurden endlich die ersten Anklageschriften erstellt, der Vorwurf: Landfriedensbruch. Und Benedikt fragte sich, ob nicht auch als Anklagepunkt die »Zugehörigkeit zu einer kriminellen Vereinigung« angebracht gewesen wäre? Seiner Meinung nach hätte man in dem Versuch, die Dachgeschosse anzuzünden, auch versuchten Mord sehen können. Denn was wäre passiert, wenn die Häuser tatsächlich gebrannt hätten?

Es brodelte in Lindewitz. Die langwierige Verfahrensführung, viele im Viertel sprachen von Verschleppung, führte zu Unmut.

Und als am Ende durchsickerte, dass es bei fast allen Angeklagten Absprachen zwischen Verteidigung und Staatsanwaltschaft gegeben hatte, die auf Bewährung hinausliefen, waren viele Lindewitzer wütend. Diese »Hinterzimmerprozesse«, wie sie an der Bude genannt wurden, führten auch in Benedikts Geschäft zu Auseinandersetzungen. Doch dann kursierte plötzlich eine Liste mit Namen und Privatadressen der Täter in Lindewitz. Jetzt war es nur noch eine Frage der Zeit, bis die ersten »Hausbesuche« stattfanden.

Ein bisschen erinnerte es an alte Western, in denen Selbstjustiz als ein probates Mittel angesehen wurde, denn auf den Sheriff war nicht immer Verlass. Da nahm man schon mal seinen eigenen Colt und ging auf Verbrecherjagd. In Wild-Ost genügte ein Hammer. Einer Gruppe junger Lindewitzer wurde vorgeworfen, »vermeintliche und tatsächliche Neonazis ausgespäht und überfallen zu haben«. Das Ausspähen hatte sich sicher überschaubar gestaltet, denn die Adressen waren ja bekannt und die selbsternannten Sheriffs brauchten nur zu klingeln.

Benedikt war gegen jegliche Gewalt, Angriffe auf Menschen und auch auf Dinge waren durch nichts zu rechtfertigen. Aber von vielen jüngeren Lindewitzern wurde das Verprügeln als Gegenwehr und Vergeltung für den Überfall gesehen. Es gab heftige Diskussionen in Benedikts Laden und viele Freunde konnten nicht verstehen, dass er immer noch auf der Einhaltung der Gesetze bestand. Doch auf die Frage »Glaubst du, man hätte auch mit ihnen reden können?« hatte auch Benedikt keine Antwort. Mit einem »Geschieht den Nazis recht« konnte er sich trotzdem nicht anfreunden.

Seine Zweifel bezogen sich eher auf die Verhältnismäßigkeit des Vorgehens der Polizei und Staatsanwaltschaft. Als Folge dieser

Hausbesuche war es zu Verhaftungen gekommen und die selbst ernannten »Rächer« wurden inhaftiert. Die Anführerin der »Rächer« war überraschenderweise eine junge Frau. Die nachfolgenden Prozesse bekamen den Namen »Die Lindewitzer Prozesse« und sehr viel mediale Aufmerksamkeit. Jetzt stand die Urteilsverkündung kurz bevor, am Tag »Omega«, wie ihn die Behörden nannten, sollte es so weit sein. Schon jetzt hatten viele Sympathisanten zur Revolte aufgerufen und an einer Häuserwand stand neben dem Omega-Zeichen: »Lindewitz brennt«.

Benedikt trank den Rest aus der Flasche. Er hörte im Nachbarraum sein Telefon klingeln. Angezeigt wurde die Nummer von Ernie, einem Freund, naja, eher einem guten Kunden, der als Streetworker im Viertel arbeitete und auch sonst sehr umtriebig war. Wenn er um diese Tageszeit anrief, musste etwas vorgefallen sein.

Benedikt nahm das Gespräch an und sagte mit betont gelangweilter Stimme: »En gros en detail. Was kann ich für Sie tun?«

»Benedikt? Ist dort Benedikt?«, fragte eine Frau aufgeregt.

»Ja, klar. Du hast mich ja angerufen.«

»Ernie wird gerade überfallen!«

»Dann ruf die Polizei!«

»Es ist die Polizei!«

»Wie jetzt?«

»Das große Ballett, SEK und Staatsanwalt. Alle vermummt.«

»Du spinnst. Staatsanwälte dürfen sich nicht vermummen. Das ist gesetzlich geregelt. Ein Staatsanwalt ist ein Organ der Rechtspflege – darf Bürgern nicht vermummt gegenübertreten …«

»Spar dir deine Belehrungen!«

»Es ist aber so.«

»Dann komm doch her, du blöder Anwalt, und sieh's dir an!«

»Ich bin kein Anwalt.«

»Ja, weil du feige bist.«

»Wer sagt das?«

»Alle.«

Benedikt atmete tief durch.

»Sie suchen das Foto von der zerschlagenen Scheibe.«

»Das Foto von der Gartenanlage? Da kommt doch kein SEK.«

»Die wühlen hier alles durch und suchen nach Festplatten.«

»Mach ein Protokoll von allen Dingen, die sie mitnehmen. Ich versuche einen Studienfreund zu erreichen.«

»Ich muss jetzt ...«, dann brach das Gespräch ab.

Es schien ernster zu sein, als er am Anfang gedacht hatte. Benedikt suchte in seinen Kontakten nach der Nummer der Anwaltskanzlei, in der ein guter Freund arbeitete, der zwar Benedikts Zweifel teilte, sich aber mehr für das Geld als für die Gerechtigkeit entschieden hatte. Benedikt erklärte ihm die Lage und der Freund sagte sofort, dass das nicht rechtens sei, und setzte an, das Gesetz zu zitieren.

Benedikt unterbrach ihn. »Sorry, ich hab das auch studiert.«

»Hängt das mit dem Fall Verena B. zusammen?«

»In gewisser Weise.«

»Tut mir leid«, sagte der Freund. »Ich habe keine Lust, meinen Job zu riskieren. Ich komme nach der Arbeit mal rum.«

»Aber ...«, sagte Benedikt, doch da hatte der Freund schon aufgelegt.

Auch der nächste Freund war anfänglich empört, legte aber sofort auf, als er den Namen Verena B. hörte.

Ernies Wohnung war zehn Minuten vom Laden entfernt, Benedikt zog seine Joggingschuhe an, hängte das »closed«-Schild an die Tür und rannte los.

Zu den Hausbesuchen der Gruppe um Verena B. hatte damals auch ein Angriff auf die Gartenkantine »Heimaterde« gehört. Jemand hatte mit einem Stein die Scheibe eingeschlagen, eine kleine Bombe aus Bitumen und Hundekacke hinterhergeworfen und den Spruch »No Nazis – No Sexism!« an die Wand gesprüht. Was in diesem Zusammenhang der Kampf gegen Sexismus bedeuteten sollte, wusste niemand. Üblich war, wie an vielen Wänden im Viertel zu lesen »No Nazis – No Cops«, aber vielleicht hatte der Sprayer die Cops weggelassen, weil er wusste, dass die ermitteln würden oder die Beschriftung der Wand kam von einer Frau, die gerade ein Problem mit Männern hatte. Am Ende war es auch egal. Ernie hatte nichts weiter getan, als im Nachhinein ein Foto vom »Tatort« zu posten. Das Bild von der zerschlagenen Scheibe und dem Schriftzug »Why not, das macht die Bude luftiger!« darunter wurde ein viraler Hit in den sozialen Netzwerken.

Das war Befürwortung von Sachbeschädigung und damit eine Straftat. Ernie bekam eine Vorladung als Zeuge, um die Quelle des Fotos preiszugeben. Die einfachste Version wäre gewesen, er hätte gesagt, er sei zufällig vorbeigegangen und habe ein Foto gemacht, why not. Oder er hätte das Foto im Netz gesehen, kopiert und weitergeleitet. Aber er machte aus Prinzip keine Aussagen und selbst Benedikt, der zwar eine Rechtsberatung ablehnte, aber sich natürlich die Geschichten aus Interesse anhörte, war überrascht, als Ernie ihm erzählte, dass er wegen der verweigerten Aussage tausend Euro Strafe zahlen sollte, denn die Höhe dieser Summe fand eher bei organisierter Kriminalität oder Tötungsdelikten Anwendung. Die Strafe wurde vom Gericht zwar auf zweihundert Euro Ordnungsgeld heruntergestuft. Doch wie sich jetzt zeigte, war damit die Geschichte nicht vorüber und Ernie hatte jetzt, Monate später, einen Hausbesuch vom SEK.

Vor dem Hauseingang, direkt auf dem Gehweg parkten zwei Polizeiautos und ein Polizist bewachte den Hauseingang.

»Personenkontrolle! Ihren Ausweis, bitte.«

»Aus welchem Grund?«

»Wir führen hier Ermittlungen durch.«

»Ich bin Anwalt.«

Der Polizist musterte ihn. »So sehen Sie aber nicht aus.«

»Wir haben keine Uniformen.«

»Der kann sich doch gar keinen Anwalt leisten.«

»Ich bin Pflichtverteidiger.« Betont sachlich zitierte Benedikt: »Gemäß Artikel 13 des Grundgesetzes, ist eine Wohnung unverletzlich und für diesen schwerwiegenden Eingriff in die Privatsphäre braucht es einen richterlichen Beschluss.«

»Die haben sogar den Staatsanwalt mitgebracht. Also Ausweis, bitte.«

»Den habe ich nicht mit, ich war gerade joggen.««

Der Polizist lachte. »Sie haben eine Fahne!«

»Ich trinke sonst nie, jedenfalls am Tag.«

»Das sagen alle!«

»Und wenn ich ins Erdgeschoss zu dem Verein …« Benedikt suchte auf dem Schild neben der Haustür, nach dem Namen, »›Links bleibt Links‹ möchte?«

»Da ist geschlossen. Geben Sie sich keine Mühe. Ich gebe Ihnen einen guten Rat, junger Mann, gleich kommt ein Fotograf von dieser Zeitung, Sie wissen schon. Verschwinden Sie, wenn Sie nicht mit aufs Bild wollen.«

»Wer hat die gerufen?«

»Ich jedenfalls nicht.«

»Und finden Sie das gut?«

Der Polizist zuckte mit den Schultern. »Ich mache hier meinen Dienst.«

»Haben Sie schon mal über Ihren Beruf nachgedacht?«

Der Polizist wurde unerwartet ernst. »Schon oft.« Er schob seine Mütze nach oben und zeigte auf eine Narbe und sagte. »Pflasterstein!«

»Tut mir leid«, sagte Benedikt.

»Gestern haben Ihre Freunde einen Kanalarbeiter zusammengeschlagen, weil er ein Basecap von so einer rechten Modemarke aufhatte. Nasenbein gebrochen.« Der Polizist lachte. »Das war ein Syrer, der hatte die Mütze aus der Kleidersammlung.«

»Das sind nicht meine Freunde«, sagte Benedikt. »Ich will nur, dass alles nach gültigem Recht zugeht.«

»Na dann viel Spaß«, sagte der Polizist.

In der Ferne näherte sich rasant ein dunkles Auto und hielt mit quietschenden Bremsen.

Wenn das Klischee stimmte, war das der Fotograf. Benedikt ging vorsichtshalber auf die gegenüberliegende Straßenseite und setzte sich auf eine Mauer. Eigentlich war er es, der mit seinem Beruf haderte.

Er war nicht feige, wie das Mädchen behauptet hatte. Dieser Vorwurf hatte ihn hart getroffen.

Nach dem Überfall auf seinen Laden hatte sich schnell herumgesprochen, dass ein Jurastudent unter den Schlägern gewesen sein sollte. Auch der Name kursierte: Bulli. Benedikt war sofort klar gewesen, dass es stimmte, denn er hatte ihn am Morgen vor der Gartenanlage stehen sehen.

Bulli, der bis dahin als Rechtsreferendar am Landgericht gearbeitet hatte, wurde freigestellt, wegen Beteiligung an dem Überfall angeklagt und zu einer Freiheitsstrafe von sechzehn Monaten verurteilt. Wie bei fast allen anderen Angeklagten war die Strafe zur Bewährung ausgesetzt worden. Niemand wusste, ob es wirklich eine Verhandlung gegeben hatte oder ob dieses Urteil zu dem Paket gehörte, das zwischen Staatsanwaltschaft und Verteidigung ausgehandelt worden war.

Bulli, der auf Grund der Bestimmungen in Sachsen wegen der Höhe seiner Bewährungsstrafe von der Ausbildung weiterhin freigestellt worden war, legte gegen dieses Urteil Revision ein und siehe da, er durfte sein Referendariat per gerichtlichem Beschluss weiterführen. Die Begründung der Richterin, die sich auf das Grundrecht zur Berufswahlfreiheit berief, lautete: »Die Entlassung des Rechtsreferendars würde bedeuten, dass er die Ausbildung zum Volljuristen nicht abschließen kann und damit die Ergreifung eines juristischen Berufs verwehrt wäre.«

Eine Arbeit im Staatsdienst sei nicht zu erwarten, was aber trotzdem noch genügend andere Möglichkeiten offenließe, zum Beispiel in einer Kanzlei zu arbeiten.

In einem weiteren Prozess wurde über seine Tattoos befunden in denen die Veranstalter eines Sportwettbewerbs nationalsozialistische Symbole zu erkennen glaubten. Sie meinten die Hakenkreuzgirlande, die Benedikt damals im Schwimmbad gesehen hatte. Die ineinander verwobenen Hakenkreuze hießen in Fachkreisen »Schwarze Sonne«. Allerdings konnte das Gericht nicht zweifelsfrei widerlegen, dass es sich, wie der Angeklagte angab, um ein nordisch-mythologisches Symbol handeln würden, und damit war die Sache erledigt.

Nach diesem Urteil hatte Benedikt an seiner Fakultät um eine Auszeit gebeten.

Nach einer Stunde gab Benedikt auf.

Er wählte Nummer des Mädchens, erreichte jedoch nur die Mailbox.

Der Nebeneffekt dieses Hausbesuchs war, dass sich in dem Haus des Sozialarbeiters das Büro einer Abgeordneten befand, die hin und wieder Demonstrationen organisierte, die auf die Missstände in Lindewitz aufmerksam machen sollten und die eine Anfrage an die Landesregierung gestellt hatte, wie denn der Stand der Verurteilung für den Überfall auf die Häuser in der Spitalstraße sei. Der Hausbesuch bei Ernie war eine Warnung, nach dem Motto, egal was du getan hast, wir haben dich im Blick und morgen kommen wir dich besuchen! Denn der Tag Omega stand an. Die Urteilsverkündung im Fall Verena B.

Er wusste, dass es ein Fehler sein konnte und er damit in den Fokus der Ermittlungen geriet, aber er war nicht feige. Verdammt nochmal.

Er nahm sein Handy und schrieb eine SMS an Ernie: »Nachher bei mir im Laden.«

13 | STADTBUMMEL

Als Claudia den Strichkoffer im Krankenhaus abgab, saß Tante Mausi zwischen den Betten ihrer beiden Schwestern. Die Ärztin hatte darum gebeten, dass möglichst nur ein bis zwei Besucher im Raum sein sollten. Claudia ging noch einmal ins Ärztezimmer und überreichte dort die Patientenverfügung der Mutter. Die Ärztin sah sie an, als hätte sie Claudia bei etwas Verbotenem erwischt, und sagte: »Wir tun, was wir können, aber manchmal ist es nicht ausreichend, vor allem in diesem Alter.« Wahrscheinlich dachte sie, dass Claudia die Absicht gehabt hatte, die Verfügung zurückzuhalten. Am Abend würde Claudia Tante Mausi, die darauf bestand, bei ihren Schwestern zu bleiben, ablösen.

Es war ihr freier Tag und sie überlegte, was sie jetzt tun sollte. Claudia spürte eine innere Leere und gleichzeitig Unruhe. In diesem Moment klingelte das Telefon. Mit Mühe brachte sie ein »Ja« über die Lippen.

»Ich hoffe, ich habe Sie nicht gestört?«, fragte ihr Chef.

»Nein, nein«, antwortete Claudia gedehnt und überlegte, ob sie ihm sagen sollte, dass sie gerade auf dem Krankenhausgelände stand und ihre Mutter auf der Intensivstation lag.

Er wisse, dass sie frei habe, aber es sei, an dieser Stelle machte er eine Pause und kicherte, »Not an der Frau!« Es gab eine zusätzliche Reisegruppe, Franzosen, und er fügte hinzu: »Alles Männer!«

Er neigte zu anzüglichen Bemerkungen, doch in Anbetracht ihrer Situation nahm sie es dieses Mal unkommentiert hin und fragte nur nach Uhrzeit und Treffpunkt. Sie dachte, dass Arbeit eine willkommene Ablenkung wäre.

Seit Jahren arbeitete sie als Touristenführerin. Im Grunde genommen eine Ironie des Schicksals, dass sie, die immer weggehen wollte, nun Menschen, die aus fernen Ländern kamen, durch die Stadt führte. Ihre eigentliche Arbeit als Übersetzerin gehörte zu jener Kategorie Berufe, die man als brotlos bezeichnete, einfach weil damit nicht der Lebensunterhalt zu decken gewesen war. Zumal sie noch einen Sohn großziehen musste, nein, wollte. »Unser täglich Brot gib uns heute!« galt nicht für alle Berufe. Sie hatte anspruchsvolle Aufträge, aber der Zeitaufwand für die Übersetzung eines Romans war so groß, dass am Ende die Ehre den Verdienst bei Weitem übertraf. Mehr verdienen ließ sich mit dem Übersetzen von Gebrauchsanweisungen oder Unterlagen für die Industrie. Aber seit sich die Übersetzungsprogramme weiter verbesserten und künstliche Intelligenzen hinzugezogen wurden, würde dieser Teil der Arbeit immer weniger werden, da war sie sich sicher. Auch wenn es hin und wieder Hinweise darauf gab, dass der menschliche Übersetzer doch nicht vollständig zu ersetzen war.

Für Heiterkeit hatte die Initiative der italienischen Regierung gesorgt, die mit einer virtuellen Influencerin für Reisen nach Italien werben wollte. Unter dem Motto »Open to meraviglia« – offen für Wunder – pries eine Kunstfigur die Schönheit italienischer

Städte an. Schon allein der Sprachhybrid »Open to meraviglia« hätte zu denken geben müssen, aber die eigentliche Blamage zeigte sich bei der deutschen Version der Kampagne. Hier wurden die potenziellen Besucher aufgefordert nach »Toast«, »Rasen« oder »Garderobe« zu kommen. Befehlsgemäß hatte das Übersetzungsprogramm die Städtenamen »Brindisi«, »Prato« und »Camerino« mit übersetzt.

Kulturelle Missverständnisse, die zeigten, wie wichtig der menschliche Übersetzer immer noch war. Noch war Claudia eine gefragte, wenn auch schlechtbezahlte Übersetzerin. Die Touristenführungen, die nach dem von ihr selbstverschuldeten Verlust ihrer Stelle an der Universität eher zur Überbrückung gedacht gewesen waren, hatten sich als ein zweites Standbein erwiesen. Ob sie es mochte oder nicht, es war immer noch auf angenehme Weise verdientes Geld.

Die Innenstadt wirkte leer. Nur einige Kinder rannten auf dem Marktplatz den Tauben hinterher, scheuchten sie mit einem Händeklatschen auf, das sich in den Gassen fing.

Ansonsten herrschte eine schläfrige Stille. Die Eltern hatten sich auf die Freisitze der Cafés zurückgezogen und ließen die Kinder gewähren. Auf einigen Tabletts der Kellner leuchtete strohgelb das Bier, langsam begann die Feierabendzeit an diesem noch immer warmen Maitag.

Sie erkannte die französische Reisegruppe schon von Weitem. Die meisten Männer trugen Anzugjacken und hatten gewagt, den obersten Knopf ihrer Hemdkragen zu öffnen. Sie betrachteten Claudia enttäuscht, wie Schuljungen, die gehofft hatten, die Lehrerin hätte den Unterricht vergessen. »Soyez les bienvenus!« Das

Organisationskomitee eines Urologenkongresses hatte seinen Teilnehmern eine Stadtbesichtigung verordnet.

Sie begann die Führung wie immer auf dem Marktplatz. Das Rathaus, die Handelsbörse, die Passagen. Die Franzosen trödelten hinter ihr her und versuchten gar nicht erst den Eindruck zu erwecken, als könnte sie irgendetwas in dieser Stadt interessieren. Es waren Männer zwischen fünfzig und sechzig, gedrungen, mit Bauchansatz und Stirnglatze. Claudia stellte sie sich in Chirurgengrün und Birkenstocksandalen vor. Was wäre in ihrem Leben anders geworden, wenn sie einen französischen Urologen geheiratet hätte? Es ärgerte sie, dass sie von diesen Männern als notwendiges Übel betrachtet wurde. Ein wenig mehr Respekt vor einer Frau hätte sie von den französischen Männern schon erwartet.

Claudia lief betont langsam durch die Passagen, erklärte ausführlich das Meißner Glockenspiel und philosophierte vor Auerbachs Keller über das Verhältnis von Mephisto zu Faust. Aus dem Treppenschacht hinter dem Denkmal stieg Kühle nach oben. Die Franzosen blickten sehnsüchtig über die Brüstung zu den erleuchteten Fenstern des Fasskellers und Claudia bemerkte nebenbei, dass es ein sehr gutes Restaurant sei, in dem Goethe, vielleicht hätten sie den Namen ja schon mal gehört, schon seinen Wein getrunken hätte.

Sie sah, wie die Franzosen mit den Fingern über die messingglänzende Fußspitze der Faustsatue fuhren, und erwähnte beiläufig, dass die Berührung des Fußes ein Ritual sei, das die Rückkehr in diese Stadt bedeutete.

»Kennen Sie Paris?«, fragte einer der Franzosen. Claudia nickte. Selbstverständlich war sie dort gewesen. Es war eine ihrer ersten

Reisen in die neue Welt gewesen. Genauer, ihre erste wirkliche Reise nach Paris, denn es gab ungezählte Sehnsuchtsreisen während ihrer Schulzeit. Die Sehenswürdigkeiten von Paris waren die sechste Lektion im Lehrbuch der 8. Klasse gewesen. Die erste Übung begann mit der Frage: »Avez-vous vu les curiosités de Paris?« Eine Frage, für die zwei Antwortmöglichkeiten vorgegeben waren: »Oui, je les ai vues.« Oder: »Non, je ne les ai pas vues.« Die aber beide falsch waren, denn damals hätte es für Claudia heißen müssen: »Nein, ich werde niemals die Sehenswürdigkeiten von Paris sehen.«

Trotzdem lief sie wie alle Schülerinnen und Schüler der Klassenstufe acht ein halbes Jahr lang Woche für Woche durch die Stadt, die ihr auf einem Plan im Maßstab 1:2000 auf dem Inneneinband des Lehrbuchs präsentiert wurde. Die Schüler liefen vom Louvre zur Oper, stiegen zu Sacré Cœur hinauf, schlenderten durch den Jardin du Luxembourg, sie kannten den Weg vom Place de la Concorde zum Invalidendom und sie wussten auch, wie man vom Eiffelturm zum Bois de Boulogne kam.

»Stellen Sie sich vor«, sagte die Französischlehrerin in der mündlichen Prüfung zu ihr, »Sie sind Reiseleiterin in Paris und führen eine Gruppe durch die Stadt.« Damals konnte sich Claudia weder vorstellen, in Paris noch Reiseleiterin zu sein, und fühlte sich wie eine Delinquentin vor dem Präsidiumstisch. Die Prüfungskommission bestand aus ihrer Französischlehrerin, die im Unterricht immer davon erzählt hatte, wie sie einmal zu einem Sprachkurs im befreundeten Mosambik gewesen war, mit ihrer Russischlehrerin und dem Sportlehrer. Alle sahen sie erwartungsvoll an. Und sie raffte sich auf und rief ihrer imaginären Reisegruppe zu: »Soyez les bienvenus à Paris.«

Es war ein wunderschöner Tag im Mai, durch das geöffnete Fenster wehte vom Schulhof der Duft einer blühenden Akazie. »Il fait beau temps. On y va!« Folgen Sie mir! Claudia machte eine ausholende Handbewegung in Richtung Prüfungskommission und sah, wie der Sportlehrer zusammenzuckte.

Sie liefen an der Seine entlang, an den Souvenirständen, den Buchverkäufern, den pêcheurs à la ligne, kamen über die Pont Neuf zur Île de la Cité. Sie beschrieb die Türme und gotischen Bögen von Notre Dame. Dann liefen sie weiter bis zur Sorbonne, sahen die Liebespaare am Boulevard Saint Michel in den Cafés sitzen, hörten den Akkordeonspieler an der Ecke einen traurigen Walzer spielen. Claudia gönnte ihrer Reisegruppe keine Pause und trieb sie durch die Stadt: der Justizpalast, der Invalidendom, der Eiffelturm. Als sie am Arc de Triomphe angelangt waren, holte sie Luft und spürte die Stille. Die Lehrer starrten sie ungläubig an. Mit einem Mal war der Zauber verflogen, und sie stand wieder im Klassenzimmer vor der schlecht abgewischten Wandtafel.

»Très bien«, sagte die Französischlehrerin leise. Und die Russischlehrerin, die mit einem Scherz die Stille überbrücken wollte, sagte: »Das klingt ja, als wären Sie schon einmal dort gewesen.«

Als sie dann tatsächlich im Morgengrauen nach stundenlanger Fahrt aus einem Bus stieg, fühlte sie sich fremd und vertraut zu gleich. Wie ein Zombie lief sie die auswendig gelernten Wege. Sie bewunderte die Stadt, aber die erhoffte Verzückung blieb aus. Die Reise kam ihr vor wie ein viel zu spät überreichtes Geschenk.

Ihre Liebe zu Frankreich hatte im Alter von zehn Jahren begonnen. Es war ein Sommer, den sie mit französischen Kindern in einem Ferienlager nur wenige Kilometer von Lindewitz entfernt verbracht hatte. Frankreich war unerwartet zu ihr gekommen und es hatte sie wie ein Schlag getroffen. Eine Faszination, die sich vor allem über die Sprache herstellte, eine Magie der Worte, die leicht im Mund lagen, ein melodisches Auf und Ab, langgezogene Vokale, die nachklangen: »Bonjouuuur, merciiii.« Und was war ein »Wie geht es dir?« gegen ein »Comment ça va?« Doch mehr noch als der Klang der Worte bewunderte Claudia die Selbstbestimmtheit der französischen Kinder. Sie sagten, wann sie Hunger hatten, ließen Essensreste auf dem Teller, wenn sie satt waren oder es ihnen nicht schmeckte. Sie setzten sich bei Wanderungen an den Wegrand und verlangten eine Pause. Eigentlich Banalitäten, aber doch völlig gegensätzlich zu Claudias bisherigem Leben, in dem es einem Kind oblag »zu gehorchen« und Teller aufzuessen Pflicht war. Aber der größte Unterschied zeigte sich in der Liebe zu dem Land, aus dem sie kamen. Bei Claudia war es eine anerzogene Liebe, die in der Schule immer wieder verkündet, aber in ihrer Familie als ein notwendiges Übel betrachtet wurde. Die französischen Kinder dagegen waren allesamt stolz auf ihr Land.

Nach jenem Feriensommer und dem tränenreichen Abschied von den französischen Freunden stand außer Zweifel, dass sie einmal nach Frankreich ziehen würde. Sie investierte viel Zeit in das Erlernen der Sprache und belegte zusätzlich zum Schulunterricht noch einen Konversationskurs an der Volkshochschule, in dem alle Teilnehmer mit der gleichen Sehnsucht ausgestattet waren wie sie selbst. Sie schrieb sich mit Mädchen aus dem Ferienlager, pflegte zahlreiche Brieffreundschaften, die durchaus gestattet waren.

Die französischen Brieffreundinnen konnten nicht verstehen, wieso Claudia nicht zu einem Besuch kommen konnte, und dachten, dass dies mit einer offiziell formulierten Einladung unter kommunistischen Schwestern möglich sein müsste. Tatsächlich ging Claudia mit der Einladung zur polizeilichen Meldestelle und fragte, nach einer Genehmigung, um nach Frankreich reisen zu können. Bei der Mutter hatte es doch auch mit einem amtsärztlichen Attest geklappt. Niemand in der Familie wusste von diesem Versuch. Die Polizeibeamtin guckte überrascht auf die Einladung, schob das Papier zurück und sagte: »Komm wieder, wenn du achtzehn bist!« Das war das größtmögliche Entgegenkommen, das der Beamtin möglich war. Enttäuscht verließ Claudia das Büro. Erst viele Jahre danach wurde ihr bewusst, wie großherzig die Beamtin gewesen war und selbst eine Bestrafung in Kauf genommen hatte, denn Claudia hätte auch ein Lockvogel gewesen sein können. Das Ansinnen von Claudia, nach Frankreich zum Klassenfeind zu reisen, kam einer versuchten Republikflucht gleich und hätte eine Einweisung in einen Jugendwerkhof zur Folge haben können.

Das alles hätte sie dem Franzosen jetzt als Antwort auf seine Frage sagen können. Aber sie war nicht sicher, ob er es verstehen würde. Es war Jahrzehnte her und viele konnten nicht verstehen, warum sie immer noch diesen alten Geschichten nachhing. Es war eine Wunde, die nie verheilte.

Wie an einem Gummiband zog Claudia die Franzosen durch die Innenstadt. Sie blieb an den vorgeschriebenen Stellen stehen. Vous voyez a droit! Vous voyez a gauche! Sie hörte sich sprechen, eine fremde Stimme in einer fremden Sprache, die beliebige Jahreszahlen aufzählte, beliebige Baustile, beliebige Anekdoten über beliebige Berühmtheiten. Menschen, deren Verdienst darin bestand, in dieser Stadt geboren worden zu sein, Durchreisende,

Gestrandete. Wer wusste heute noch, ob sie freiwillig geblieben waren.

Sie war in dieser Stadt geboren, war in ihr aufgewachsen, zur Schule gegangen, hatte hier den ersten Kuss bekommen und die erste Zigarette geraucht. Und sie war allen Plänen zum Trotz auch zum Studieren geblieben. Nie hatte sie diese Stadt länger als zwei Wochen verlassen. Und die Flucht, die endlich Erlösung bringen sollte, hatte sie wenige Meter vor dem Schritt in die andere Welt abgebrochen. Sie war stillschweigend in die Stadt zurückgekehrt, die sie acht Tage zuvor für immer verlassen hatte. Und als wäre das nicht Scham genug, führte sie danach auch noch Reisegruppen durch diese Stadt und pries die Sehenswürdigkeiten. Jahrzehntelang hatte sie den Gedanken an das Weggehen wie eine Standarte vor sich hergetragen.

Schon als Kind hatte sie sich nachts im Bett vorgestellt, wie es wäre wegzulaufen. Einfach die Tür zuschlagen und gehen. Ohne Tasche, ohne Schlüssel, ohne die Absicht auf Rückkehr.

Nachts teilte sich die Welt. Es gab ein Drinnen und ein Draußen. Drinnen war Claudia allein mit ihrer Angst, draußen waren hallende Schritte, das ferne Klingeln der Straßenbahnen, das Brummen der Automotoren und Claudia wünschte sich, Bestandteil dieser geheimnisvollen nächtlichen Welt zu werden.

Noch heute liebte sie es, nachts durch beleuchtete Städte zu fahren. Jedes Licht war eine Verheißung. Und als ihr nach dem Fall der Mauer die von ihr aus Feigheit verschmähte Welt unerwartet entgegenkam, fuhr sie nächtelang durch West-Berlin und bestaunte durch das Trabantfenster ihre neue Heimat. Wie besessen umrundete sie die Siegessäule, genau achtundzwanzig Mal:

für jedes Jahr, das sie im Ostteil des Landes verbracht hatte, eine Runde. Aber von heute aus betrachtet, war sie nie wirklich in dieser neuen Welt angekommen. Sie hatte viele Städte besucht, konnte aber nicht behaupten, sie zu kennen.

Eigentlich war es paradox. Menschen aus aller Welt besuchten sich gegenseitig in ihren schönsten Städten. Es gab eine Liste der jeweiligen Sehenswürdigkeiten. Was muss man von Paris gesehen haben? Den Eiffelturm, den L'Arc de Triumph? Kein Rombesuch ohne einen Blick auf das Kolosseum und einen Gang durch das Forum Romanum, in Barcelona war es die Sagrada Familia, in London der Tower, in New York der Times Square und in München der Viktualienmarkt. Die Touristen bewegten sich in den Städten auf einer Fläche von einem Quadratkilometer und reisten mit dem Gefühl nach Hause dagewesen zu sein.

Auch die Lindewitzer fanden die Sehenswürdigkeiten ihrer Stadt schön, ohne Zweifel, aber die Innenstadt war für Claudias Familie eher eine fremde Welt, der sie mit Ehrfurcht begegneten. Für einen Stadtbummel wurde sich »fein gemacht«. Der Vater, im Anzug, die Mutter in einem ihrer Kostüme, denn »nur mit einem Kostüm ist man angezogen«, Claudia im Sommerkleid. Die Innenstadtbesuche fanden meist in der warmen Jahreszeit statt. Der Vater hasste Stadtbummel, weil er nicht einsah, wieso er sich Dinge anschauen sollte, die er ohnehin nicht kaufen würde, weil sie entweder zu teuer waren oder weil sie nur als Ausstellungsstücke im Schaufester standen. Und so bestand die Spaziergemeinschaft meist nur aus der Mutter und Tante Anne und den beiden »Kleinen«, Claudius und Claudia. Wenn sie aus der Straßenbahn stiegen, war es der Eintritt in eine fremde Welt.

Die Innenstadt war zum Flanieren da, es gab einen Platz mit drei Springbrunnen, hinter der Oper einen Teich, an dessen Ufer Schwäne stolzierten, die sie aus sicherer Entfernung mit altem Brot fütterten. Der größte Programmpunkt aber war das Betrachten der Schaufenster, vor allem der beiden Kaufhäuser, aus deren Schaufenster dünne großgewachsene Puppen von oben herab auf ihre vollschlanken Betrachterinnen blickten. Der Blick der Puppen wirkte kalt. Sie trugen die Kleidungsstücke, die entweder ausverkauft oder so geschickt an die Puppen angepasst waren, dass sie sehr modisch wirkten. Mit Haute Couture hatten diese Sachen allerdings wenig zu tun, es war Kleidung für die werktätigen Frauen. Und Claudia hatte sich oft die glanzvollen Schaufenster in Paris vorgestellt, überbordenden Glamour, den die Pariser wahrscheinlich mit dem deutschen Wort »Kitsch« versehen hätten.

Als sie dann endlich viele Jahre später über die Champs Élysées flanieren durfte und voller Ehrfurcht in die Vitrinen der Designerläden sah, war sie etwas enttäuscht. Auf großen Flächen stand oft nur eine einzige, meist glatzköpfige, magersüchtige Puppe, deren Bekleidung wenig alltagstauglich erschien.

Neben dem Briefwechsel mit ihren Ferienlagerfreundinnen verbanden Claudia zwei Dinge mit Frankreich: das Radio und die Zeitung »Humanité dimanche«, die es jeden Sonntag im Zeitungsladen im Hauptbahnhof gab, allerdings immer nur die Ausgabe von der vorhergehenden Woche. Auch wenn es in dem Song »Streets of London« hieß »Yesterday's papers telling yesterday's news«, war ihr das völlig egal. Claudia las die veralteten Neuigkeiten wie Botschaften von einem fremden, angebeteten Stern. Die Sterne, die sie nachts am Himmel sah, waren ja meist auch schon erloschen, und sie sah nur ein zeitversetztes Abbild. Genauso war es mit der »Humanité«.

Glaubte sie den Artikeln in der »Humanité«, dann war Frankreich auf dem besten Weg, ein kommunistisches Land zu werden. Jahrelang hatte Claudia darauf gehofft, dass sich die Grenzen in Richtung Frankreich öffnen würden, »Proletarier aller Länder vereinigt euch«, und in der Volkshochschule schon mal die Marseillaise geübt. Für sie war damals außer Zweifel gewesen, dass sich die gesamte Weltordnung in Richtung Kommunismus entwickeln würde.

Die andere sehr emotionale Verbindung zu Frankreich waren die nächtlichen Sendungen der Europawelle Saar. Dort konnte sie den Stand der französischen Hitparade verfolgen. Michel Fugain, Charles Trenet, Michel Delpech, Serge Regiani, Namen, die eher selten in einem deutschen Radioprogramm auftauchten. Sie saß mit ihrem Kofferradio im Dunkel der Nacht und litt mit Hervé Vilard bei »Capri c'est fini«. In dieser Zeit lag die Betonung auf dem Begriff Sehnsucht, bei ihr auf dem Wort Sucht. Sie war süchtig, sich zu sehnen, und es gab keinen Zweifel, dass sie Französisch studieren würde, um diesem Land wenigstens über die Sprache nahe zu sein. Ein Wunsch, den ihre Eltern nicht teilten. Sie hätten Claudia lieber als Ärztin gesehen. Was nutzte die Sprache eines Landes, in das man nicht fahren konnte? Sie würde ewig unglücklich sein. Außerdem würde sie als Zweitfach Russisch studieren müssen. Es war die Sprache der Besatzer, der »Freunde«, wie die Sowjetmenschen im täglichen Sprachgebrauch hießen, die nie wirklich zu Freunden geworden waren.

Doch Claudia hatte sich durchgesetzt. Gleich nach ihrem Abitur, das sich über drei Jahre zog, weil sie parallel eine Berufsausbildung als Baufacharbeiterin absolvierte, war sie in die Abrisshäuser neben der Motorenfabrik gezogen. Durch ihre Ausbildung und ihr handwerkliches Geschick war sie dort eine gern gesehene Bewohnerin. Der Studienplatz als »Sprachmittlerin« war für sie wie der Gewinn des Jackpots im Lotto. Mit ihrem Stipendium und dem Verdienst aus einigen Nachtschichten im Bahnpostamt konnte sie gut leben. Wurde sie später danach gefragt, sagte sie »es reichte immer, um jeden Abend betrunken zu sein«. Enthusiastisch lernte sie ihre Lieblingssprache, las französische Literatur von Aragon über Balzac bis Zola im Original und frönte weiter ihrer Sehnsucht nach einer Vereinigung Frankreichs mit der DDR. An die Wand ihres Zimmers hatte sie ein großes Plakat aus einer Kunstausstellung geklebt, das eine moderne Version der Marianne von Delacroix zeigte, eine mit groben Pinselstrichen gemalte Frau, die auf einer Barrikade stehend eine rote Fahne schwenkte. Claudia war damals bereit, für die Vereinigung mit Frankreich zu kämpfen. Selbstverständlich mit einer roten Fahne in der Hand. Nie hätte sie damals an eine kampflose Maueröffnung geglaubt.

Sie trieb ihre Urologen-Herde in Richtung Gewandhaus und machte an der Nikolaikirche und dem davorliegenden gepflasterten Kirchhof halt. Verglichen mit den monumentalen Plätzen in Paris ein Plätzchen und doch ein Ort von immenser Bedeutung. Eine Säule auf dem Platz, die eine Replik einer Säule aus dem Kircheninneren war, erinnerte an die Ereignisse aus dem Herbst 1989. Nicht über fünfzig Meter hoch wie auf dem Place de la Bastille, sondern nur sechzehn Meter klein. Der Auslöser für den Unmut des Volkes waren in der DDR, ebenso wie damals in

Frankreich, Versorgungsengpässe, das Beklagen fehlender Mitbestimmung und politischer Missstände gewesen, aber die Palmenblätter am Säulenkopf auf dem Kirchhof symbolisierten etwas, das die Franzosen nicht zu bieten hatten: einen friedlichen Verlauf und keinen Umsturz mit Fallbeilen und Toten. Die Köpfe waren hier im Land nur symbolisch gerollt. Claudia gefiel vor allem die große, randvoll mit Wasser gefüllte Granitschale auf dem Platz. Sie sollte zeigen, dass ein Tropfen genügte, um das Fass zum Überlaufen zu bringen. Was viele vergaßen, war, dass es kein plötzlicher Aufstand im Herbst 1989 gewesen war, sondern dass dieses Fass über viele Jahre hinweg vollgelaufen war. Sie hatte es selbst miterlebt, unbewusst, Tropfen für Tropfen. Begonnen hatte es Anfang der 1980er-Jahre während ihrer Studienzeit. Worte wie »atomare Hochrüstung« machten die Runde – »Cruise Missile« gegen »SS-20«, das Böse gegen das Böse. Da half auch keine »Agitation und Propaganda«, wie es damals sehr treffend genannt wurde, aus dem Bösen konnte kein Gutes werden, da waren sich Claudia und ihre WG-Freunde sicher. In dieser Zeit gab es in den Kirchen von Ost und West eine jährlich stattfindende Friedensdekade. Zehn Tage im November bis zum Buß- und Bettag waren die Gespräche und Gebete in den Kirchen dem Frieden gewidmet. Aber warum nur zehn Tage? Schon längst hatten die Kirchen der Stadt ihre alleinige Bestimmung als religiöser Ort aufgegeben. Ob Gottesdienste, in denen, wenn auch nur gedanklich, »Schwerter zu Pflugscharen« geschmiedet wurden, ob Bluesmessen, Konzerte mit Bettina Wegner, Lesungen mit Erich Loest oder Stefan Heym: Die Kirchen wurden ein Zufluchtsort von Andersdenkenden und von vornherein war klar, dass es sich beim »Publikum« nicht nur um Christen handeln würde. Die wöchentlichen Montagsgebete waren die Idee eines jungen Vikars, der Gedichte schrieb und den Claudia zufällig bei einer Lesung kennengelernt hatte. Er lud sie ein, montags in die Kirche zu kommen, und da die Kirche neben der Uni lag, trottete sie nach ihrem Russischseminar eben hin. Der Montag war sowieso ein wenig verhasst, weil an ihm die Mühen der Woche begannen und der Schlechte-Laune-Pegel hoch war. Später hatte er ihr einmal erzählt, dass der Montag bewusst gewählt wurde, weil sie davon ausgingen, dass die Genossen der Staatssicherheit auch freie Wochenenden hatten und es so schwieriger war, sich am Wochenanfang zu organisieren. Auch wenn ihr Beten fremd war und sie nicht daran glaubte, dass es höhere Mächte gab, die Einfluss auf die Weltpolitik haben würden, war es doch beruhigend im Schutzraum der Kirche zusammenzusitzen und später auf dem Vorplatz zusammenzustehen und zu quatschen. Sie ging nicht jeden Montag hin, sie wusste ja, dass es immer wieder stattfinden würde, und der große Zulauf, der dann in den Medien Aufmerksamkeit erregte, begann erst sieben Jahre nach dem ersten Friedensgebet, als der Wille zur Veränderung immer mehr Menschen zusammenführte. Wobei die Veränderung, die sie damals anstrebten, nicht die Abschaffung des Landes war, sondern Reformen, die auf freie Meinungsäußerung und freie Wahlen und Reisefreiheit zielten. Es war im Nachhinein hypothetisch, aber wahrscheinlich wären die meisten nach ihren Reisen wieder zurück ins Land gekommen. So aber blieb der Glanz des Unbekannten erhalten. Ein Glanz, der sie selbst in eine missglückte Flucht getrieben hatte.

Bevor die Franzosen ihrer Reisegruppe fragen konnten, wie es ihr denn in jenem Herbst 1989 ergangen sei, beendete sie die Führung und brachte die Gruppe pünktlich zum Haupteingang des

Gewandhauses. Eine kurze höfliche Verabschiedung, dann war sie wieder allein.

Sie spürte Erleichterung, war sich aber bewusst, wie sehr diese Führungen für sie inzwischen Routine waren, auch wenn sie versuchte, die Bauwerke als Fremde zu sehen. Die Innenstadt war aus Sicht ihrer Besucher durchaus passabel. Aber was man kennt, schätzt man nicht.

Und Claudia dachte: Entweder man liebt seine Heimatstadt oder man hasst sie. Gleichgültig ist sie einem nie.

14 | HEIMSUCHUNG

Wäre Bruno religiös, hätte er gesagt, er kasteie sich. Die drei Besuche in jeder Woche im Heim waren eine Strafe, die er sich selbst auferlegt hatte. Doch wofür? Warum büßte er für etwas, das ihm angetan worden war?

Er musste am Eingang seinen Namen eintragen und angeben, wen er besuchen wollte. Seit eine Seuche das Land ergriffen hatte, musste er auch seinen Impfnachweis vorlegen. Die Zeit, in der er eine Maske tragen musste, hatte ihm gut gefallen. Er fühlte sich trotz Maske besser verstanden, weil auch die anderen unter den Masken klangen, als hätten sie einen Sprachfehler, und ein »Wie bitte?« kein Makel war.

Die Mutter saß immer in der zweiten Etage am Fenster. Doch ihr leerer Blick war auf den Gang gerichtet, wenn man in diesem Fall von einer Richtung sprechen konnte. In ihrem Blick war nichts, gar nichts. Sie blieb auch regungslos, wenn er sich einen Stuhl nahm und neben sie setzte. Er blieb immer exakt dreißig Minuten. Endlose dreißig Minuten. Zwei Schildkröten in ihren Panzern. Mit dem einen Unterschied, dass die Mutter den Kopf eingezogen hatte, während er dazu verdammt war nachzudenken.

Es war ein Gehirnschlag gewesen, das jedenfalls hatten die Ärzte gesagt. Er sah in das Gesicht mit den harten Zügen, die auch nicht weich geworden waren, wenn die Mutter milde gestimmt war. Die dunklen, nach oben gesteckten Haare, die früher als bedrohlicher Turm über dem blassen Gesicht schwankten, waren jetzt weiß und auf Kinnlänge geschnitten. Als Kind war sie ihm, wenn sie aus ihren grünen Augen stechende Blicke sandte, wie eine böse Fee erschienen. Andere dagegen sahen in seiner Mutter, passend zu ihrem Namen Brunhilde, eine geharnischte Kämpferin, die statt mit einem Schwert mit ihrer scharfen Zunge in die Schlacht zog. Nicht ohne Grund nannten sie alle im Viertel: Brunhilde das Biest.

Niemand konnte sich seine Mutter aussuchen. Bis heute fühlte er sich als ihr »Ableger«. In seiner Kindheit, bevor er zu stottern begann, wurde er meist nur »der von Brunhilde« genannt, denn sie hatte ihm auch ihren Namen gegeben, in der männlichen, kürzeren Form. Aber wer sagte schon »der Bruno von Brunhilde«.

Wenn sie wütend war, hatte sie ihn oft Bastard genannt. Wie den Hund der Nachbarn, eine Mischung aus Dackel und Pudel, der aussah wie ein altes zerrupftes Kuscheltier und über den alle lachten.

Auch er konnte sich nicht so richtig zuordnen. Er hatte die schwarzen Haare der Mutter und ihre grünen Augen geerbt, aber sein Gesichtsausdruck war weich. Wirkte der Kopf der Mutter wie der einer geschnitzten Marionette, glich seiner eher einer Stoffpuppe. Pünktchen-Pünktchen-Komma-Strich – fertig ist das Mondgesicht, hatten sie als Kinder immer gesagt, und er hatte sich ertappt gefühlt und ängstlich sein Gesicht im Spiegel betrachtet.

Bei den Nachbarn war der Pudel, der die Dackeldame geschwängert hatte, wenigstens bekannt. Seine Mutter dagegen war der Frage nach dem Vater immer ausgewichen und nun, da sie ins Schweigen gefallen war, würde er es nie erfahren.

Ob sie ihn je geliebt hatte? Als Kind hatte er in einem Film gesehen, wie ein Mann eine Frau fragte: »Liebst du mich?«, und statt einer Antwort fiel die Frau dem Mann um den Hals. Mit der Naivität eines Kindes hatte er gedacht, dass dieser Satz auch bei seiner Mutter wirken würde. Sie hatte ihn aber nur verwundert angesehen und gesagt: »Merkst du nicht, dass ich dir zu essen gebe und deine Sachen wasche?«

Bevor er aus dem Haus ging, prüfte sie, ob sein Hemd in der Hose steckte, die Haare ordentlich gekämmt waren und zog ihm, wenn sie nicht zufrieden war, den Scheitel neu. Abgesehen von den Schlägen waren das die seltenen Berührungen. Und selbst wenn sie auf ihr Taschentuch spuckte und ihm damit einen Fleck aus dem Gesicht wischte, was eigentlich eklig war, genoss er diesen Moment. Relativ nah kamen sie sich nur, wenn sie gemeinsam am Fenster lehnten, auf den Marktplatz schauten und die Mutter die Geschehnisse auf der Straße kommentierte. Sie hatte dafür ein Kissen, das so breit wie das Fensterbrett war und er durfte sich auf die Fußbank stellen und neben ihr aus dem Fenster sehen. In Zeiten, in denen nur die wenigsten einen Fernseher besaßen, war das die tägliche Dokusoap und eine beliebte Freizeitbeschäftigung vieler Lindewitzer. Jeder nahm Anteil an jedem und jeder redete über jeden, allen voran die Mutter. Kleidung, Frisuren, jede kleinste Veränderung wurde lautstark kommentiert. »Sieh mal, wie komisch der Schnäpper läuft? Der macht's bestimmt nicht mehr lange!« Tuschelten die anderen hinter vorgehaltener Hand, war ihre Stimme bis hinunter auf den Marktplatz zu hören. »Die Schnäpse hat schon wieder eine Konfektionsgröße zugenommen! Die frisst, bis sie platzt!« Und dann folgte ihr schepperndes Lachen.

Meistens aber hallte dieses Lachen über den Platz, immer dann, wenn die Mutter mit der Bierflasche in der Hand vor der Bude stand. Es schmerzte ihn, wenn er zusah, wie sie einem der Männer die Hand auf die Schulter legte.

Aber er hatte von ihr gelernt, die Menschen zu beobachten, das musste er ihr zugutehalten. Schon am Gang eines Menschen erkannte sie die Gemütsverfassung. »Guck mal, wie der Heuler wieder läuft! Der kommt von seinem Verhältnis und hat jetzt Angst vor seiner Frau.« »Und guck mal der Parteisekretär Schulze, dem hängt das Bonbon schon schief am Revers, der hat bald ein Problem«. Schon in seiner Kindheit war die Lindewitzer Bevölkerung für ihn ein Sammelbecken von Geschichten gewesen. Die Geschichte vom Heuler, der mit der Kassiererin aus der Kaufhalle ein Verhältnis hatte und auf die Frage seiner Ehefrau, wo er gewesen sei, antwortete: »Möbelrücken.« Was in Lindewitz jahrelang zu der Frage animierte: »Na, heute schon Möbel gerückt?« Oder die Geschichte vom Genossen Schulze, der tatsächlich wissen wollte, wozu die Partei-Mitgliedbeiträge verwendet wurden und der danach in Ungnade fiel.

Diese Geschichten wurden überall erzählt, an der Bude, an der Straßenbahnhaltestellte, an der Kasse im Lebensmittelladen und eben in den Häusern rings um den Markt, von Fenster zu Fenster.

Anders als seine Mutter, sah er nie zuerst das Böse in einem Menschen. Jeder hatte seine Geschichte und war es wert, dass sie erzählt wurde. Der Schnäpper zum Beispiel. Er hatte seinen Beruf als Kriminalkommissar aus Überzeugung gewählt. Er wollte der Held sein, der die Bösen zur Strecke brachte. Aber der Hauptgrund war, das Land vor Verbrechern zu bewahren. Er wollte die

Übeltäter nicht nur hinter Gitter bringen, sondern hoffte auch auf Läuterung. Der Schnäpper glaubte an die Gerechtigkeit im Land.

Doch dann musste er Dinge sehen, die es eigentlich nicht geben sollte. Habgier, Rachsucht, sexueller Missbrauch von Kindern. Männer, die ihre Ehefrau in den Kellerboden einbetonierten, im Kleingarten vergruben oder einfach in den Wald warfen. Stiefväter, die ihre angeheirateten Töchter missbrauchten, Übungsleiter, die den ihnen anvertrauten kleinen Jungs so nah kamen, dass die sich das Leben nehmen wollten. Morde, die als Selbstmorde kaschiert wurden, weil nicht sein durfte, was passiert war. Schwierig wurde es, wenn Genossen, hochrangige Funktionäre oder Personen des öffentlichen Lebens beteiligt waren, dann verschwanden die Akten in den Schubladen, wie der Fall des bekannten Künstlers, der seine Medizinkenntnisse dazu benutzte, mit Betäubungsmitteln minderjährige Mädchen, die ihn bewunderten, gefügig zu machen. Auch Verkehrsunfälle mit Todesfolge blieben bei ihnen unbestraft. Prominenz schützte vor Strafe, und manchmal waren auch die Kollegen der Staatssicherheit bereits vor Ort und die Kriminalpolizei wurde wieder ins Revier geschickt.

Es waren Dinge, über die er nicht reden durfte, die Dienstvorschrift verpflichtete ihn zum Schweigen und sein Pech war, dass er die Fälle nicht verdrängen konnte wie andere Kollegen. Er ertrug nicht nur diese Ungerechtigkeit, er trug sie wie eine Last mit sich herum. Ein Schweigegelübde wie ein Mönch, nur dass sein Gott ein Gebilde war, das sich »Vater Staat« nannte. Er begann sein Problem mit Alkohol zu behandeln. Einen Schnäpper auf das schlechte Gewissen, einen Schnäpper auf die Schlaflosigkeit, einen Schnäpper auf die Vorwürfe seiner Frau. Noch bettelte er nicht an der Bude um einen letzten Schnäpper, das passierte erst nach der Sache mit seinem Sohn Juri.

Viele Jahre später, als Bruno noch in die »Markthalle«, die Kneipe an der Ecke zur Schwimmbadstraße ging, eine Gewohnheit aus seiner Zeit als Kohlenträger, als er das Bier gebraucht hatte, um den Dreck herunterzupülen, hatte ihm der Schnäpper, der immer wieder Brunos Nähe suchte, um sein Verhalten von damals zu rechtfertigen und alle Schuld gegenüber Bruno von sich zu weisen, diese Geschichte erzählt.

Bruno wurden oft Geschichten erzählt. Ein Stotterer war ein guter Gesprächspartner. Bevor Bruno antworten konnte, hatte der andere schon weitergesprochen. Der Dialog mit ihm war ein Monolog, was das Gegenüber jederzeit geleugnet hätte, denn kaum jemand merkte, wenn er nur allein sprach. Und so hatte sich der Schnäpper neben Bruno, der wie immer in der Ecke auf dem letzten Platz am Tresen saß, gezwängt, hatte sich zu Bruno gebeugt, der ihm nicht ausweichen konnte, und ihm die Geschichte von Juri erzählt. Und Bruno hätte sich am liebsten die Ohren zugehalten.

Bruno hatte seine eigene Geschichte, vielleicht nicht so traurig wie die Geschichte von Juri, dem Jungen aus seiner Parallelklasse, aber für ihn selbst traurig genug. Und die Ausrede, der Schnäpper habe nur helfen wollen, konnte er nicht gelten lassen. Aber in gewisser Weise verstand er ihn. Im Grunde genommen war es Bruno als Kind ähnlich wie dem Schnäpper ergangen. Für ihn gab es als Kind zwar keine »Schweigepflicht«, aber die Mutter hörte ihm nie zu. Wollte er ihr erzählen, was er am Fenster gesehen hatte, unterbrach sie ihn mit dem Satz: »Was weißt du denn schon davon, du Naseweis!« Auch in der Schule war er, wie man so schön sagt, ein Außenseiter. Er saß allein in der letzten Bank der Fensterreihe, für ihn der größtmögliche Abstand zum Lehrerpult und zu seinen Mitschülern, denn durch das hohe Fenster, neben dem er saß, fühlte er sich schon ein wenig, als wäre er im Freien. Auch auf dem Schulhof suchte er sich eine stille Ecke. Er hatte keine Freunde, schon allein aus dem Grund, weil er niemanden mit nach Hause bringen durfte, nie sein Geburtstag gefeiert wurde und er so auch nie zu einem Geburtstag eingeladen wurde. Er litt nicht darunter, denn er hatte sich diese Nische selbst gesucht. Wobei gesucht das falsche Wort war, er hatte sich klaglos in diese Nische, die seine Mutter für ihn eingerichtet hatte, gestellt. Seine Mutter war Reinigungskraft in der Schule gewesen, sie wischte die Treppen und kehrte die Holzböden der Klassenzimmer mit geölten Spänen. Anders als der Hausmeister, der bestimmte, wann die Schuleingangstür aufgeschlossen und auch wieder verschlossen wurde, hatte sie keine Befugnisse. Sie kehrte und wischte den ganzen Tag, leerte die Papierkörbe und reinigte die Toiletten. Sie war das untere Ende einer Befehlskette, die beim Direktor begann. Auch in einem Arbeiter- und Bauernstaat, in dem angeblich alle gleichgestellt waren, gab es Rangordnungen. Und wenn seine Mutter alljährlich zum Frauentag öffentlich von dem oder der jeweiligen Klassenbesten ein Blumenstrauß überreicht bekam und betont wurde, wie wichtig ihre Arbeit wäre, blieb sie die Frau in der Kittelschürze, die den Dreck wegmachte. Sie durfte keine Tadel ins Hausaufgabenheft schreiben, war insofern keine Respektsperson und wurde von den Schülern übersehen. Manchmal sogar fast umgerannt, wenn am Schulschluss alle aus der Tür stürmten. Warum musste sie auch gerade in diesem Moment die Eingangshalle wischen? Einmal war ein Junge über ihren Schrubber gefallen und hatte behauptet, sie hätte ihn absichtlich zu Fall gebracht, doch das konnte nicht bewiesen werden. Im Gegensatz zu ihrem sonstigen Verhalten verrichtete sie ihre Arbeit still und lästerte über niemanden. Sie verbarg ihre hochgesteckten Haare unter einem Tuch und der Blick ihrer stechenden grünen Augen war auf den Boden gerichtet, den sie gerade säuberte. Trotzdem wich Bruno ihr im Schulhaus so gut er konnte aus. Denn sobald sie ihn sah, verwünschte sie ihn mit ihren Blicken, weil seine Schnürsenkel nicht ordentlich gebunden waren oder sein Hemd aus der Hose hing. Mehr als seine Noten interessierte sie sein Aussehen, und der Satz »Ich will mir hier nichts nachsagen lassen« begleitete ihn durch die ganze Schulzeit. In den ersten Schuljahren war er ein guter Schüler, einer, der sich nie freiwillig meldete, aber immer die richtige Antwort wusste, wenn er gefragt wurde. Er rechnete gern, konnte ganz passabel malen und gehörte auch in Sport zu den Besten. Sein Angstfach war Musik.

Er konnte alle Noten bestimmen, wusste was ein Halbton war, kannte die Texte der Lieder, die Namen der Komponisten und vermochte auch beim Singen den Ton zu halten. Wenn er sang, war das Stottern verschwunden. Aber das Martyrium war, zum Vorsingen vor die Klasse gerufen zu werden und sich alle Blicke auf ihn richteten. Im Rücken den Lehrer, der am Klavier den Ton vorgab: »Die Heimat hat sich schön gemacht …«

Der Musiklehrer Herr Drescher wusste, dass niemand aus der Klasse gern nach vorn kam, er hätte diesen Punkt der Leistungskontrolle, wenn schon nicht weglassen, so doch klein halten können. Hätte es nicht genügt, den Prüfling nur die erste Strophe einzeln singen zu lassen und bei den nachfolgenden die gesamte

Klasse mit einstimmen zu lassen? Aber Bruno hatte das Gefühl gehabt, dass der Lehrer diesen Teil der Prüfung geradezu auskostete. Am Ende der Musikstunde, klatschte er in die Hände, nahm das Klassenbuch und fragte: »Na, wer ist denn heute fällig?« Schon allein das Wort »fällig« signalisierte die Tortur. Und dann lächelte er süffisant und fragte, mit der Gewissheit, dass sich niemand melden würde: »Oder gibt es Freiwillige?«

Wenn Bruno mehr schlecht als recht, das Vorsingen erledigt hatte, wurde er mit der Bemerkung »Eine Fünf für unseren kleinen Versager« an seinen Platz zurückgeschickt. Der einzige Trost war, dass er danach für einige Monate Ruhe hatte und seine Mitschüler stattdessen gequält wurden.

Brunos Freunde waren die Bücher, sie sprachen zu ihm und er hatte das Gefühl, er müsse ihnen antworten. Und so hielt er seine Beobachtungen in einem Schulheft fest. Das Heft versteckte er in seinem Ranzen. Und weil er sich gegen die Unterstellung, »er hätte sich das alles ausgedacht«, wappnen wollte, schrieb er »Wahre Geschichten aus Lindewitz« auf den Umschlag und setzte darunter einen Namen, der eines Geschichtenerzählers würdig war: »Bruno von Schiller«. Wer wollte schon gern »Henker« heißen?

War er als Kind noch »der von Brunhilde gewesen«, wurde er später »der Henker« und während seiner DDR-Jahre »Kollege Henker«. Als er nach dem Mauerfall eine Zeit lang in einem Baumarkt gearbeitet hatte, waren die Kunden bei der Durchsage »Herr Henker, bitte zur Warenausgabe« zusammengezuckt.

Er hatte immer darauf geachtet, das Heft mit den Geschichten auf den Boden seines Ranzens unter die Bücher zu legen, auch wenn sich die Mutter normalerweise nicht um seine Schulsachen kümmerte. Aber als sie einmal einen Stift brauchte, hatte sie nach seiner Federmappe gesucht und weil sie befand, dass der Ranzen unordentlich wäre, alles auf den Boden geschüttet und dann lag das Heft obenauf.

Noch heute sieht er ihr Gesicht vor sich, wie sie nach Luft schnappte und voller Ekel den Namen ausstieß: »Bruno von Schiller!«

Ob ihm ihr Name nicht gut genug wäre, ob der »Herr von und zu« sich für seine Mutter schäme, die ja nur eine Reinigungskraft sei. Was er sich einbilde, auf ein Heft, das von ihrem schwer erarbeiteten Geld gekauft worden war, diesen Namen zu schreiben. Während sie schrie, riss sie das Heft in kleine Schnipsel, die sie in die Luft warf. Als Papierschnipsel waren seine Geschichten auf ihn herabgerieselt. Und dann hatte seine Mutter den Kleiderbügel von der Garderobe genommen.

Zwei Wochen lang hatte er nicht zur Schule gehen können. Er hatte ein gebrochenes Handgelenk und zwei gebrochene Finger, weil er sich die Hände schützend über den Kopf gehalten hatte, zusammengekauert, winselnd, bis ihm die Stimme versagte. Von diesem Tag an hatte er nur noch wenig gesprochen. Die Worte waren ihm, wie man so schön sagt, im Halse steckengeblieben, als gäbe es ein Hindernis, das sie nicht überwinden konnten. Er konnte die Sätze denken, aber die Buchstaben fanden nur einzeln ihren Weg nach draußen, kletterten mühsam in seinem Hals empor und purzelten dann aus seinem Mund ins Freie.

Von da an wich er jeder Begegnung aus. Die einzige Person, deren Nähe er suchte, war Claudia aus seiner Klasse. Nicht dass er sie angesprochen hätte, aber manchmal liefen sie nach der Schule nebeneinander bis zum Lindewitzer Markt. Er wusste, dass sie Bonbons liebte. Eine Rolle kostete zehn Pfennige und Bruno, der hin und wieder der alten Frau Kramer die Einkäufe in den vierten Stock trug und ihr im Winter die Kohlen holte, sparte das ihm zugesteckte Geld für diese Momente. Er stieg auf das Podest vor der Bude, legte einen Groschen auf den Zahlteller und bekam, ohne dass er etwas bestellen musste, eine Rolle Drops gereicht. Dann setzten sie sich nebeneinander auf eine Bank und lutschten jeder genüsslich ein Bonbon. Es war einfach schön zu sitzen und zu schweigen. Jeder Drops hatte einen gewölbten Rand. Man konnte mit der Zunge in der Vertiefung kreisen, solange bis das Mittelstück ganz dünn und durchscheinend war. Wichtig war, genau den richtigen Moment abzupassen, denn sonst war »der Drops gelutscht«. Wenn sie der Meinung waren, dass der Drops die richtige Form hatte, nahmen sie ihn aus dem Mund, hielten ihn zwischen Daumen und Zeigefinger vor ein Auge und sahen durch den himbeerroten, orangegelben oder grasgrünen Zucker hindurch auf die Wolken. Und einmal sagte Claudia: »Das sind Himmelsaugen!« In diesem Moment hatte sich Bruno sehr glücklich gefühlt.

Er sah auf seine Mutter, die in sich versunken neben ihm saß, stumm wie er selbst. Wäre alles anders gekommen, wenn er ihr damals gleich von den Himmelsaugen erzählt hätte? Oder hätte sie auch da nicht zugehört und ihm das Wort verboten. »Hör auf, ich kann dein Stottern nicht hören!«

Er blickte auf seine Armbanduhr, er hatte ein gutes Zeitgefühl und wusste auch ohne Blick auf die Uhr, dass die halbe Stunde vorüber war. Er zögerte und legte dann doch der Mutter zum Abschied die Hand auf die Schulter. Die ukrainische Pflegerin, die ihm auf dem Gang entgegenkam, nickte ihm aufmunternd zu und er nickte zurück.

15 | ZWISCHENWELTEN

Claudia lief von der Innenstadt in Richtung Lindewitz. Sie hätte die Straßenbahn nehmen können, aber sie wollte ihre Ankunft hinauszögern. Claudius hatte sie aus dem Krankenhaus angerufen und ihr gesagt, dass es Anne und Marie unverändert ging, die Werte seien stabil, er würde noch eine Zeit lang bleiben und morgen würde es neue Untersuchungen geben. Sie brauche im Moment nicht kommen. Claudia hatte herausgehört, dass er allein sein wollte, wahrscheinlich fürchtete er sich davor, nach Hause in die leere Wohnung zu gehen, und würde ihr Kommen als seine Ablösung sehen. Und dann hatte er ihr von seinem Besuch bei Benedikt erzählt und sie mit einem kurzen »Er wartet auf dich!« unter Druck gesetzt. Sie wusste, dass Claudius recht hatte. Auch sie sehnte sich danach, den Streit zu beenden, aber nach längerem Schweigen war es schwer, den ersten Schritt zu tun. Sie würde ihren Besuch auf den späteren Abend verlegen, wenn der Laden voller Kunden war, im Beisein von Fremden würde die erste Begegnung nach so langer Zeit nicht so emotional werden. Benedikts Entscheidung zu akzeptieren, fiel ihr schwer. Sie hatte ihn bei seinem Studium unterstützt und musste jetzt zusehen, wie er in seinem Spätverkauf eine Tätigkeit ausübte, für die er wahrscheinlich nicht einmal eine Ausbildung brauchte. Es schien eine Krankheit zu sein. Es gab mehrere Kinder von Freunden, die nach einem erfolgreichen Hochschulstudium plötzlich beschlossen, dass sie lieber einen anderen Beruf nachgehen wollten. Der eine eröffnete nach einem siebenjährigen Pharmaziestudium ein Eiscafé, eine andere machte nach ihrem abgeschlossenen Betriebswirtschaftsstudium lieber eine Ausbildung als Yoga-Lehrerin und eine bereits praktizierende Zahnärztin wechselte als Gärtnerin in eine Landwirtschaftskommune. Jeder hatte das Recht, einen Beruf seiner Wahl auszuüben und vielleicht einen kleinen Umweg zu gehen, aber bei vielen und eben auch bei Benedikt war der Umweg sehr groß gewesen.

Und sie selbst? Hatte sie es nicht gehasst, wenn sich die Eltern in ihre Angelegenheiten eingemischt hatten? Sofort nach dem Abitur war sie ausgezogen. Ihre Besitztümer waren überschaubar gewesen. Ein paar Klamotten, eine Isomatte und ein Schlafsack für die ersten Übernachtungen. Das Wichtigste aber war ihr Plattenspieler gewesen, der den schönen Namen »Belcanto« trug. Sie besaß fast alle Jazzplatten der »Eterna«-Reihe von Miles Davis bis Herbie Hancock, was ihr die Anerkennung der Jungs einbrachte.

Ohne darüber nachzudenken, bog sie in den Weg zur Motorenfabrik ein. Es war der Weg, denn sie damals von der Uni gelaufen war. Sie musste nicht überlegen, es war als hätte jemand in ihrem Körper auf einen Knopf gedrückt und ein Navi in Gang gesetzt. Wie viele Jahre war sie diesen Weg gelaufen? Acht? Neun? Sie war erst ausgezogen, als die Krawalle nach dem Mauerfall überhandnahmen und jeden Tag Polizeiautos vor den Häusern patroullierten. Da war Benedikt schon geboren und ganz abgesehen, dass es nur einen maroden Kachelofen zum Heizen gab, war es zu gefährlich gewesen, mit einem Kleinkind mitten in einem Kampfgebiet zu wohnen.

Jetzt waren die Häuser geräumt worden. Die Mutter hatte es ihr bei einem der letzten Telefonate erzählt. Sie sollten teilweise abgerissen oder zu Lofts umgewandelt werden und Teile der Fläche würden neu bebaut. »Es wird Zeit, dass diese Hornschen wegkommen«, hatte die Mutter gesagt. Es war ein Seitenhieb, auch so viele Jahrzehnte später. Als Claudia ihr nach dem Abitur verkündet hatte, dass sie ausziehen würde und auch noch in eine dieser Abbruchbuden am Motorenwerk, hatte die Mutter ausgerufen: »Was willst du denn in so einer Hornsche!« Normalerweise achtete die Mutter auf ihre Sprache, aber sie war so empört, dass sie sich zu diesem Wort hinreißen ließ. Es gehörte zum regionalen Sprachgebrauch und stand für eine Bruchbude. Für Wohnungen, in denen es statt einer Dusche fließendes Wasser an den Wänden gab, weil das Dach undicht war. In gewisser Weise hatte die Mutter recht. Ein Ausguss in der Küche war Waschbecken und Spüle zugleich und das Klosett war nicht einmal halbe Treppe, sondern ein Plumpsklo auf dem Hinterhof. Aber es war Claudias erste eigene Wohnung, ein kleines Schlafzimmer und eine Wohnküche, die immerhin einen Herd hatte, den sie mit Kohle beheizen konnte und der als Ofen diente. Gekocht wurde auf einer Elektroplatte und mit einem Tauchsieder. Damit ihr die Putzstücke, die hin und wieder von der Decke bröckelten, nicht auf den Kopf oder in den Kochtopf fielen, hatte sie gebatikte Stoffbahnen unter der Decke gespannt, die nicht nur zweckmäßig waren, sondern auch noch einen Hauch auch Romantik vermittelten. Die Wohnungen hingen am Stromnetz der Motorenfabrik und sie bezahlten ganz offiziell dafür, so wie sie auch Miete für die besetzten Wohnungen überwiesen. Hausbesetzen à la DDR hatte eigene Spielregeln. Es war kein Akt der Anarchie, sondern der Verzweiflung und kein krimineller Vorgang. Wer nicht in seinem Kinderzimmer ausharren wollte, hatte zwei Möglichkeiten: Nummer eins sich bei der zentralen Vergabestelle für eine Wohnung zu bewerben, wobei Einzelpersonen kaum eine Chance hatten, oder sich selbst »zu kümmern«. Kurz: heiraten oder hausbesetzen. In Lindewitz gab es damals viele Wohnungen, die von der Stadtverwaltung aufgegeben worden waren. Für das Areal der Motorenfabrik gab es einen Bebauungsplan, der den Abriss der Wohnhäuser vorsah, aber selbst dafür hatten die volkseigenen Baubetriebe keine Kapazität.

Von der schönen neuen Plattenbausiedlung gab es Modellbauten im Maßstab 1:700, aber alle wussten, dass es nur Gerede war. Und so standen diese Häuser leer oder besser offen, für alle die sich nach Freiheit sehnten: Punker, Künstler und Studenten. Die Anleitung für das Besetzen von Wohnungen lautete wie folgt: Man musste die Tür aufbrechen, was bei der Qualität der Schlösser damals nicht schwierig war. Dann baute man ein neues Schloss ein, beobachte den Vorgang einige Tage und zog dann in die Wohnung ein. Wohnte man über drei Monate dort, ergab sich daraus ein in keinem Gesetz festgelegtes Bleiberecht, das aber akzeptiert wurde. Wichtig war, dass man während dieser Zeit Miete zahlte. Man fragte im Haus die Mieter einer vergleichbaren großen Wohnung, ließ sich die Bankdaten geben und überwies die Summe an den Eigentümer. In Claudias Fall war das die Verwaltung der Motorenfabrik. Notwendig war nur, dass man polizeilich gemeldet war.

Sie bog in die Straße ein, die nach dem ersten Besitzer der Motorenfabrik benannt war, »Fabrikant August Hebestreit Straße«, was aber im Viertel niemand sagte. Die »Guste« war über Lindewitz hinaus bekannt und nach dem Mauerfall gab es viele Berichte über das Wohnprojekt, dem man ein »alternativ« voranstellte.

Der Schotterplatz vor den Häusern lag im Halbdunkel. An der Fassade leuchtete ein Bettlaken mit aufgesprühtem Anarchiezeichen und am Bauzaun hing eine Banderole mit der trotzigen Botschaft »Wir kommen wieder«. Jahrzehntelang hatte es Streit um diese Häuser gegeben. Eine wechselvolle Geschichte von Erfolgen und Niederlagen, die jetzt ihr Ende fand. Oder neu begann, je nachdem wie man es betrachtete. Auf einem an massiven Holzpfeilern befestigtem Tableau von etwa fünf mal vier Metern war eine Zeichnung: der neue Platz mit Springbrunnen, Grünflächen, Parkbänken. Im Erdgeschoss der Häuser eine Shoppingmeile. Und in Versalien wurde für **HOCHWERTIGE EIGENTUMSWOHNUNGEN MIT HISTORISCHEM FLAIR** geworben, auf einem aufgeklebten Tape stand »Schon 80 Prozent verkauft«. Sozialwohnungen wären passender gewesen, dachte Claudia, aber mit Lofts ließ sich mehr Geld verdienen, und sie fragte sich, warum das Werk und diese Häuser nicht unter Denkmalschutz standen.

Sie sah hinüber zur anderen Straßenseite. Es stimmte, was die Mutter ihr erzählt hatte, auch die alten Linden waren gefällt worden. Was für ein Frevel. Den Grund dafür lieferte ein kleineres Schild mit der Aufschrift »Hier entsteht eine Tiefgarage«.

Jetzt waren nur noch die Stümpfe der jahrhundertealten Bäume zu sehen. Die Stämme lagen in ordentliche Segmente geteilt auf einem Stapel. In einen dieser Baustämme hatten die Hausbewohner zu Benedikts Geburt ein Herz mit einem »B« darin geritzt. Sie waren eine verschworene Gemeinschaft gewesen, die sich dieses Refugium teilten. Claudia lief hinüber und setzte sich erschöpft auf einen Baumstumpf.

Manchmal, wenn es im Sommer heiß war, hatten sie Stühle über die Straße getragen und im Schatten der Bäume geraucht, Kaffee getrunken oder Bier, gequatscht oder einfach nur in den Himmel geguckt. In Gedenken an die alten Zeiten verspürte sie plötzlich den Wunsch zu rauchen, obwohl sie es schon lange aufgegeben hatte. Und roch es hier nicht plötzlich nach Zigarettenqualm? Sie sah zwei winzige, immer wieder aufleuchtende Lichtpunkte neben der selbst im Dunkel sichtbaren Werbetafel. Sollte sie es tun? Als alte Frau eine Zigarette schlauchen? Claudia stand auf und lief in Richtung der Werbetafel. »Achtung!«, schrie eine Stimme, dann fiel die Tafel mit einem lauten Knall zu Boden und zwei Schatten huschten in Richtung Fabrik. Bevor Claudia erfassen konnte, was passiert war, stand sie im Lichtkegel eines mit hoher Geschwindigkeit herannahenden Autos, das bremste und nur einen Meter vor ihr zum Stehen kam. Zwei Männer in dunklen Uniformen sprangen aus dem Auto und riefen: »Stehenbleiben! Keine Bewegung!«

Aber weswegen sollte sie weglaufen? Außerdem saß der Schreck immer noch so tief, dass sie dazu gar nicht in der Lage gewesen wäre. »Ich bin zu alt zum Weglaufen!«, rief sie in Richtung der Männer, die sie nicht erkennen konnte, weil das Licht blendete.

»Endlich haben wir dich! Das wird teuer! Die Polizei ist gleich hier! Dann geht's ab!«

Die Wachmänner flankierten sie von beiden Seiten und der eine leuchtete ihr mit einer Taschenlampe ins Gesicht. »Die ist ja wirklich alt!«, rief er entsetzt. »Was machen Sie hier?«

»Ich habe hier mal gewohnt.«

»Blödsinn!«, sagte der andere. »In den Bruchbuden gibt es nicht mal Bäder.«

»Wissen Sie, was eine Hornsche ist?« fragte Claudia.

»Die ist betrunken, die lallt ja schon!«

»Oder Drogen«, sagte der andere, »die Alten kiffen heutzutage mehr als die Jungen.«

Mit lauter Sirene näherte sich ein Polizeiauto.

»Wir haben hier eine Person festgesetzt, Verdacht auf Sachbeschädigung. Wahrscheinlich unter Drogen!«, meldete der Wachmann dienstbeflissen.

Der Polizist trat an Claudia heran. »Ihr Dokument bitte!««

Wie in alten Zeiten, dachte Claudia, selbst am Tonfall hatte sich nichts geändert.

Der Polizist ging mit ihrem Ausweis zu seinem Auto und sie hörte, wie er ihre Daten durchgab. Er blieb noch eine Weile im Auto sitzen, kam zurück und auch er leuchtete ihr ins Gesicht, sah auf den Ausweis. »Was soll dieses Kaspertheater?«

»Die Frau hat hier früher mal gewohnt«, sagte der Wachmann.

»Früher hatten wir noch den Kaiser!«, sagte der Polizist. »Was machen Sie hier?«

»Ich warte, bis ich wieder einziehen kann!«, sagte Claudia.

»Die Miete können Sie sowieso nicht bezahlen«, sagte der Wachmann mit gehässigem Unterton.

»Sie aber auch nicht.«

»Werden Sie nicht frech!«

»Gehören Sie zu denen, die hier früher die Häuser besetzt haben?«

»Wir haben Miete bezahlt.«

»Sowas gibt's gar nicht«, sagte der Wachmann. »Besetzen und Miete zahlen. Wie hoch war denn die Miete?«

»Fünfzig Mark!«

»Ich bin für einen Drogentest«, sagte der Wachmann

»Waren Sie bei den Krawallen damals dabei?«

»Was heißt Krawalle? Ihr Bu…lizisten wart doch sofort mit ein paar Mannschaftswagen da. Das war hier mal Milieuschutzgebiet.«

Der Wachmann lachte meckernd: »Was soll das denn sein? Wir sind hier nicht im Nationalpark!«

»Irgendwie muss das doch alles mal erzählt werden!«, sagte Claudia.

»Aber nicht uns!«, sagte der Polizist und gab ihr den Ausweis zurück.

Großmutter erzählt vom Krieg und niemand hört zu. So war das nun mal. Über ihr aus Brettern gebautes Bett, hatte sie das Plakat einer Kunstausstellung geklebt: Jeanne d'Arc auf einer Barrikade stehend und kämpferisch die französische Fahne schwenkend. Genauso fühlte sie sich damals: kämpferisch und frei. Niemand konnte ihr etwas anhaben, auch der Staat nicht. Sie hatte ihren Traumstudienplatz als Sprachmittlerin für das Fach Französisch bekommen, und dass sie als Zweitfach Russisch belegen musste, war eben so. Die übrigen Fächer, von denen einige unter die Rotlichtbestrahlung fielen, absolvierte sie als notwendiges Übel, wobei ihr einige Dinge sogar als Zugewinn erschienen. Wenn auch mühsam kämpfte sie sich durch das »Kapital« von Karl Marx und verfolgte mit Interesse Vorlesungen über die Französische Revolution. Doch am glücklichsten war sie in ihrem ihr Refugium in der Motorenfabrik. Dort hatte sie alles, was sie brauchte. Der Zauber hieß Selbstbestimmung. In einer der Wohnungen gründete ein Kunststudent eine kleine Galerie. Sie bestückten ihre Wohnungen mit Dingen, die sie auf den Containerplätzen fanden, sägten sich Regalbretter aus Schrankseitenteilen und richteten eine kleine Bibliothek im Treppenhaus ein. Hin und wieder kam Huy, ein Vietnamese, vorbei, der sich selbst als der schnellste Hosennäher der Welt bezeichnete. Er brauchte eine Stunde pro Jeans, die Stoffe bekamen sie aus einem Werksverkauf. Es waren fehlerbehafte, oft verschmutzte Reste aus einem Joint Venture mit dem Westen. Aber Huy schnitt so geschickt zu, dass die Fehler nie zu sehen waren. Das Stipendium reichte für die lebensnotwendigen Dinge: Brot, Butter, Zigaretten und Schnaps. Manchmal ging sie nachts auf dem Bahnpostamt Güterwagen ausladen, das war dann der Bonus für Bücher, Schallplatten, Theaterbesuche oder Jeans. Meist trug Claudia gebatikte Herrenunterhemden, Jesuslatschen und um den Hals eine gefärbte Windel. Nur wenn sie ihre Eltern besuchte, musste sie sich ordentlich anziehen. Es war schon Schmach genug, dass Claudia in diesen Hottentotten-Häusern lebte. Nur Claudius kam sie hin und wieder dort besuchen, konnte sich aber nicht entschließen, seine Mutter zu verlassen. Sie nannten die Häuser »unsere Zwischenwelt« und Claudia hätte nie gedacht, dass es etwas geben könnte, das sie dazu brachte dieses Leben infrage zu stellen. Doch dann kam der Sommer 1989. Merkwürdige Meldungen kursierten. Es hieß, der Grenzzaun zwischen Ungarn und Österreich wäre marode und die Ungarn hätten eine Reparatur abgelehnt. Auch Gorbatschow zeigte kein Interesse, seine Botschaft an Ungarn war: Macht doch, was ihr wollt. Jahrzehntelang waren die Grenzanlagen gut bewacht gewesen und nun sollte Materialmangel plötzlich die Teilung Europas beenden? Gemeinsam saß Claudia mit den anderen Hausbewohnern vor einem Kofferfernseher und sah auf flackernden Schwarz-Weiß-Bildern wie an der ungarisch-österreichischen Grenze ein Picknick im Wald abgehalten wurde, auf dessen Höhepunkt Politiker an einer Stelle den Stacheldraht offiziell durchschnitten und die Teilnehmer wie eine Wandergruppe nach Österreich marschierten. Es waren Bilder, die sich in Claudias Gedanken festsetzten und den alten Traum wieder aufkommen ließen, den sie in einem Wort zusammenfassen konnte: Paris. Es war die Gewissheit, wenn ich jetzt nicht gehe, dann sehe ich es nie. Die Polizeipräsenz nach den Friedensgebeten am Montag wurde immer höher. Und wie viele ihrer Freunde glaubte sie eher an eine Reduzierung der Reisemöglichkeiten als an eine Lockerung. Nach der Niederschlagung des Aufstands in Peking hatten sich die DDR-Politiker im Juni 1989 mit der chinesischen Regierung solidarisiert und Margot Honecker sprach von einer kämpferischen Zeit, in der man den Sozialismus notfalls mit der Waffe in der Hand verteidigen müsse. Doch nun war plötzlich ein Schlupfloch im Zaun und Claudia hatte schon lange zuvor eine Reise nach Budapest geplant und besaß dafür die polizeiliche Genehmigung und eine Zugfahrkarte. Einmal im Jahr traf sie sich mit ehemaligen Studienfreunden in Budapest. Treffpunkt war immer der erste Sonnabend im September auf dem Nyugati pu. Wer zuerst kam versuchte ein Schließfach zu ergattern, damit sie tagsüber ihre Schlafsäcke und Isomatten unterbringen konnten. Es war etwas, das sie rückwirkend faszinierte. Sie hatten keine Telefone, weder Festnetz noch mobil, es gab kein Internet, folglich keine E-Mails, Whatsapp-Gruppen oder sozialen Medien, und auf die Briefpost war kein Verlass. Sie sagten bei der Verabschiedung: Wir treffen uns dann in einem Jahr am 2. September 1989 hier in Budapest auf dem Westbahnhof, und dann war das so. Einzige Unsicherheit war die Beantragung der »Reiseanlage«, die einem Visum gleichkam und von der Polizeibehörde verweigert werden konnte. In den Vorjahren hatte es immer geklappt, doch das Jahr 1989 war ein ungewöhnliches Jahr und Claudia war nicht sicher, ob alle anderen ein Visum erhalten würden. Am Ende wäre auch das egal gewesen, irgendjemanden traf man immer auf dem Bahnhof, mit dem man zusammen durch die Gegend ziehen konnte. Aber dann war da noch der Gedanke an den rostenden Grenzzaun und nach und nach wurde dieser Gedanke zu einem Plan. Am Tag ihrer Abreise stand sie mit ihrer Kraxe an der Haltestelle am Lindewitzer Markt. Sah sie das alles zum letzten Mal? Die Linden, die Bude, die Trinker davor, die sie alle beim Namen kannte. Sie drehte sich noch einmal um, sah oben am Fenster in der vierten Etage Bruno stehen. Hatte er ihr gewinkt? Die Verabschiedung von ihren Freunden und den Eltern hatte sie kurzgehalten, damit keine Fragen aufkommen konnten. Sie war noch einmal in Tante Huldas Laden gewesen und hatte sich einen schönen Urlaub wünschen lassen. Es schmerzte sie, dass sie am Abend zuvor Claudius verpasst hatte, der bereits mit Freunden zu einem Wanderwochenende gefahren war. Sie bekam Sehnsucht nach ihrem Refugium neben der Motorenfabrik, bevor sie überhaupt losgefahren war. Doch sie stieg in die Straßenbahn und nahm den Zug nach Dresden. Auf dem Bahnsteig in Dresden herrschte eine merkwürdige Stimmung, niemand sah sich an, niemand sprach miteinander und auch später im Liegewagenabteil herrschte Schweigen. Erst als sie hinter Bratislava die ungarische Grenze passiert hatten, wich die Anspannung. Claudia stieg in Szob aus und beschloss, in Richtung Grenze zu trampen. Ein Lkw-Fahrer nahm sie mit. Sie fuhren über Györ in Richtung Sopron. Ohne dass sie gesagt hatte, wohin sie wolle, hielt er hinter einem Ortsausgangsschild. An einen Holzpfahl war ein geschnitzter Pfeil genagelt. Er zeigte auf einen Weg, der über einen Acker führte, dann kam ein kleiner Wald, hinter dem ein See lag. Entlang des Schilfgürtels zog sich ein Stacheldrahtzaun. Auf der anderen Seite war eine Fischerhütte zu sehen. War das schon Österreich? Oder war es nur Niemandsland? An einen Baumstamm war ein Pappschild gebunden, ein rot-weißer Pfeil zeigte über eine Wiese zu drei Büschen. Sie rannte darauf zu und spürte plötzlich ein dringendes Bedürfnis, wahrscheinlich die Aufregung. Durfte sie sich in Anbetracht eines alles entscheidenden Grenzwechsels niederlassen und pinkeln? Aber wer weiß, wann die nächste Gelegenheit käme. Sie schlüpfte zwischen die Büsche und dann sah sie den Rucksack liegen. Daneben den rotgelben Eierbehälter mit dem kleinen Salzstreuer. Keine Urlaubsreise ohne diesen Eierbehälter. Wenn sie das Land, das sie gerade verlassen würde, auf einen Gegenstand reduzieren müsste, den alle kannten, dann hätte dieser Eierbehälter einen der vordersten Plätze, wenn nicht den ersten Platz belegt. Man hatte ihn zurückgelassen, die Vergangenheit abgestreift, zusammen mit der Thermoskanne und der Brotbüchse. Ein Vogel pickte auf einem halb aufgegessenes Salamibrot herum. Die letzte Mahlzeit. Aber warum hatten die Besitzer den Rucksack zurückgelassen und ihre Brote nicht aufgegessen? Erst jetzt fiel ihr ein, dass nirgendwo Eierschalen zu sehen waren. Waren die Flüchtigen mit einem Ei in der Hand über die Grenze gerannt? Oder waren, allen Beteuerungen zum Trotz, doch

Grenzpolizisten gekommen und hatten sie gejagt? Claudia spähte durch die Blätter. Hinter dem Stacheldraht sah sie zwei Männer winkten und »Hierher! Hierher!« rufen.

Aber war es nicht andersherum? Sie war im »Hier« und wollte nach »Dort«? Sie hob die beiden Plastikhälften des Eierbehälters auf, legte den kleinen Salzstreuer vorsichtig in die dafür vorgesehene Kuhle. Der winzige Salzstreuer ging oft verloren und musste gehütet werden. Sie hätte es nicht tun sollen. Es war eine vertraute Handbewegung, die plötzlich Erinnerungen an ihre Kindheit wachrief. Sie hockte mit Claudius in einem Strandkorb, lag mit ihrer Mutter auf der Decke im Schwimmbad, saß mit Tante Hulda im Zug.

Die beiden Männer winkten noch eine Zeit lang, dann waren sie verschwunden.

Wie oft hatte sie es sich vorgestellt, mit dem Zug am Gare du Nord anzukommen. Sie war bereit gewesen, alles dafür aufzugeben. Doch jetzt genügte ein Eierbehälter, um sie zögern zu lassen?

Es begann zu dämmern. Von der Seeseite näherte sich ein Rascheln. Es war nicht klug, hier in diesem Gebüsch sitzen zu bleiben. Claudia stand auf, sie merkte wie ihre Beine zitterten. Langsam lief sie zurück zur Straße. Noch immer den rot-gelben Eierbehälter in der Hand. Sie steckte ihn in ihren Rucksack und stellte sich an den Straßenrand. Das erste Auto, das kam, würde die Richtung vorgeben. Es war ein Lkw, der nach Bratislava fuhr. Sie ließ sich an der Bahnstation kurz vor der Grenze absetzen. Noch konnte sie sich eine neue Fahrkarte kaufen und nach Budapest fahren. Doch dann sah sie am Zeitungskiosk die Fotos auf den Titelseiten. Sie kannte die Sprache nicht, wohl aber die Namen der beiden Bahnhöfe Keleti und Nuygati. Menschen im Freudentaumel. Es irritierte sie, dass niemandem auf den Fotos auch nur der Hauch eines Zweifels anzusehen war. Sie suchte sich in Bahnhofsnähe einen ruhigen Platz und breitete Isomatte und Schlafsack aus. Am anderen Morgen nahm sie den Zug in die andere Richtung, der ungewöhnlich leer war, und beschloss in Decin auszusteigen. So ersparte sie sich die Fragen über ihre frühzeitige Rückkehr. Es gelang ihr, die ungarischen Forint in tschechische Kronen zu tauschen. Sie fuhr mit dem Bus zu einem Zeltplatz oberhalb einer Klamm. Dort gab es jede Nacht ein Lagerfeuer und man konnte auch ohne Zelt übernachten. Aber schon im Bus traf sie einen Pfadfinder aus Ostrava, der ihr einen Schlafplatz in seinem Zelt anbot. Er hieß Jiri, so wie der Sänger Jiri Korn, der mit seinem Lied »Ich such die Yvetta« alle Schlagerfreunde begeistert hatte. Es war zwar nicht unbedingt Claudias Musikgeschmack, aber selbstverständlich kannte sie dieses Lied. Eine Woche ging sie mit Jiri an den umliegend Sandsteinfelsen klettern, saß mit ihm abends am Feuer, trank Tuzemsky-Rum und schlief mit ihm im Zelt. Nach einer Woche brachte er sie auf ihren Wunsch ins Tal an die Grenze zur sächsischen Schweiz.

Und sang für sie zum Abschied und zur Freude der tschechischen Grenzpolizei: »Ich such die Yvetta und keiner weiß, wo sie ist. Es ist schlimm, dass sie mich so schnell vergisst. Ich lieb die Yvetta und kommt sie zurück zu mir, verzeih ich ihr.«

An einem Montagabend kam sie wieder in ihrer Stadt an. Gegenüber vom Bahnhofsvorplatz standen Polizeiautos und riegelten den Zugang zur Innenstadt ab. In der Ferne waren Sirenen zu hören. Sie wartete lange auf eine Straßenbahn und fuhr in einem leeren Wagen durch leere Straßen. Auch am Lindewitzer Markt war niemand zu sehen. Selbst die Bude war geschlossen. Es herrschte eine merkwürdige Stimmung. Sie setzte sich in das Wartehäuschen an der Straßenbahnhaltestelle, um sich einen Moment auszuruhen. Und dann stand plötzlich Bruno neben ihr, lachte und sagte, mühsam um jedes Wort ringend: »Du bist nicht fort.« Er nahm ihren Rucksack und brachte sie zu ihrer kleinen Wohnung neben der Motorenfabrik. Dann begann eine neue Zeitrechnung in vielerlei Hinsicht.

Claudia stand noch immer mit ihrem Ausweis in der Hand neben der umgesägten Werbetafel. Sie hatte damals niemandem von ihrer abgebrochenen Flucht erzählt. Fast niemandem, nur Bruno, auch weil sie wusste, dass er es nicht weitererzählen würde. Warum hatte sie es damals als Schmach empfunden? War es Feigheit gewesen, in das Land zurückzukehren, in dem sie gelebt hatte? Benedikt hatte manchmal den rot-gelben Eierbehälter in der Hand gehalten und gefragt: »Warum hebst du den eigentlich auf?« Und sie hatte geantwortet: »Das erzähl ich dir später.« Dieses verdammte »später«! Sie würde jetzt zu Benedikt gehen. Claudia lief auf direktem Weg zum Lindewitzer Markt und bog in die Spitalstraße ein. Die Tür von Benedikts Laden stand offen. Claudia stutzte. Es war das erste Mal, dass sie »Benedikts Laden« und nicht Tante Huldas Laden gedacht hatte. Die lauten Stimmen drangen bis auf den Gehweg.

»Es bleibt Sachbeschädigung!«, sagte Benedikt.

»Es ist nur ein Schild! Du willst doch auch nicht, dass dort Luxuswohnungen gebaut werden!«

»Deshalb säge ich aber kein Schild um. Hat euch jemand gesehen?«

»Nur eine Frau, die wollte uns um eine Zigarette anbetteln.« Er drehte sich zur Tür und sah Claudia, auf der Schwelle stehen. »Da! Die war es!«

»Das ist meine Mutter!«

»Deine Mutter? Und wieso schlaucht die in der Guste Zigaretten?«

16 | HIMMELSAUGEN

Es war, als wolle er sich die Wunde immer wieder aufreißen. Nach den Besuchen im Heim ging Bruno oft noch spazieren. Er hätte auch in eine Kneipe gehen können, aber er hatte Angst, dass ihm bei der Bestellung die Stimme versagte.

Er lief am Rand des kleinen Stadtwalds, der Lindewitz von dem angrenzenden Wohngebiet trennte, in Richtung Kanal. Bevor die Wassergrundstücke begannen, gab es zwei große Häuser. Das erste Haus war das ehemalige Pionierhaus gewesen, in dem jetzt ein Schönheitschirurg seine Praxis eröffnet hatte. Früher hatten hier Pioniernachmittage stattgefunden, Samowar-Abende, bei denen russische Märchen erzählt wurden, Pelmeni-Kochkurse und Kosmonauten-Tests. Daneben lag das Kinderheim. Jetzt war darin eine Suchtberatungsstelle untergebracht, was den Besitzern der angrenzenden Villen immer wieder eine Klage wert war, weil sie sich von den Besuchern bedroht fühlten. Die Dämmerung hatte eingesetzt, vor sich auf dem leeren Gehweg sah er einen hellen Fleck. Ein gelbweißes Rechteck, das durch die Spiegelung verzerrt war. Die Ränder waren unscharf und diffundierten ins Dunkel. Umso deutlicher zeichnete sich das schwarze Kreuz in der Mitte ab. Er lief direkt darauf zu und fühlte sich auf eine merkwürdige Weise berührt und abgestoßen.

Es war ein Licht, das sich aufdrängte. Auch die anderen Fenster waren erleuchtet, aber das Licht blieb in den Räumen und nur die Scheiben schimmerten hell.

Dieses Licht aber war aggressiv, hell, kalt. Er zog fröstelnd die Schultern nach oben, obwohl die Temperaturen immer noch sommerlich waren. Es war das Licht der Ämter und Polikliniken, der Lagerhallen und Fußgängertunnel und es war das Licht des Erzieherinnenzimmers des Kinderheims, in dem er zwei Jahre verbracht hatte. Er fühlte sich noch immer schuldig, obwohl er wusste, dass es nicht allein seine Schuld gewesen war.

Als er, nachdem ihn seine Mutter wegen des Geschichtenhefts verprügelt hatte, zum ersten Mal wieder zur Schule gegangen war, hatten ihn alle gemustert, als wäre er ein Außerirdischer. Zwar waren die gröbsten Verletzungen nicht mehr zu sehen gewesen und nur eine Elastikbinde erinnerte an seine gebrochene Hand. Die Hämatome versteckte er unter seinem Pullover und seiner langen Hose und er war auch bis auf Weiteres vom Sportunterricht befreit. Die dunkelschwarzen Flecken an seinem Körper waren in ein gelbliches Grün gewechselt und der offizielle Grund für sein Fernbleiben wurde mit einem Treppensturz erklärt. Aber so, wie ihn alle ansahen, spürte er, dass sie es wussten. Eine Frau von der Fürsorge war zu ihnen nach Hause gekommen und hatte die Wohnung inspiziert und ihn ausfragen wollen, aber er hatte kein einziges Wort herausgebracht, und die Mutter hatte zu der Frau gesagt: »Da können Sie sehen, wie verstockt er ist.« Als die Frau ging, hatte sie ihm die Hand auf die Schulter gelegt und er war vor Schmerz zusammengezuckt und hatte ein gurgelndes Geräusch von sich gegeben. Er hatte nicht damit gerechnet, sonst hätte er sich den Schmerz verbissen, aber es war auch ungewohnt, dass ihn jemand berührte, ohne dass es Schläge waren. Die Frau hatte ihre Hand erschrocken zurückgezogen, als hätte sie sich an Brunos Schulter verbrannt und zum Abschied den Satz, den er schon oft gehört hatte und noch oft hören würde, gesagt: »Wir wollen doch nur dein Bestes.«

»Wir wollen doch nur dein Bestes.« Nachts im Bett hatte er diesen Satz vor sich hingesprochen und gemerkt, dass er nicht stotterte, wenn er flüsterte. Aber was nütze ihm das, wenn ihn die anderen nicht verstanden, wenn er leise sprach. In der Schule saß er weiter auf der letzten Bank der Fensterreihe und die meisten Lehrer ließen ihn in Ruhe. Seine Leistungen waren gut, nur bei »Mitarbeit« stand eine Vier. Er war still im Unterricht und versteckte sich während der Hofpausen auf der Toilette. Er kannte alle Inschriften von »Verpiss dich« bis »Ich sitze auf dem Lokusrand und rauch ne Peter Stuyvesant und was dahinten runterfällt, das ist der Duft der weiten Welt«. Seine weite Welt war in dieser Zeit der Lindewitzer Markt, den er nach der Schule von oben betrachtete. Die beiden Frauen mit ihren Gemüsekarren, ein dreirädriges Auto, auf dessen Ladefläche Obstkörbe, Gemüsekisten und eine Waage standen. Der »Karren«, wie ihn alle nannten, war immer gut besucht. Mit etwas Glück konnte man etwas kaufen was es in den Läden nicht gab, Aprikosen oder Walnüsse aus eigener Ernte. Die Frauen drehten Tüten aus Zeitungspapier, füllten sie mit Obst oder Gemüse, kassierten das Geld und fuhren, wenn alles verkauft war, wieder weg. Und Bruno dachte, dass es eine Arbeit war, die zufrieden machte. Nicht wie die Arbeit der Mutter, die wischte und kehrte, die Papierkörbe leerte, um kurz darauf zu sehen, dass alles wieder schmutzig war. Sie war nie zufrieden. Wenn sie nach Hause kam, musste sie erst einmal ihren Ärger darüber hinunterspülen, wie sie es nannte. Und je mehr sie spülte, umso drastischer wurden ihre Bemerkungen, wenn sie vom Fenster aus den Marktplatz observierte. Ruhe kehrte erst ein, wenn sie sich in den Sessel setzte und einschlief. Fatal wurde es, wenn sie kurz darauf wieder aufwachte und weitertrank. Dann suchte sie Streit und Bruno wurde zu ihrem Opfer. In diesen Fällen zog er sich in sein Bett zurück und stellte sich schlafend. Und manchmal, wenn alle Flaschen leer waren, ging sie auch runter zur Bude, um Nachschub zu holen, und blieb, bis der Abgebrochene seinen Schalter schloss.

Bruno stand immer noch im Lichtkegel auf dem Gehweg. Wahrscheinlich hielten ihn die Leute in den umstehenden Villen für einen herumlungernden Drogensüchtigen und würden bald die Polizei rufen. Damals, als ihn die Fürsorgerin hierhergebracht hatte, wohnten noch der Kombinatsdirektor und die Produktionsdirektoren der Motorenfabrik in den Villen und in den Einfahrten standen Autos wie Lada, Moskwitsch oder Tatra, die SUVs der DDR.

Wer das Kinderheim betreten wollte, musste klingeln. An einer dunklen Tür mit grünem Bleiglaseinsatz, die es noch heute gab. Wahrscheinlich hatte sich auch innen kaum etwas verändert.

Er hätte gern gewusst, ob das Aquarium noch in der Diele stand. Das Aquarium war immer ein Trost gewesen, er hätte stundenlang davorsitzen und die Fische beobachten können. In der dunkel getäfelten Diele leuchtete es umso mehr. Am Boden im hellen Sand die grünen Pflanzen, die sich nach oben zum Licht rankten. Zwischen den Pflanzen türmten sich Steine und bildeten Höhlen für alle Fische, die sich verstecken wollten. Die Guppys bekamen ständig Kinder. Winzige durchsichtige Körper, die man nur sah, weil sie zwei dunkle Augen hatten. Sie versteckten sich in den Höhlen und wurden am Ende doch gefressen.

Dominiert wurde das Aquarium von den Skalaren. Skalare waren imposante Wesen. Nicht so farblos wie die Guppys, die auch im Erwachsenenalter grau blieben. Die Skalare hatten platte dreieckige Körper, die silbern-schwarz gestreift waren. Sie beherrschten mit schnittigen Bewegungen das Aquarium. Mit großen, rot umrandeten Pupillen observierten sie das Becken. Das Maul dagegen war farblos geblieben und erinnerte ein wenig an einen Kussmund. Es war ein Kussmund, der die Guppykinder aufsaugte, und anderen Fischen, wie zum Beispiel den farbenfrohen Neofischen, die Schwanzflossen abbiss. Mit einer halben Schwanzflosse war es unmöglich zu schwimmen und die Fische sanken zu Boden, verloren ihre Farbe und irgendwann trieben die leblosen Körper nach oben und wurden vom Hausmeister abgefischt. Der Hausmeister war es auch, der Bruno erlaubte, in der nahegelegenen Zoohandlung Wasserflöhe zu kaufen und mit einem Schwapp ins Aquarium zu gießen.

Die Wasserflöhe, die einzig dazu gezüchtet wurden, um gefressen zu werden, lockten die Fische aus ihrer Deckung und die Skalare hatten ein leichtes Spiel. Bruno dachte, im Aquarium war es wie im richtigen Leben. Wenn man seine Deckung verließ, war man verloren.

Es war kurz vor den großen Ferien gewesen, die er gleichzeitig herbeisehnte und fürchtete. Ferien bedeuteten Einsamkeit. Zwar konnte er seine Buchladenbesuche auf den Vormittag verlegen, aber die Mutter arbeitete während der Ferien unregelmäßig, da in der Schule renoviert und erst gereinigt wurde, wenn die Handwerker fertig waren. Er musste vorsichtig sein. Auch an den Ferienspielen im Schulhort wollte er wegen der häufigen Schwimmbadbesuche nicht teilnehmen, weil er sich für seine Narben schämte. Einziger Trost würde der Blick auf den Lindewitzer Markt sein.

Das Elend begann mit einem Wunder. Es war die letzte Musikstunde vor den großen Ferien. Der Musiklehrer schien gut gelaunt und spielte mit ihnen Liederraten.

Er intonierte einen Anfang auf dem Klavier und sie mussten den jeweiligen Titel raten und durften sogar laut reinrufen. Danach wurde es schwieriger. Sie sollten die Art der Musik erraten. Marsch oder Ballade, dann folgten Tänze Polka oder Walzer. Und da rief der dicke Gerd plötzlich: »Das ist ein Furztrott«, und alle lachten laut und konnten gar nicht mehr aufhören zu lachen. Nur der Musiklehrer lachte nicht. Er nahm die Hände von den Tasten, erhob sich, ging zum Pult und klappte das Klassenbuch auf. Mit einem Schlag war es still. Er suchte in den Namen, sah zu Gerd, lächelte süffisant, sah wieder ins Buch und dann verfinsterte sich sein Gesicht, denn er sah, dass Gerd bereits in der vorangegangen Musikstunde vorgesungen hatte. Ihn so kurz hintereinander noch einmal zur Kontrolle antreten zu lassen, hätte Ärger geben können, zumal sich Gerds Vater beschwert hatte, weil er seinem Sohn wegen Falschsingens einen Schlüssel an den Kopf geworfen hatte. Wieder vertiefte er sich in die Namensliste. Es war klar, dass es einen Jungen treffen würde.

»Ihr wollt lachen?«, fragte der Musiklehrer. »Aber bitte schön! Jetzt werdet ihr wirklich etwas zu lachen haben! Hier kommt unser Gesangstalent!«

Bruno krallte sich so mit den Händen an die Tischplatte, dass seine Knöchel weiß wurden, und senkte den Kopf. Durch die herabhängenden Haare sah er wie der Musiklehrer seine Lippen genüsslich zu einem »Bru ...« formte. Doch dann brach er ab.

»Ach so, ich habe ganz vergessen zu fragen, ob nicht jemand freiwillig vorsingen möchte?«

Es war reiner Hohn, denn wer würde sich in diesem Moment freiwillig auf die Schlachtbank begeben?

»Also, Freiwillige vor!« Der Musiklehrer stützte sich auf sein Pult, drückte die Arme durch und beugte seinen Oberkörper so weit nach vorn, dass sein Kopf auf der Höhe der Schülerköpfe in der ersten Reihe war.

»Also ich zähle bis drei: eins, zwei ...!

In diesem Moment meldete sich Claudia und sagte: »Ich möchte singen!«

Dem Musiklehrer war die Enttäuschung anzusehen. Claudia konnte zwar nicht sehr gut singen, aber einigermaßen die Melodie halten und war textsicher. Dazu kam, dass sie so voller Inbrunst sang, dass es schwer war, sie zu kritisieren. Missmutig suchte er im Lehrbuch nach einem Lied, wahrscheinlich nach einem besonders schwierigen. In diesem Moment klingelte es zur Pause, eine doppelte Niederlage für ihn. Er knallte das Buch zu und verließ ohne »Schöne Ferien« zu wünschen den Klassenraum.

Bruno wartete vor dem Schulgebäude auf Claudia, die mit ihren Freundinnen die Treppe herunterkam. Er wollte ihr danken, wagte aber nicht, im Beisein ihrer Freundinnen zu sprechen. Sie winkte ihm zu und er winkte zurück und sie rief: »Bis morgen, dann lutschen wir Himmelsaugen!«

Ja, Himmelsaugen. Sie würden nebeneinander sitzen, die Süße im Mund schmecken, die Sonne spüren und die Ringe der durchscheinenden Bonbons gegen das Licht halten. Mit Claudia musste er nicht sprechen und sie verstand ihn auch, wenn er flüsterte. Noch heute würde er an der Bude eine Rolle Drops kaufen, am besten zwei. Fröhlich lief er nach Hause und rannte schwungvoll die Treppe nach oben. Auf dem Fensterbrett im Kinderzimmer stand seine Sparbüchse. Es war ein rosafarbenes Schwein, das auf dem Rücken einen Schlitz und unter dem Bauch eine Gummiklappe hatte, die man öffnen und das oben hineingesteckte Geld wieder entnehmen konnte. Bruno sparte all sein Geld, das er sich verdiente. Im Winter trug er der alten Frau Kramer die Kohleneimer nach oben und im Sommer half er ihr bei den Einkäufen. Dafür steckte sie ihm immer mal ein Fünfzigpfennigstück zu. Und als die neuen Zwanzigpfennigstücke in Umlauf kamen, belohnte sie ihn mit Goldtalern. Die Zwanzigpfennigstücke sahen anders aus als das bisherige Geld, sie waren schwerer als die üblichen Aluminiummünzen und glänzten golden. Die Zwanzig war schwungvoll mit einem dünnen Strich geschrieben und gab den Münzen etwas Modernes, sie sahen aus, als kämen sie aus einer fremden Welt. Beim Einkauf ein Zwanzigpfennigstück mit dem Wechselgeld zu bekommen war ein Glücksfall, denn die Sammelleidenschaft war bei allen groß. Und manchmal steckte ihm auch Butterweich etwas zu, dem er, wenn er ihn traf, die Aktentasche nach Hause tragen durfte. Dann bekam er meist ein Markstück, das zwar sehr leicht, aber viel wertvoller war. Er nahm das Schwein schüttelte es und stutzte, es blieb still. Er öffnete die Klappe und sah in den leeren Bauch. Sein Geld war verschwunden. War das die angedrohte Strafe, weil er vergangene Woche ein Loch in einem Kniestrumpf gehabt hatte und er sich von nun an die neuen Strümpfe gefälligst selbst bezahlen sollte? Ohne Geld konnte er keine Bonbons kaufen und ohne Bonbons würde es keine Himmelsaugen geben.

Ihm fiel ein, dass ihm die alte Frau Kramer noch das Geld für den laufenden Monat schuldete. Er setzte sich hinter die Wohnungstür und wartete. Gewöhnlich ging sie am Mittag in die Station der »Volkssolidarität«, um dort zu essen. Als er ihr Keuchen hörte, mit dem sie die Treppe nach oben stieg, verließ er die Wohnung und ging ihr entgegen. Er nickte ihr zu und sie nickte zurück und lächelte ihn an. Gleich wird sie mir das Geld geben, dachte er, doch die alte Frau Kramer ging einen Schritt zur Seite und ließ ihn passieren. Als er schon auf dem Treppenabsatz darunter war, rief sie ihm hinterher. »Ach, Bruno, ich habe gerade keine Goldstücke, ich gebe dir das Geld am Wochenende!«

Gern hätte er geantwortet, dass er auch Pfennige genommen hätte, egal, Hauptsache es würde für eine oder zwei Rollen Drops reichen. Aber er flüsterte nur »ja«, was die alte Frau Kramer nicht hörte und keuchend weiterlief.

Bruno ging hinunter zum Lindewitzer Markt und sah auf die Bude. Eine andere Methode, zu Geld zu kommen, war das Sammeln von Flaschen, Gläsern und Altpapier. Aber dazu müsste er sich überwinden und bei fremden Menschen klingeln. Und was dann? Er würde vor der Tür stehen und stammeln: »Ha-ha-haben Sie Fla-aschen, Gläser ...« Bevor er beim Altpapier angekommen wäre, würden sie ihm die Tür vor der Nase zuschlagen. Doch dann hatte er eine Idee. Er rannte zurück in die Wohnung und holte sein Pionierhalstuch, das die Mutter »den blauen Putzlappen« nannte, und griff sich ein Einkaufsnetz. In den Büchern, die er in Frau Wilhelms Laden las, gab es nur mutige Jungen und Männer: Lütt Matten, Tinko, Timur. Sie alle waren Kämpfer. Beim Lesen war er wie sie. Er war Marco Polo, Huckleberry Finn, Tokei-ihto. Und nun stand er vor einer Wohnungstür und wagte nicht, auf den Klingelknopf zu drücken. Er zählte innerlich bis drei. Der Mann, der ihm öffnete, trug ein fleckiges Unterhemd und hielt eine Bierflasche in der Hand. »Wer ist es denn?«, fragte eine Frauenstimme.

»So eine kleine rote Socke, die um Gläser bettelt.«

»Der kann doch auch nichts dafür«, rief die Frau, »die werden doch von den Lehrern aufgehetzt.« Sie kam mit zwei leeren Marmeladegläsern. Im ersten Stock öffnete ein bärtiger Mann, Bruno zeigte auf das Netz mit den beiden leeren Gläsern und bekam einen Stapel Zeitungen. Noch ein Glas, dann wäre es geschafft. Im zweiten Stock wurde er mit einem »Verpiss dich, du Russenfreund!«, was wahrscheinlich auf »Timur und sein Trupp« gemünzt war, und »Hast du keine Hausaufgaben auf?« davongejagt. Doch an der nächsten Tür, an der »Helene Unruh« stand, bekam er von einer freundlichen Oma drei leere Likörflaschen geschenkt. Er kannte die Etiketten von den Flaschen, die seine Mutter zu Hause in der Speisekammer vor ihm versteckte: »Kirschwhisky«, »Lautergold«, »Kreuz des Südens«.

Vorsichtig trug er seine Beute zur »Annahmestelle für Sekundärrohstoffe«, die von allen, obwohl dort eine Frau arbeitete, »Rumpelmännchen« genannt wurde. Über das Schild mit den Öffnungszeiten war ein Blatt Papier geklebt. »Wegen Krankheit geschlossen«.

Jetzt hatte er kein Geld, aber dafür die Flaschen, Gläser und das Altpapier in seinem Netz. Was Ärger geben würde, wenn es die Mutter sah: »Wir betteln nicht bei fremden Leuten!« Er warf sein wertvolles Gut in den nächsten Papierkorb, stopfte das Netz in die Hosentasche und trottete nach Hause. Auf dem Weg über den Lindewitzer Markt sah er, dass die Budentür offenstand. Vor dem Eingang waren leere Bierkisten gestapelt. Der Abgebrochene hatte sich zu seinen Saufkumpanen vor das Schalterfenster gesellt, wahrscheinlich wartete er auf eine Lieferung. Der Gedanke war wie ein Blitz in Brunos Kopf gefahren, ein heller Moment, der sich als Lösung anbot. Er müsste sich nur anschleichen, die Kästen und die offenstehende Tür als Deckung nutzen und mit einem schnellen Griff die Bonbons aus dem Regal nehmen. Jetzt war er »Chingachgook, die große Schlange«, behände kroch er an den Kästen entlang, ein Griff ins Regal und statt einer Rolle hatte er plötzlich zwei in seiner Hand. Die Bonbons brannten wie Feuer in seiner Hosentasche. Sein Herz klopfte, sodass er dachte, dass man es auf dem ganzen Marktplatz hören konnte. Erschöpft lehnte er sich an einen Lindenstamm und schloss die Augen, weil ihn die tief stehende Sonne blendete. Als er die Augen wieder öffnete, sah er in einer Fuge zwischen den Pflastersteinen etwas leuchten. Dort, wo am Morgen der Gemüsekarren gestanden hatte, steckte ein Zwanzigpfennigstück in der Erde und glänzte wie ein Nugget. Jetzt hätte er sich tatsächlich zwei Rollen Drops kaufen können. Bruno überlegte. Er könnte das Zwanzigpfennigstück und die Dropsrollen behalten, aber wäre es nicht ehrlicher, das Geld in der Bude abzugeben? Doch was sollte er sagen, falls es ihm gelang, die Worte aus seinem Mund zu bekommen? »Hallo, ich habe eben zwei Rollen Drops gestohlen und die will ich jetzt bezahlen?« Er entschied sich noch einmal für das Anschleichen, er würde das Geldstück auf den Fußboden legen und dann würde der Abgebrochene denken, es wäre ihm heruntergefallen.

Kurz bevor er es ablegen konnte, spürte er die Hand im Nacken, die ihn nach oben zog. Es war der Schnäpper. Auch ein betrunkener Polizist war immer auf der Jagd. »Dich habe ich doch vorhin schon einmal hier gesehen!« Er zog Bruno neben die Bude, sodass ihn alle auf dem Marktplatz sehen konnten. »Mach die Hand auf!«

Das Zwanzigpfennigstück war der Beweis. Bruno war ein Dieb. Wer weiß, wie viel Geld er, ohne das Eingreifen des Schnäppers, noch aus der Kasse genommen hätte?

Bruno wusste, dass es, selbst wenn er es gekonnt hätte, aussichtslos war, sich zu verteidigen. Sein Mund war trocken und er zitterte. Er sah nach oben und den Schatten, der gerade aus der Fensteröffnung verschwand, er hatte gehofft, dass die Mutter an diesem Tag bereits im Sessel eingeschlafen wäre. Noch war das Unheil vier Stockwerke von ihm entfernt. Nach und nach öffneten sich die Fenster der umliegenden Häuser. Bruno stand auf dem Marktplatz wie auf einer Bühne. Alle hielten den Atem an, als sich ihm die Mutter näherte, zwar schwankend, aber stetig, Schritt für Schritt. Keiner rührte sich, alle sahen zu, wie sie auf ihn einschlug und ihrem Namen »Brunhilde das Biest« alle Ehre machte. »Eine Familienangelegenheit«, wie der Schnäpper später zum Abgebrochenen gesagt haben soll. Erst Butterweich, der so schnell es seine Prothese zuließ, herbeigeeilt war, trennte die beiden und rief von der Telefonzelle aus einen Krankenwagen. Da er kein Kleingeld hatte nahm er dafür das Zwanzigpfennigstück, das Bruno aus der Hand gefallen war und auf dem Pflaster lag.

Vom Krankenhaus aus war er direkt ins Heim gekommen. Seine erste Taxifahrt, nein seine erste Autofahrt überhaupt. Er durfte neben dem Fahrer sitzen. Das Fenster stand etwas offen und der Wind streifte über seinen Kopf. Er bekam Angst, dass jemand sagen könnte, er wäre ungekämmt. Doch alle waren freundlich. Die Fürsorgerin setzte ihn neben das Aquarium und je länger er den Fischen zusah, umso ruhiger wurde er. Er hätte wirklich gern gewusst, ob es noch in der Diele stand. Er bräuchte nur klingeln und könnte fragen. Aber mit dem Fragen war das eben so eine Sache.

17 | FAMILIENAUFSTELLUNG

Als Tante Mausi aufwachte, brauchte sie einige Zeit, bis ihr bewusst wurde, dass all das Blinken, Pumpen und Surren um sie herum kein Traum war. Sie rückte sich auf ihrem Stuhl zurecht und stellte fest, dass ihr Kleid immer noch unter den Achselhöhlen kniff. Wie lange hatte sie geschlafen? Aber war das nicht egal? Ihre beiden Schwestern schliefen immer noch, und auch schlafend war sie die Verbindung zwischen den beiden gewesen, denn sie hielt auf der einen Seite die linke und auf der anderen Seite die rechte Hand einer Schwester. Sie war die Brücke, die beide miteinander verband. Das Wort Seelenverwandtschaft wäre vielleicht zu hoch gegriffen. Sie hörte ein Räuspern, es war die Krankenschwester, die dezent darauf hinwies, dass die Abendbrotzeit im Heim bereits vorüber wäre. Sie half ihr beim Aufstehen und Tante Mausi ärgerte sich, dass sie das Angebot nicht angenommen hatte, sich zum Ausgang bringen zu lassen. Ein Glück, dass es keinen Rollator-Führerschein gab, den man ihr wegnehmen konnte. Es war bereits dunkel und die Abendbrotzeit längst vorbei, aber die freundliche Schwester hatte ihr einen Teller mit Brot, Butter und Wurst auf das Zimmer gebracht. Besser als nichts, dachte Tante Mausi, obwohl auch hier Kritik angebracht gewesen wäre, denn Leberwurst, Mettwurst und Knackwurst fand selbst Tante Mausi nicht mehr zeitgemäß. Außer sie lagen auf einem ihrer nostalgischen Buffets. Jetzt war sie froh über etwas Fettiges, das half, den immer noch vorhandenen Weindusel zu bekämpfen. Die Racing-Team-Flasche war leer und Tante Mausi befürchtete, dass es ein trauriger Abend werden würde. Aber dann sah sie die Pralinenpackung auf ihrem Bett liegen. Der gute Claudius hatte ihr, als er den Karton mit dem Trikot geholt hatte, »Edle Tropfen in Nuss« mitgebracht. Neben dem Wein waren auch Weinbrandbohnen ihre Leidenschaft. Es war sozusagen ein »Abwasch«. Weinbrandbohnen vereinten den Geschmack von Schokolade und Alkohol. Entscheidend war der erste Biss, wenn sich die Bohne mit einem leisen Knacken öffnete. Nicht zu zaghaft, kein Lutschen, sodass der Alkohol nur tröpfchenweise in den Mund floss, sondern ein entschiedener Biss. Allerdings auch nicht zu kräftig, sonst trennte sich der Alkohol von der Schokolade, floss in den Rachen und konnte zu Hustenanfällen führen. Tante Mausi war Expertin im Weinbrandbohnen essen. Ein grundlegender Irrtum war, die Wahl von Weinbrandbohnen »ohne Kruste«. Sie seien weicher, wurde gesagt, aber wer wollte denn Weinbrandbohnen wie Brei essen? Und der Alkoholgehalt sei höher. Das allerdings wäre ein bedenkenswerter Aspekt gewesen, aber Benedikt hatte es ihr einmal ausgerechnet und gesagt, dass sie vierzig Weinbrandbohnen essen müsste, um 0,5 Promille zu bekommen, da war der Aufwand dann doch zu hoch.

Im Osten Deutschlands hatte es nur Weinbrandbohnen »mit Kruste« gegeben und die meisten hatten sich dem Irrtum ergeben, dass sie zwangsläufig minderwertiger als die Weinbrandbohnen aus den Westpakten sein mussten, auf deren Packungen als Qualitätsmerkmal »ohne Kruste« prangte. Aber war diese innere Zuckerkruste nicht der wahre Genuss? Dieser mit Weinbrand vollgesogene Zucker? Musste wirklich alles, das aus dem Westen kam, besser sein? Zugegeben bei Kaffee, Schokolade und Seife war der Unterschied groß. Aber beispielsweise auch der Makrele wurde Unrecht getan. Als die Bücklinge durch geräucherte Makrelen ersetzt wurden, hatten alle gejammert und auch die Konservendosen mit Makrelenfilets in Tomatensoße nur widerwillig gekauft, um dann, als die Heringe wieder durch die geöffnete Mauer schwappten, festzustellen, dass die Makrele viel schmackhafter war. Sie selbst hatten wegen Butterweichs Arbeit beim Radio der Westverwandtschaft abgeschworen und nie Pakete bekommen. Neuigkeiten von der im Westen lebenden Schwester wurden ihr von den Zwillingen überbracht, und die großzügige Hulda hatte ihr hin und wieder etwas aus ihren West-Paketen zugesteckt. Kaffee, Seife und einmal auch »Edle Tropfen in Nuss«, die auf der Packung mit dem Spruch »Die ersten Nusspralinen, mit denen Sie fröhlich anstoßen können« beworben wurden. Der flüssige Inhalt bestand damals aus Dujardin, Birnengeist, Kirschwasser und Himbeergeist und wechselte dann, nachdem sich die Verpackung zu einem Achteck gewandelt hatte, zu Zwetschgenwasser, Kirschwasser, Williams Christ und Himbeergeist und, was das Wichtigste war, »in einer fein-kristallisierten Zuckerkruste«. Die Weinbrandbohnen hatten eine starke Konkurrenz bekommen.

Die erste Wahl war Williams Christ, dann kam das Zwetschgenwasser, dicht gefolgt von Kirschwasser und den Schluss bildete der Himbeergeist.

Sie fragte sich, warum es diese Vierteilung gab, denn sie hatte noch niemanden getroffen, der es nicht genauso wie sie zuerst auf die Williams-Pralinen abgesehen hatte. Warum gab es nicht eine Version ausschließlich mit Williams-Christ-Füllung? Vielleicht als Sonderausgabe in der Weihnachtszeit? Stattdessen wurden spezielle Editionen mit Cocktails geschaffen, die viel zu süß schmeckten, Schnaps blieb Schnaps und Birnenschnaps blieb Birnenschnaps. Behutsam zog sie die Folie von der Packung und öffnete den Deckel. Mit den Pralinen war es wie im wirklichen Leben, die einen wurden mehr geliebt, die anderen weniger.

Die Zwillinge waren die Williams-Christ-Version, während sie in der Familie eher dem Himbeergeist zugeordnet wurde. Tante Mausi überlegte und zog den kleinen Rolltisch zu sich heran. Eigentlich war es ein Schwenktischchen, auf dessen Platte man einen Laptop platzieren konnte, aber Tante Mausi benutzte ihn als schwebendes Tablett. Sie nahm zwei Williams-Pralinen aus der Packung und stellte sie in die Mitte. Das waren die Eltern, der Schuhmachermeister Alois Klopf und seine Frau Selma geborene Melchor. Ehre, wem Ehre gebührt. Jetzt kamen die sieben Kinder. Der Erstgeborene Karl Georg war, wie immer bei einem ersten Kind, etwas Besonderes gewesen. Er war das Wunder, das von den Eltern bestaunt wurde. Gerade erst hatte der Vater seine Schusterwerkstatt am Lindewitzer Markt eröffnet, mit einem Schaufenster, in dem jeder die Beispiele seiner Handwerkskunst bewundern konnte. Im Inneren gab es eine Theke, hinter der die Mutter stand und die Annahme und die Ausgabe der Schuhe abwickelte.

Es gab ein Foto aus dieser Zeit, das später in der Kellerwerkstatt neben der Tür hing und an »bessere Zeiten« erinnerte, die, so hoffte der Vater, bald wiederkommen würden. Es zeigte die Eltern auf dem Gehweg vor dem Laden stehend, der Vater noch schlank mit einer ledernen Schusterschürze, die Mutter mit hochgeschlossener Rüschenbluse und bodenlangem Rock, auf ihrem Arm das fette Baby Karl. Im Hintergrund auf der Scheibe war noch der Schriftzug »Neueröffnung« zu erkennen. Karl hatte sich sein Wohlgenährtsein bis in hohe Alter bewahrt und war nur aus Russland, wohin er für fünf Jahre zum Arbeiten verschickt worden war, abgemagert zurückgekehrt. Wenn auch sonst ausgiebig über alle Familiengeschichten gesprochen wurde, gehörte dieser »Arbeitseinsatz« zu den Geschehnissen, über die hartnäckig geschwiegen wurde. Und Tante Mausi wusste es ja aus der Erfahrung mit Butterweich, wie tief dieses Schweigen sitzen konnte.

Umso mehr wurde über seine außergewöhnliche Begabung für Naturwissenschaften gesprochen. Von seinen Lehrern dringend angeraten, wurde er auf eine höhere Schule geschickt, glänzte auch dort mit herausragenden Leistungen und in der Familie hieß es, wenn eines der Kinder eine schlechte Note mit nach Hause brachte: »Ach, wärst du doch so klug wie Karl!«

Als Mausi geboren wurde, hatte er bereits eine Lehre als technischer Zeichner begonnen und eine ihrer ersten Erinnerungen an ihn war, dass er bei einem sonntäglichen Mittagessen verkündete, dass ihn der Direktor der Fabrik, in der er angestellt war, zum Werkstudenten machen und auf die Universität schicken wollte. Noch nie hatte jemand aus der Familie eine Universität besucht. Es war ein Wort, das sie im Zusammenhang mit den Kindern von wohlhabenden Eltern kannten, die nach dem Universitätsbesuch die Firma ihrer Eltern übernahmen. Für die Übernahme einer Schuhmacherwerkstatt reichte eine normale Schulausbildung, eine Lehre und handwerkliches Geschick. Aber dann saß plötzlich ein Wunderkind am Familientisch und um das Staunen, das über dieser Botschaft lag, zu unterbrechen, sagte der Vater: »Das Leben ist die beste Universität!« Womit er aus seiner Sicht nicht unrecht hatte. Trotzdem begegnete die Familie Karl

Georg mit Ehrfurcht. Schon während seiner Lehre durfte er auch an Wochentagen allein im Wohnzimmer sitzen, um an einem Reißbrett mit Feder und Tusche seine Hausaufgaben zu erledigen. Und niemand durfte ihn stören, denn sonst rutschte er ab, die Tusche kleckste und alles war verdorben.

Der große Bruder trug immer eine Aktentasche bei sich, die Mausi manchmal halten durfte, und selbstverständlich war sie als kleine Schwester in ihren großen Bruder verliebt und sicher, dass er sie eines Tages heiraten würde. Und er hatte sie auf den Arm genommen und ihr geschworen, dass sie die Frau seines Lebens sei. Und von oben hatte sie triumphierend auf die Zwillinge gesehen, die ihr gleichzeitig die Zunge herausstreckten und sich pikiert abwanden. Für diese schöne Erinnerung gönnte sie ihrem großen Bruder eine William-Christ-Praline. Doch halt! Hatte er nicht kurz darauf sein Versprechen gebrochen und sich mit der Verkäuferin der Eisdiele verlobt? Eine Verbindung, die in der Familie kurioserweise mit »Ganz hübsch, aber sie hat nur Hauptschulabschluss« kommentiert wurde. Und dann gab es noch ein anderes Ereignis. Eines Tages war Karl mit einer großen Buttercremetorte gekommen und hatte stolz seine Visitenkarte präsentiert: Oberingenieur Karl Georg Klopf und sie hatten an einem Wochentag, sie wusste es noch genau, es war ein Mittwoch gewesen, Buttercremetorte gegessen. »Bismarck-Eiche«, die der Bäcker jetzt »Deutsche Eiche« nannte, was sich im Nachhinein für diesen Anlass als sehr passend erwies. Ursprünglich wurden in dem Werk, in dem Karl Karriere machte, Lampen und Metallgegenstände für den Haushalt hergestellt. Stolz schenkte er der Mutter Töpfe, die er im Werksverkauf zum halben Preis bekam. Doch dann begann der Krieg und aus den Töpfen wurden Patronenhülsen, und der frischgebackene Oberingenieur Karl Georg Klopf bekam eine neue Arbeitsaufgabe, über die er nicht sprechen durfte, und das Schweigen begann.

Dafür degradierte ihn Tante Mausi und ließ ihn auf eine Himbeergeist-Praline zurückfallen. Zur Bereinigung der Angelegenheit steckte sie sich die Williams-Christ-Praline in den Mund. Sie schloss die Augen, biss zu und ließ sich genüsslich den Birnenschnaps über die Zunge laufen, dann zerkaute sie die Kruste, es blieben die Nusssplitter und die Schokolade, ein Hochgenuss.

Tante Mausi überlegte, ob sie die Familie Familie sein lassen und die Pralinen einfach nur genießen sollte, entschied sich dann aber doch für den Fortgang ihrer »Familienaufstellung«.

Erna, bei der schon in weiser Voraussicht, dass den Eltern bei einem Kindersegen die Namen ausgehen könnten, auf einen zweiten Namen verzichtet wurde, war in Mausis Erinnerung mit einem Geruch verbunden: Maggi. Tante Mausi schüttelte sich schon bei dem Gedanken an diesen Geruch und setzte eine niedere Himbeergeist-Praline als Platzhalter für ihre Schwester. Wobei Erna im Grunde genommen unschuldig war. Als älteste Tochter war sie dazu bestimmt, der Mutter beim Kochen zu helfen, und fast bei allen Rezepten, die in dem kleinen Buch standen, das im obersten Fach des Küchenschranks lag, gab es als Zutat Maggiwürze. Mausi hatte lange gedacht, ohne Maggi könne man nicht richtig kochen. Egal was zubereitet wurde, ausgenommen vielleicht Vanillepudding, und selbst da würde sie im Nachhinein nicht ausschließen, dass Maggi als Pulver oder als Flüssigkeit dabei war.

Erst viele Jahrzehnte später, als Mausi den Küchenschrank der Mutter ausräumte und das Kochbuch fand, lüftete sich dieses Geheimnis. Als sie den Einband aus abgegriffenem, mit Fettflecken übersätem Packpapier löste, stand auf dem Buchdeckel »Das Maggi-Kochbuch«.

Das Kochbuch blieb der Familie lange Zeit erhalten, doch Erna, die Maggi-Schwester, verschwand bald aus Mausis Leben. Sie zog zu ihrem Liebsten, einem Schaffner aus Braunschweig, den sie auf ihrer Bahnreise in den Harz kennengelernt hatte. Eigentlich sollte die Reise der Genesung nach einer langen Bronchitis dienen, mündete aber ein Jahr später überraschend in eine Hochzeit. So wurde damals ganz ahnungslos der Grundstein für die Westverwandtschaft gelegt, die nach dem Mauerbau der Lindewitzer Familie zu Weihnachten Pakete bescherte und mithilfe eines amtsärztlichen Attests das Reisen in die verbotene Zone möglich machte. Erna war die Senderin der ersten »Edlen Tropfen in Nuss«, weshalb sich Tante Mausi die Himbeergeist-Praline in den Mund steckte und Erna auf Kirschwasser hochstufte.

Der Umzug Ernas war damals kein großer Verlust gewesen, denn ihre Stelle wurde Schwester Ida übertragen, die zwei Jahre nach Erna auf die Welt und in die Familie gekommen oder, genauer, in sie gezogen worden war. Wie immer wieder bei Familienfeiern kolportiert wurde, war sie eine Zangengeburt gewesen. Sie wurde oft damit geärgert, dass man die Abdrücke an ihrem Kopf noch sehen könne. Schwester Ida stritt nie, war fürsorglich und fügte sich in ihren überschaubaren Lebensweg, der sich gerade wie ein Kondensstreifen über den Himmel zog. Tante Mausi zögerte, sollte sie Zwetschge, Kirsch oder doch nur Himbeer nehmen? Sie entschied sich erst einmal für die Mitte: Kirsch.

Die Eltern hatten für sie eine Ausbildung zur Herrenschneiderin vorgesehen. Es war ein Beruf, den die Mutter einmal gelernt hatte und an ihre Tochter weitergeben wollte, und eine geglückte

Berufswahl. Bereits bei der Abschlussprüfung entschied sich Idas zukünftiger Lebensweg. Ein junger Mann vom Lande, der sich einen Anzug zur Hochzeit seines Bruders anfertigen lassen wollte, war ihr Modell. Ida war so aufgeregt, dass sie hin und wieder beim Abstecken statt in den Stoff den jungen Mann stach, der sich tapfer jede Reaktion verkniff. Er wertete es als ungewöhnlichen Annäherungsversuch und lud sie ein, ihn auf die Hochzeitsfeier zu begleiten. Sein Vater besaß eine Dachdeckerfirma, die er gemeinsam mit seinem Bruder erben würde. Nach Kriegsbeginn hatte er immer rechtzeitig vor seiner Einberufung einen Arbeitsunfall und schaffte es dank eingegipster Arme oder Beine sich einige Zeit zu entziehen, bis ihm ein Schulfreund auf dem Amt eine Unabkömmlichkeitsbescheinigung ausstellte, denn Schäden an Dächern gab es genug. Schwester Ida zog vor die Tore der Stadt, wie man das so nannte, nach Bad Welkheim, ein Straßendorf, dessen einzige Attraktion ein Gasthof war, in dem die Zwillinge in jedem Jahr ihren Geburtstag feierten. Ida selbst besaß ein Haus mit einem großen Garten voller Obstbäume und da alle aus ihrer Familie im Sommer Geburtstag hatten, wurde immer im Garten gefeiert. Es begann mit einem ausgiebigen Essen, das sich vom Nachmittag bis in den Abend zog. Der lange, extra für diese Anlässe gezimmerte Tisch war mit rustikalem Steingutgeschirr gedeckt, in den Bäumen hingen Lampions und das Essen war so reichlich, dass sich die Bretter bogen. Das Bier wurde in großen Siphons aus der Gaststätte geholt. Für die Kinder gab es Holunderblütenlimonade aus Tonkrügen. Die Zwillinge lästerten über das zusammengewürfelte Geschirr, das dem Vergleich mit den Sammeltassen, in denen sie ihren Gästen den Kaffee servierten, in keiner Weise standhielt.

Wenn Tante Mausi heutzutage in Filmen Familienfeiern in südlichen Ländern sah, dachte sie, dass der Garten ihrer Schwester Ida damals von einem Hauch Süden durchzogen war. Diese Leichtigkeit der Sommerabende war so selbstverständlich gewesen, dass sie es gar nicht gebührend gewürdigt hatten. Dieses Gefühl der Zeitlosigkeit, ein Zustand, der endlos erscheint, die Momente, in denen die Natur innehielt und nur noch den Gesang der Nachtigall und das Flügelschlagen der Fledermäuse erlaubten. Dafür müsste der Schwester Ida eine Williams-Christ-Praline zugewiesen werden. Ihr Leben war so auffällig unauffällig gewesen, dass es diese Auszeichnung verdiente. Tante Mausi steckte sich die Kirschwasser-Praline in den Mund und ersetzte sie durch eine Williams-Christ-Praline. Mit Schnapspralinen war die Erinnerung an die Familie sehr unterhaltsam.

Der Kindersegen im Viertel garantierte für Spielkameraden, wenn die eigenen Geschwister keine Zeit hatten. Fast alle Straßen, bis auf die Hauptstraße am Lindewitzer Markt, waren Spielstraßen, ohne Straßenschild und Warnung zum Langsamfahren, weil es wenige Automobile gab, denen die Kinder, wenn sie dann doch mal kamen, schreiend auswichen. Die Nebenstraßen boten Platz für Ballspiele und Haschen und die Hinterhöfe waren das geeignete Terrain für Versteckspiele. Die Eltern wussten, dass ihre Kinder irgendwo im Viertel waren. Niemand kontrollierte ihren Aufenthaltsort und sollten die Kinder nach Hause kommen, dann wurde so lange laut aus dem Fenster gerufen: »Karl, Erna, Ida hochkommen!«, bis der Ruf sie erreichte. Das änderte sich erst, als die Regierung wechselte und die Straßen für Soldatenaufmärsche gebraucht wurden. Das nächste Kind, das geboren wurde, war

Mausis Schwester Anita, die einen leichten Silberblick hatte, weshalb sie stets einen verträumten Eindruck machte und auch wenn sie nicht betrunken war, leicht angetrunken wirkte. Sie war eindeutig Zwetschgenwasser, Tante Mausi nahm die Praline aus der Schachtel, eigentlich müssten es zwei Zwetschgenwasser sein, denn Anita trank mit ihrem Mann, einem böhmischen Holzhändler, Sliwowitz, wie das dort hieß, im Duett. Im Sommer wurden die Zwillinge und Mausi nach Böhmen verschickt. Sie bekamen die Fahrkarten, etwas Geld, einen Zettel, auf dem die Umsteigezeit und der Bahnsteig in Dresden standen und wurden mit ihren Köfferchen sich selbst überlassen. Der Urlaub auf dem Bauernhof fand in diesen Zeiten bei der Verwandtschaft statt und die Mitarbeit, auch von Kindern, war erwünscht. Mausi liebte es, Heu zu wenden und die Schweine zu füttern, während die pubertierenden Zwillinge sich weigerten, den Stall überhaupt zu betreten. Es war eine schöne Gegend mit einem breiten Fluss, Sandsteinfelsen an den Ufern und Wiesen, auf denen Kühe grasten. Die Leute waren sehr gesellig, überall gab es Gasthöfe mit Biergärten und wenn sie ihre Schwester fragten, was sie essen sollten, sagte die immer lachend, es gibt Knödel mit Gulasch oder Gulasch mit Knödeln. Und selbstverständlich gab es Bier in großen Krügen und dazu kristallklare Schnäpse. »Ein Sliwo geht immer!«, meinte die Schwester und selbstverständlich gingen auch zwei oder drei, aber wer hart arbeitete, durfte auch trinken. Mausi lernte ihr erstes ausländisches Wort: »Na zdraví!« – »Auf die Gesundheit!« und stellte sich vor, dass sie ihren Urlaub immer in dieser Gegend verbringen würde. Leider wurde der Trinkspruch nicht erhört und Anitas Mann bekam schon in jungen Jahren eine Fettleber. Aber es sollte aus anderen Gründen der einzige Urlaub bei den Verwandten in dieser Gegend bleiben. Anita und ihrer Familie stand eine beschwerliche Zeit bevor, aber darüber wurde später ebenfalls wenig gesprochen wurde. Das Schweigen der Familie traf auch auf Anita zu.

Das Deutsche Reich war ein Ballon gewesen, der immer weiter aufgeblasen wurde, bis er platzte und in Stücke zerfiel. Und je nachdem auf welchem Fetzen man landete, musste man sich in diesem Leben einrichten.

Die Insel, auf der ihr Bruder Herrmann nach dem Krieg gestrandet war, musste ein fernes Eiland gewesen sein, auf dem es weder Post noch Telefon gab. Noch im Sommer des Jahres 1943 hatten ihn die Zwillinge in seiner Wohnung in Kattowitz besucht und von den großzügig geschnittenen Räumen, den schweren Holzmöbeln mit den filigranen Schnitzereien und vor allem von den schönen goldenen Leuchtern geschwärmt. Und sie hatten sich, mit einem leicht neidvollen Unterton, gefragt, wie er sich das leisten konnte mit gerade mal zwanzig Jahren.

Herrmann, genannt Manni, war ein schlaksiger Junge, der Mausi beibrachte, auf zwei Fingern zu pfeifen. Der immer mit seinen Freunden herumzog und auch mal von der Polizei nach Hause gebracht wurde, weil er sich in einer Kneipe mit Sozis geprügelt hatte. Das kann schon mal vorkommen, meinte der Polizist, aber der Vater war hochgradig erbost gewesen. Manni sollte einmal die Werkstatt übernehmen, ein ehrlicher Handwerker werden und nicht mit diesem nationalistischen Pack herumhängen. Aber das nationalistische Pack, wie es der Vater nannte, hatte es Manni angetan. Gegen den Willen des Vaters trat er in die Hitlerjugend ein, und als der Vater eingezogen wurde und in den Krieg ziehen musste, konnte ihn keiner mehr aufhalten. Und eines Tages präsentierte er seinen Schwestern stolz das Tattoo an seinem linken Oberarm, nahe der Achselhöhle. Es waren nur zwei Buchstaben: AB – seine Blutgruppe.

Der ursprüngliche Plan, dass er einmal die Schusterwerkstatt des Vaters übernehmen sollte, wurde verworfen und der blonde, blauäugige Manni zog nach Kattowitz, um dort für »Ordnung« zu sorgen. Allerdings nicht lange. Nach Kriegsende war er verschwunden und niemand in der Familie fragte, wo er geblieben war. Es hatte weder die Nachricht gegeben, dass er gefallen, noch dass er vermisst oder in Kriegsgefangenschaft geraten wäre. Er war verschwunden. »Ach, der Manni, der taucht schon irgendwann wieder auf«, hieß es und dabei blieb es. Nachfragen zwecklos. Aus acht Geschwistern waren sieben geworden.

Und dann tauchte er tatsächlich wieder auf. Vierzig Jahre nach Kriegsende schrieb plötzlich seine Tochter, dass »Papi friedlich eingeschlafen war«. Warum er sich nicht gemeldet hatte? Es hätte sich nicht ergeben. Pech gehabt, dachte Tante Mausi, wer verschwindet, bekommt auch keine Praline.

Als Nächstes wären die Zwillinge an der Reihe gewesen, die sich selbst sicher als Williams-Christ-Praline gesehen hätten, aber davon war nur noch eine übrig. Außerdem war es schwierig, die Zwillinge richtig einzuordnen. Darüber musste sie noch nachdenken. Tante Mausi spürte eine leichte Übelkeit und sie beschloss, die Familienaufstellung abzubrechen, bevor ihr vollends von der Familie übel wurde. Morgen war auch noch ein Tag.

18 | VOR DER SCHLACHT

In Benedikts Laden wurde immer noch über das umgesägte Schild diskutiert. Er trat aus der Tür und stellte sich auf den Gehweg neben seine Mutter. »Seit wann rauchst du wieder?«

»Immer wenn ich nostalgisch werde.«

»Und deshalb läufst du durch die Dunkelheit zu den alten Häusern?«

»Glaubst du, es ist mir egal, wenn die jetzt verkauft werden?«

»So ist das eben«, sagte Benedikt und ging in den Laden zurück.

»Nein!«, schrie der Schildumsäger, den Claudia um eine Zigarette angebettelt hatte, »so ist das überhaupt nicht. Wir müssen uns wehren!«

»Das hättet ihr euch früher überlegen müssen. Das war mal ein einzigartiges Projekt.« Claudia ging in den Laden, in dem sich etwa zehn junge Männer versammelt hatten.

»Und warum habt ihr es aufgegeben?!«

»Vielleicht Unfähigkeit zur Demokratie? Ich bin keine Historikerin. Ich habe bloß dort gewohnt.«

»Ja, aber gerade deswegen musst du es doch wissen!«

»Oder auch nicht«, sagte Claudia.

»Quatsch! Du bist Zeitzeugin!« Der Schildumsäger holte sein Handy hervor, drückte einige Tasten und sagte dann »Zeitzeugin-Befragung – die Erste!«

»Wofür ist das?«

»Für mich. Ich will das endlich alles verstehen.«

»Lass ihn«, sagte Benedikt. »Wir verstehen das alle wirklich nicht!«

»Na gut«, sagte Claudia, »das dauert aber und ich brauche etwas zu trinken, der Tag war aufregend genug.«

»Wir haben Zeit.« Benedikt reichte ihr eine Flasche Kellerbier. Das Ploppen fiel wie ein Schuss in die plötzlich eingetretene Stille.

»Also«, sagte Claudia, »da müssen wir ganz vorn anfangen. Herbst 89, die Mauer fiel. Zwar fast erwartet, aber doch unerwartet unblutig. Für uns ging es weiter wie bisher. Die Behörden waren überfordert. Es hieß, im gesamten Stadtgebiet wären dreißigtausend Wohnungen unbewohnbar. Wir forderten die Verwaltung zum Handeln auf und tatsächlich gab es eine ›Volksbaukonferenz‹. Dort wurde die Situation in der Stadt diskutiert und die Einbeziehung der Bürger gefordert. Viele von uns, auch ich, hatten sich dem Neuen Forum angeschlossen. Es gab ein neues Wort: Instandbesetzen. Die Lindewitzer Alternative wurde gegründet. Fast jeden Abend gab es eine Versammlung, leider oft ohne Ergebnis, ganz nach dem Motto: ›Wir wollen abstimmen, ob wir abstimmen wollen.‹

Alle sollten an der schönen neuen Welt teilhaben. Wir planten ein Haus für Migranten, eine Volksküche, einen Dritte-Welt-Laden, ein Café, das rund um die Uhr geöffnet haben sollte. Das klingt nach Wunschdenken, war es aber nicht. Fernsehteams interessierten sich für das Projekt in unserem Viertel. Wir hatten mittlerweile einen Pressesprecher. An einer der Fassaden hing ein Transparent: ›Verlasst eure Kinderzimmer, die neue Zeit bricht an!‹

Und am Anfang brach die wirklich an. Die Stadtverwaltung erklärte Lindewitz zum Milieuschutzgebiet und unsere Häuser zu einem Biotop der alternativen Lebensweise. Aber was war das überhaupt?

Tja, und dann kamen die anderen, Bewohner aus fremden Städten, die unter Hausbesetzen mietfreies Wohnen verstanden. Es gab endlose Diskussionen und wir galten als Schluffis, die sich anpassen wollten. Und noch etwas veränderte sich. Auf den Demonstrationen wurden zunehmend Deutschlandfahnen geschwenkt und als Helmut Kohl zu einer Kundgebung in die Stadt kam, wurde er mit ›Helmut, Helmut‹-Rufen begrüßt, als wäre er ein alter Bekannter. Im Sozialtrakt der Motorenfabrik richtete sich ein Kampfsportverein ein, der ›Klub 28‹. Erst später haben wir begriffen, dass die Zahl für ›Blut und Ehre‹ stand.

Das Motorenwerk selbst wurde unter das Protektorat der Treuhand gestellt und geschlossen. Die Werkshallen waren grandiose Partyräume.

Das bedeutete Straßenlagerfeuer, Dauerpartys, zu denen auch Leute, die keinem Lager angehörten, einfach nur zum Feiern kamen. Es gab Gruppen, die sich zusammenschlossen, um zu randalieren und die Polizei zu provozieren. Autos wurden demoliert, Scheiben an Straßenbahnhaltestellen eingeworfen. Die Polizei nahm die Provokation an, war aber auch oft überfordert. Manchmal wusste man nicht, wer gegen wen kämpft und wer eigentlich der Feind war. Ich erzähl euch ein Beispiel, das unsere Situation widerspiegelt. Eine Gruppe Jugendlicher demoliert Autoscheiben, bricht Spiegel ab, die Polizei rollt an und fährt unglücklicherweise an unseren Häusern vorbei. Unsere Bewohner denken der Einsatz gilt uns und rennen vor die Tür. Eine Polizistin gibt einen Warnschuss ab und trifft Alex, einen von uns, in die Hüfte. Ausgerechnet so einen ganz Lieben, der immer schlichten wollte.«

»Halt!«, rief der junge Mann dazwischen. »Seit wann trifft man denn mit einem Warnschuss jemanden in die Hüfte?«

»So war das eben, alle waren konfus, auch die Polizei! Klar kann man sich fragen, warum die Polizei mit zwanzig Beamten zu einem Tatort kommt, an dem es um abgebrochene Autospiegel geht. Der Leidtragende war Alex, der lag viele Wochen auf der Intensivstation, gab aber natürlich einen guten Märtyrer ab. An der Bude wurde erzählt, die Polizei schießt jetzt auf Menschen. Aber es wurde auch gemunkelt, dass es nur ein Vorgeplänkel gewesen wäre und die besetzten Häuser geräumt werden sollen. Die Stimmung kippt. Täglich fahren jetzt Polizeistreifen im Schritttempo an unseren Häusern vorbei. Ohne Grund finden Personenkontrollen statt. Aber wenn nachts die Glatzen versuchen, Steine und Molotowcocktails in unsere Fenster zu werfen, warten wir vergeblich auf die Polizei. Am Anfang haben wir Beutel mit Mehl aus den Fenstern nach ihnen geworfen.«

»Wie jetzt? Mehl auf Glatzen?« Alle im Laden lachten.

»Ja, wir waren ja Pazifisten. Allerdings haben wir das nicht lange durchgehalten. Als eines Nachts ein Pflasterstein neben Benedikts Bett landete, hab ich den Stein genommen, bin runtergerannt und habe ihn zurückgeworfen. Dumm nur, dass ein Fotograf vor Ort war. Am nächsten Tag war ich dann auf der Titelseite mit der netten Unterschrift ›Universitätsangestellte wirft Pflastersteine auf Spaziergänger‹. Das war's dann mit meinem Job. Eine neue Wohnung brauchte ich auch noch, weil die Situation zunehmend eskalierte. Egal ob links oder rechts. Nazis prügeln gegen

Linke, werfen aber auch Steine auf Polizisten, Autonome zünden Autos an und bauen aus brennenden Mülltonnen Barrikaden. Randalierer wüten aus Freude an der Zerstörung. Schaufensterscheiben gehen zu Bruch, Geschäfte werden geplündert. Die Polizei packt das große Besteck aus und kommt mit Wasserwerfern, Tränengas, Nebelgranaten, Knüppeln und Hunden. Die Crux war, dass der größte Teil der Demonstranten und Randalierer, aber auch die Hundertschaften der Polizei aus anderen Städten kamen. Ich habe das immer Demonstrationstourismus genannt. Das galt auch für unser Projekt. Jetzt duellierten sich fremde Hausbesetzer mit fremden Polizisten, und Lindewitz war nur noch die Bühne, auf der die Schlacht stattfand. Der Leiter des Wohnungsamts sagte über unser Projekt: ›Ob die ihre Häuser rot, grün oder blau anmalen ist mir egal. Aber wer nachts Autos anzündet gehört in eine Kohlengrube. Das kann nur heißen: Räumung.‹

Letztendlich scheitert das Projekt an sich selbst, weil die Bewohner zu verschieden waren. Die alte Garde hängt an ihrem Genossenschaftsprojekt, die neuen Hausbesetzer wollen in Anarchie leben. Die Linke zerlegt sich, die Rechten formieren sich still und leise. Das war's.«

»Das ist wie Domino, einmal angestoßen, läuft das bis zum Ende durch und Peng!«, sagte Benedikt.

»Peng? Was?«, fragte der Schildumsäger

»Na, der Tag Omega!«, sagte Benedikt

»Ach, da komme ich doch gerade richtig«, sagte Ernie, der leise zusammen mit seiner Freundin den Laden betreten hatte.

»Das war heute eine nette Nachmittagsunterhaltung, danke für deine Hilfe!«

»Ich war da«, sagte Benedikt.

»Ein Anwalt in Joggingklamotten, wer glaubt denn so was!«

»Woher weißt du das?«

»Der freundliche Polizist hat's mir erzählt.«

»Ha, ha, der freundliche Polizist«, rief der Schildumsäger dazwischen, »wie heißt so was, ein Oky-dingsbums. Das schließt sich doch aus. Polizisten sind Bullen und der Spruch heißt: Gebt dem Bullen was er braucht, neun Millimeter in den Bauch!«

»Spinnt ihr!«, rief Claudia, was waren denn das für Diskussionen. »Ihr könnt doch nicht alles so pauschal beurteilen.«

»Was heißt pauschal?«, meldete sich Ernie wieder. »Die war'n pauschal mal sechs Stunden da. Haben Notizbücher angeschaut, Fotoalben, Festplatten und Sticks gesucht. Von wegen ›eine Wohnung ist unverletzlich‹. Die haben jedes Buch durchgeblättert.«

»Und wirklich nur, weil du das Foto ins Netz gestellt hast?«

»Sie wollen mir den Steinwurf in die Schuhe schieben, weil, hört gut zu, es eine ›enge zeitliche Nähe zwischen Veröffentlichung des Fotos und der Tatzeit‹ gibt.«

»Noch mal zum Mitschreiben«, fragte plötzlich ein junger Mann, der sich die ganze Zeit im Hintergrund gehalten hatte und der sich mit einem »Sorry, das ist meine Dienstkleidung« für seinen Anzug entschuldigte.

»Na, wenigstens mal ein ordentlicher Anwalt«, sagte Ernie.

»Die haben wegen einer zerschlagenen Fensterscheibe, einer Bitumenbombe und einer Handvoll Hundekacke sechs Stunden lang deine Wohnung durchsucht?«

»Nein, wegen eines Fotos davon!«

»Na, das nenn ich aber mal unangemessen!«

»Und sie haben mir meinen Laptop, zwei Festplatten und mehrere Sticks geraubt.«

»Und es stimmt, dass der Staatsanwalt vermummt war?«

»Mit einer schicken Sturmhaube, damit ich ihn nicht erkenne. Das war, wie wenn Kinder sich die Hände vor die Augen halten und denken, sie sind weg. Guck, guck!«

»Und nun?«, fragte Benedikt. »Kannst du was für ihn tun?«

»Wenn sie ihn anklagen, ja, dann könnte ich das Mandat übernehmen. Ich denke aber, es war eine Warnung, ich meine so generell an euch alle.«

»Ja«, sagte Ernie, »Omega lässt grüßen, ich hatte da mehrere Kundgebungen an dem Tag angemeldet.«

»Und?«, fragten alle gleichzeitig.

Ernie lachte. »Dreimal dürft ihr raten.«

»Ich glaube da genügt einmal«, sagte Benedikt. »Aber man könnte doch gegen den Staatsanwalt juristisch vorgehen?«

»Theoretisch«, sagte der Anwalt, »aber weißt du, so gut ich dich leiden kann und deine Standhaftigkeit bewundere, ich möchte keinen Spätverkauf eröffnen.«

»Das verstehe ich jetzt nicht«, sagte Ernie.

»Ich schon«, sagte Benedikt, »vielleicht will er ja noch im Staatsdienst Karriere machen.«

»Ich dachte, Richter sind unabhängig?«

»Fast«, sagte der Anwalt. »Der Defekt liegt im System. Es gibt zwangsläufig eine Nähe zur Regierung.«

»Wie meinst du das?«

»Na, der Bundeskanzler ernennt einen Justizminister. Und die vom Justizminister ausgesuchten Gerichtspräsidenten sind, wie auch die Staatsanwälte, seinen Weisungen unterstellte Beamte. In einigen Bundesländer ist der Generalstaatsanwalt politischer Beamter, der bei der Ausübung seines Amtes in fortdauernder Übereinstimmung mit den ›grundsätzlichen politischen Ansichten und Zielen‹ der Regierung stehen muss und der ohne Angabe von Gründen jederzeit in den einstweiligen Ruhestand versetzt werden kann.«

»Also Zähne putzen, pullern und ab ins Bett?«, fragte Ernie.

»So kann man es auch formulieren.«

»Da wird einem doch schwarz vor Augen.«

Benedikt grinste. »Und um es abzukürzen: In unserem Bundesland bekommen auch die Richter im Abstand von mehreren Jahren eine Benotung. Von ›a: sehr gut‹ bis ›g: entspricht nicht den Anforderungen‹.«

»Das klingt nach Schulzeugnis«, sagte Ernie. »Richter A. wird in Klassenstufe 2 versetzt, muss aber noch an sich arbeiten.«

»Und was wird, wenn mal eine von den nicht so demokratischen Parteien an die Macht kommt?«, fragte der Schildumsäger.

»Dann gibt es wahrscheinlich sehr viele Spätverkaufsstellen in dieser Stadt«, sagte Claudia und zu Benedikt gewandt: »Tut mir leid.«

Doch Benedikt nickte. »Zwar ist das Gesetzbuch immer noch bindend, aber wer unter Beobachtung steht, wird vorsichtig.«

»Siehst du, da wäre doch das Motto meiner Demonstration sehr passend gewesen«, sagte Ernie: »Vereint gegen juristische Willkür.« Er zog eine zusammengefaltete Zeitung unter seinem Hemd hervor. »Hier schreiben sie es sogar aufs Titelblatt. ›Gesinnungsjustiz in Lindewitzer Prozessen‹. Ich darf zitieren: Die Staatsanwältin selbst sagt: ›Es fehlt die ›Smoking Gun‹, und meint damit die eindeutigen Beweise, dass die Angeklagte tatsächlich Rädelsführerin und ›Kommandogeberin‹ einer kriminellen Vereinigung ist. Was auch immer sie damit meinen.«

»Aus der Nummer kommen sie nicht mehr raus, dafür war viel zu viel Wirbel im Vorfeld«, sagte Benedikt. »Ich wette auf acht Jahre!«

»Aber was haben die denn? Einen Kronzeugen, der selbst Dreck am Stecken hat, eine DNA-Mischspur, die nur eventuell zur Angeklagten passt?«, rief Ernie erbost. »Die wird als Feind der Gesellschaft behandelt!«

»Oh«, rief der Anwalt, »Feindstrafrecht, das gibt es tatsächlich. Das hatten wir mal in einer Vorlesung. Stimmt's Benedikt?

»Ich bin froh, wenn das alles vorüber ist.« Benedikt wirkte genervt.

»Aber das fängt doch gerade erst an!«, rief der Schildumsäger. »Wir müssen eine Kundgebung organisieren. Öffentliche Räume besetzen!«

»Dann mach mal«, sagte Ernie. »Ich habe es versucht. Seit vier Wochen. Erst ernsthaft mit seriösen Themen wie ›Bürgerrechte‹ und ›Gegen Gewalt auf unseren Straßen‹ so weiter, dann mit ›Ernie und Bert – United we stand‹, ›Omega - Für die Freiheit von griechischen Buchstaben‹. Meine letzte Einreichung war: ›Essen auf Rädern – sicher zum Ziel‹.«

»Hey, das ist die Idee«, sagte Schildumsäger. »Es müsste eine Versammlung sein, auf der jemand spricht, der alt ist und sich jetzt Sorgen macht. Jemand aus der ›Essen auf Rädern‹-Fraktion.«

»Mein Onkel Butterweich wäre so einer gewesen, aber der ist schon lange tot.«

»Na, da ist doch aber noch diese alte Frau mit dem Rollator, die immer Rotwein bei dir holt?«

»Tante Mausi?«

»Wie? Tante Mausi holt bei dir Rotwein?«, fragte Claudia.

Benedikt lachte. »Du hörst doch, das weiß ganz Lindewitz.«

»Aber wovon soll denn Tante Mausi erzählen?«

»Na, Schwänke aus ihrem Leben. Ist doch mal lustiger als politische Parolen. Von Lindewitz, für Lindewitz.«

»Genau«, sagte Ernie begeistert. »Schönes Motto. Und wenn sie es ablehnen, ist es Altersdiskriminierung.«

»Ich könnte ein kleines Podium bauen«, sagte der Schildumsäger.

»Aber nicht aus der Tafel von der Wohnungsbaugesellschaft«, warnte Benedikt.

»Wäre aber eine Idee!«

»Die Anlage besorge ich vom Verein«, sagte Ernie. »Und wir brauchen einen Versammlungsleiter.«

Alle sahen Benedikt an. »Es ist deine Tante!«

»Großtante, soviel Ordnung muss sein, würde sie jetzt sagen. Aber ich weiß nicht so richtig. Naja, ich kann sie fragen.«

»Nicht so zögerlich!« Ernie war begeistert von der Idee. »No risk, no fun!«

»Wisst ihr, was da alles dranhängt? Wir brauchen zum Beispiel auch eine Ordnungsgruppe.«

»Das übernehmen die Leute von der Bude.«

»Die Suffköppe?«

»Denen ziehen wir schicke Warnwesten an.«

»Das klingt alles nach Muppet Show.« Claudia blieb skeptisch. »Ich glaube nicht, dass sich die Behörden darauf einlassen und die

Polizei erst recht nicht. Die freuen sich doch schon aufs Prügeln. Als ich jung war, gab es mal ein Lied, das das hieß ›Nach der Schlacht‹. Das fällt mir ständig ein. ›Nach der Schlacht waren alle Wiesen rot, nach der Schlacht waren alle Kameraden tot.‹«

»Ich bin zwar auch nicht euphorisch«, sagte Benedikt, »aber noch befinden wir uns vor der Schlacht.«

19 | FAMILIENANGELEGENHEITEN

Wie immer, wenn sich Bruno am Abend an seine Zeit im Kinderheim erinnert hatte, schlief er schlecht und war zeitig wach. Und wie an jedem Morgen trat er ans Fenster. Die Läden hatten alle noch geschlossen und auch die Straßenbahnhaltestelle war menschenleer. Er öffnete das Fenster, schloss die Augen und atmete mehrmals tief ein und aus. Der Duft der Lindenblüten war betörend und versöhnte ihn mit dem frühen Aufstehen.

Gestern Abend, auf dem Heimweg von seinem Spaziergang, hatte er Claudius getroffen, der aus dem Krankenhaus kam und auf dem Weg zu Huldas Laden, nein, zu dem Laden des Jungen war. Sie hatten eine Richtung und waren eine Zeit lang schweigend nebeneinander hergegangen, doch dann war Claudius unvermittelt stehen geblieben und hatte gesagt: »Ich glaube, meine Mutter wird sterben.« Und hinzugefügt: »Und Tante Marie auch!« Und Bruno hatte genickt. Die Krankenhauseinlieferung der Zwillinge war schon am Nachmittag das Hauptthema an der Bude gewesen und verdrängte sogar die Diskussionen um das bevorstehende Ende der Lindewitzer Prozesse. Das doppelte Lottchen, wie Anne und Marie im Viertel genannt worden, lag im Krankenhaus und das kurz vor dem hundertsten Geburtstag.

»Man darf die Hoffnung nicht aufgeben!«, hatte Bruno zu Claudius gesagt, aber als er jetzt am Morgen seinen Rundgang über den Friedhof machte, hielt er schon mal nach einer freien Stelle Ausschau. Die Liegezeiten auf deutschen Friedhöfen waren begrenzt, und wenn die Angehörigen den Vertrag nicht verlängerten, wurde das Grab eingeebnet, wie das in seiner Berufssprache hieß. Es gab einige Leerstellen, aber der schönste Platz lag neben einer Birke. Allerdings hatte Bruno diese Stelle gegenüber der Verwaltung immer als ungeeignet ausgewiesen, weil sonst das Wurzelgeflecht beschädigt würde. In Wirklichkeit hatte er hier an der linken Seite einen Friedhof der »Verschwundenen Dinge« angelegt und erst kürzlich den Hörer der Telefonzelle vom Lindewitzer Markt begraben. Sie gehörte zu den letzten Telefonzellen, die aus dem Stadtgebiet verschwanden und mit ihnen das Wort »Münzfernsprecher«. Hier ruhte sein erster Walkman, eine Videokassette, sein Rechenschieber, der Gummiring für die Wäscheschleuder seiner Mutter, eine alte Reiseschreibmaschine und eine Dreieinhalb-Zoll-Diskette. Auch an der rechten Seite neben der Birke gab es ein freies Wiesenstück. Das war ein Ort den Bruno für »Gräber, die es nicht gibt« freigehalten hatte, zum Beispiel für die fünfjährige Marika, die vor zwanzig Jahren während einer Familienfeier plötzlich verschwand und nie gefunden wurde. Für sie hatte Bruno einen Fleck mit Vergissmeinnicht bepflanzt. Daneben blühte im Winter eine Christrose. Sie stand für den Vater seines Schulkameraden Peter, der sich Anfang des Jahres 1973 mitten auf dem Lindewitzer Markt verbrannt hatte. Eine Familienangelegenheit, hieß es damals.

Die Lindewitzer Familienangelegenheiten hatten es in sich. Das Grasbüschel daneben, das im Sommer rote Blüten bekam, die an sehr langen Stängeln nach oben wuchsen und aussahen wie Raketen, hatte er für Juri, den Sohn des Schnäppers, gepflanzt.

Juri war in Brunos Parallelklasse gegangen. Ein Besserwisser, den keiner leiden konnte. Es bestand kein Zweifel daran, dass er seinen Namen dem berühmten Kosmonauten Gagarin zu verdanken hatte und man konnte ihn mit der Frage, wie es denn Gagarin gehe, aus der Fassung bringen und eine Schlägerei mit ihm anzetteln. Denn der erste Mensch im All war mit einer defekten MIG abgestürzt, und nicht bei einem Weltraumflug den Heldentod gestorben.

Vielleicht lag es an dem Namen, Bruno hatte sich Juris Leben immer als einen Spiralnebel vorgestellt, der sich drehte und drehte und alle Teilchen um sich herum aufsog und in seinem Inneren verschwinden ließ. Juri war der Junge mit der größten Zuckertüte zum Schulanfang, Juri war der Junge, der regelmäßig am Schuljahresende in der Aula belobigt wurde, Juri war Freundschaftsratsvorsitzender, Klassenbester, Sportfestsieger in allen Leichtathletik-Disziplinen. Er wurde um seine Erfolge beneidet, aber niemand wollte ihn als Freund. Sein Vater war Polizist, ein Wort, das in den höheren Klassenstufen durch »Bulle« ersetzt wurde, einer der auch noch trank, wie abends auf dem Lindewitzer Markt beobachtet werden konnte. Die Mutter war Schuldirektorin, da hielt man sich lieber fern. Und Juri kreiselte und kreiselte und versuchte sich zu befreien und Aufmerksamkeit durch schlechtes Verhalten zu erringen. Je älter er wurde, umso auffälliger wurde er. Er ließ sich die Haare wachsen, lief betont lässig über den Schulhof, provozierte die Lehrer im Unterricht durch Zwischenrufe und seine Eltern wurden zum Gespräch in die Schule bestellt. »Man stelle sich vor, eine Schuldirektorin wird zu einem Klassenleitergespräch geladen«, hieß es an der Bude.

Und der Schnäpper erlag immer mehr dem Sog der Bude und

trank nach Dienstschluss einen Schnäpper nach dem anderen und wurde an einigen Abenden vom eigenen Sohn nach Hause geholt. Ein schöner Gesprächsstoff für die Lindewitzer.

Bruno empfand fast Mitleid mit Juri und auch den Schnäpper konnte er nicht hassen. Brunos Diebstahl war nur noch selten Gesprächsstoff an der Bude. Nach zwei Jahren im Kinderheim war er wieder nach Hause gezogen. Der Konflikt mit der Mutter war beigelegt, nicht aus Gründen der Vernunft, sondern weil er, wie man so sagte, in die Höhe geschossen war und selbst die hochgesteckten Haare seiner Mutter überragte.

Die einzige Sache, in die sie sich noch eingemischt hatte, war sein Schulabgang nach der achten Klasse. »Was soll aus einem, der nicht spricht, denn schon werden!«

Juri dagegen hatte durch den Einfluss seiner Mutter einen Platz an der Erweiterten Oberschule in Aussicht. Doch dann war er zwei Wochen nach seinem vierzehnten Geburtstag verschwunden. Zu jenem Geburtstag hatte er ein MIFA-Fahrrad geschenkt bekommen, mit dem er, obwohl er fast neben der Schule wohnte, zum Unterricht fuhr. Doch statt der erwarteten Bewunderung erntete er Spott, denn ein damals gängiger Spruch lautete »Diamant, sportlich und elegant – wer Mifa fährt, ist Dresche wert.«

Und dann wurde an der Bude erzählt, er wäre mit diesem Fahrrad über die Grenze gefahren, und alle dachten natürlich sofort über die Grenze nach Westdeutschland. Und der Abgebrochene wusste es ganz genau, auf Juris Schreibtisch hätte ein Zettel gelegen: »Liebe Mama, lieber Papa, ich halte es nicht mehr aus«, und direkt daneben eine Wanderkarte von der Sächsischen Schweiz und der Tschechoslowakei. Und die Männer an der Bude waren sich einig: So wie ein Selbstmörder die leere Tablettenschachtel liegenlässt, damit jeder sehen kann, was er genommen hat, um ihm zu helfen, hatte Juri die Karten liegen lassen und einen Kreis um Schmilka und um Eger gemalt.

Sein Fluchtweg war absurd. Er war mit seinem neuen Fahrrad bis Dresden gefahren und weiter bis Bad Schandau, anschließend hatte er versucht, samt Fahrrad über die grüne Grenze in die Tschechoslowakei zu kommen. Es gab Schleichwege zwischen den Sandsteinfelsen, aber die kannten nur die Einheimischen. Auf die Wanderkarten war sowieso kein Verlass, denn die kartierten Wege in den Grenzgebieten entsprachen nicht den tatsächlichen Verläufen. Darin lag Absicht. Die Vermessungsingenieure hatten die Anweisung zur Vertuschung. Für Juri gab es nicht den Hauch einer Chance, selbst wenn er die Wanderkarte mitgenommen hätte.

Unklar war, warum er nicht den Zug genommen hatte. Zwar wurden Ausweise gestempelt, jedoch nicht erfasst, aber vielleicht hatte er mit einer schnelleren Vermisstenanzeige gerechnet. In seinem Rucksack fand sich Proviant für mehrere Tage, Brot Speck, Kekse.

Und es war zu vermuten, dass er den Plan hatte, innerhalb der Tschechoslowakei in Richtung westdeutsche Grenze zu fahren. Aber selbst das wusste niemand genau. Juris Reise endete bereits in der Grenzgegend am Prebischtor, noch auf der Seite der DDR.

Der Schnäpper war nach Juris Verschwinden in Panik geraten und hatte Meldung bei der Polizei gemacht, was ihm die Verachtung der Budenbesucher eingebracht hatte.

»Den eigenen Sohn verraten, das muss man sich mal vorstellen!«, hatte der Abgebrochene damals über den Marktplatz hinter dem Schnäpper hergerufen, doch der drehte sich nur um und sagte: »Ich will doch nicht, dass er erschossen wird.«

Die Meldung bei der Polizei hatte tragische Folgen, denn es war eine angezeigte Republikflucht. Auch wenn Juri noch auf dem Gebiet der DDR verhaftet worden war, blieb es doch das Grenzgebiet. Und noch ein anderer Punkt wurde ihm zum Verhängnis. Juri war zum Zeitpunkt seiner Verhaftung seit zwei Wochen vierzehn Jahre alt und die Verurteilung erfolgte nun nach dem Jugendstrafrecht. Der Schnäpper schien über die Verurteilung seines Sohnes zu sechs Monaten Jugendhaft regelrecht froh zu sein. Im Gefängnis würden sie ihm seine Flausen schon austreiben. Dort wäre geschultes Personal, und Disziplin hatte noch keinem geschadet. Der Schnäpper selbst schwor an der Bude, dass er mit dem Trinken aufhören und sich nach Juris Entlassung um seinen Sohn kümmern würde.

Doch der Spiralnebel zog Juri immer tiefer. Schon vor seiner Ankunft wussten alle Häftlinge im Jugendknast, dass er der Sohn eines Kriminalobermeisters war. Die Wärter hatten es ihnen gesteckt. Die Wärter hielten sich aus allem raus. Die Jugendlichen regelten das untereinander. Es war eine Welt, über die selbst die Budentrinker wenig wussten und sich mit Kommentaren zurückhielten.

Erst viele Jahre nach Juris Tod, nach dem Mauerfall, war ein junger Mann an die Bude am Lindewitzer Markt gekommen und hatte nach dem Kriminalbeamten gefragt.

»Der Kriminalbeamte? Meinst du den Schnäpper?«, antwortete der Abgebrochene und zeigte auf den Schnäpper, der schon lange nicht mehr aussah wie eine Respektsperson.

»Das ist Juris Vater?«, fragte der Mann entsetzt.

»Gib ihm einen aus«, forderte der Abgebrochene. »Dann bist du sein Freund.« Bruno, der gerade auf dem Heimweg war, beobachtete die Szene von Weitem. Der Abgebrochene winkte ihn zu sich heran. »Hey, es geht hier um Juri. Du bist doch mit dem zur Schule gegangen!« Lange her, wollte Bruno sagen, doch er schwieg. Dem jungen Mann schien es unangenehm zu sein, so im Mittelpunkt zu stehen.

»Ich wollte, ich sollte, naja, Juri hat mich gebeten, seinem Vater etwas auszurichten.«

»Du kannst hier reden. Wir gehören alle zur Familie«, sagte der Abgebrochene.

»Ich soll sagen, dass es ihm leidtut.«

Der Abgebrochene schob dem jungen Mann ein Bier über die Ladentafel. »Und warum bist du nicht früher gekommen?«

»Na, weil wir schweigen mussten.«

»Aber jetzt kannst du reden? Also, wie war das mit dem Unfall?«

»Wieso Unfall?« Der junge Mann stutzte und schwieg.

Erst nach dem zweiten Bier begann er zu erzählen: davon, wie Juri das erste Mal aufgetaucht war und alle gedacht hatten, was will denn dieses Kind hier. Er wirkte schmal und feingliedrig, seine Blässe wurde durch den schwarzen Filzanzug noch verstärkt. »Er tat einigen leid, aber er war eben das Bullenkind. Niemand wollte etwas mit ihm zu tun haben. Es gab Strukturen im Knast, jeder suchte sich einen Partner, zu zweit ließ sich alles leichter ertragen. Wobei so ein Duo oft nicht gleichberechtigt war, viele Kriminelle haben das ausgenutzt und ihre ›Partner‹ für sich arbeiten lassen, aber sie haben sie auch beschützt. Juri hatte niemanden.

Das wussten auch die Wärter. Er musste für alle Schuhe putzen, die Toiletten mit der Zahnbürste reinigen, naja, die üblichen Spielchen.

In den Schulstunden am Vormittag war er sehr gut, zu gut. ›Mal sehen was wir heute mit Schweinchen schlau machen?‹, haben die anderen immer gesagt und ich hab ihm den Rat gegeben, sich dumm zu stellen. Aber er wollte es seinen Eltern beweisen.

Zwanzig Uhr war Nachtruhe, da wurden wir eingeschlossen, immer in Zehnergruppen. Juri hatte Pech, das waren fast alles Kriminelle, das haben die Wärter extra so gemacht.

Wenn er schlief, haben sie ihm Zahnpasta in die Nasenlöcher gedrückt. Oder Zigarettenpapier zwischen die Zehen gesteckt und angebrannt, damit er vor Schreck strampelt. Das nannte sich Fahrradfahren. Und dann lag er eines Morgens ganz apathisch im Bett.

Woher er die Glühbirne hatte, weiß ich nicht, meist waren das ja Neoröhren und da war ein Gitter davor. Die konnte nur aus einem Unterrichtsraum sein. Er hat sie zerkaut und runtergeschluckt. Bis die das gemerkt haben, war es zu spät.« Der junge Mann zuckte mit den Schultern. »Er hat mich zwei Tage vorher gebeten, dass ich, falls ihm was passieren würde, zu seinem Vater gehen und sagen sollte, es täte ihm leid.«

Der Schnäpper hielt den Kopf gesenkt und starrte auf das Pflaster.

Der Abgebrochene fand zuerst seine Fassung wieder. »Und du hast jahrelang nicht darüber gesprochen?«

Der junge Mann lachte kurz auf. »Mit wem denn?« Dann trank er sein Bier aus und ging.

Nach Juris Tod, der angeblich ein Arbeitsunfall gewesen sein sollte, war es mit dem Schnäpper immer weiter bergab gegangen. Seine Frau hatte sich scheiden lassen und war zu ihren Eltern gezogen. Seine Dienststelle hatte ihn beurlaubt und dafür gesorgt, dass er eine Invalidenrente bekam. Es war erstaunlich, wie viele Jahre er noch durchgehalten hatte.

Als der Schnäpper vor zehn Jahren starb, gab es niemanden der sich um die Beisetzung kümmerte und fast wäre eine anonyme Bestattung angeordnet worden, da die finanziellen Hinterlassenschaften nicht ausreichend waren. Aber dann hatte es an der Bude einen Aufschrei gegeben. Auch wenn der Schnäpper allen auf die Nerven gegangen war, hatte er doch dazugehört. In einer großen Sammelaktion wurden in Lindewitz die fehlenden tausend Euro eingesammelt. Der Abgebrochene, dem der Schnäpper jahrzehntelang gute Einnahmen beschert hatte, schoss einen Teil des Geldes vor, das die Budentrinker dann über eine Zwangsabgabe von zehn Cent pro Bier, den »Schnäpper-Groschen«, abstotterten. Auf diese Weise hatte die Lindewitzer Familie ihrem verlorenen Sohn einen würdevollen Abschied ermöglicht.

Bruno dachte, dass er die Raketenpflanze auf das Grab des Schnäppers umsetzen könnte. Dann wären Vater und Sohn endlich wieder vereint. Und es würde Platz geschaffen. Er ging zum Geräteschuppen, um einen Spaten und eine Schubkarre zu holen

Bruno hatte dem Schnäpper verziehen. Nein, er hatte ihm nie einen Vorwurf gemacht. Es war nicht die Schuld des Schnäppers gewesen, dass er ihn beim Stehlen erwischt hatte. Die Prügel der Mutter waren als Familienangelegenheit angesehen worden, zumindest von vielen Budenbesuchern. Nicht so vom Jugendamt. Noch Wochen später, als Bruno vom Krankenhaus direkt ins Kinderheim gebracht wurde, sah sein Körper aus, als hätte er ein blaues Kleidungsstück an. Es war noch in den Schulferien gewesen und nur wenige Kinder waren im Heim. Einige waren bei ihren Eltern, andere im Ferienlager und die im Heim Gebliebenen gingen tagsüber in die Schule zu den Ferienspielen.

Alle waren sehr nett zu ihm, die Küchenfrauen, die herausgefunden hatten, dass er gern Kuchen und Pudding aß, kochten seine Lieblingsspeisen. Die Erzieherinnen, die ihn ausschlafen ließen und am Abend großzügig darüber hinwegsahen, wenn er länger aufblieb.

Er verbrachte die Ferientage im Garten mit Lesen, denn das Heim hatte eine kleine Bibliothek, oder er durfte im Erzieherinnenzimmer Radio hören.

Am Tag hatte Tante Marie oft Dienst und in der Nacht Tante Anne. Da Ferienzeit war, übernachtete auch Claudius hin und wieder im Heim. Dann verbrachten sie die Sommerabende mit »Mensch ärgere dich nicht«-Spielen oder sie saßen in der Abenddämmerung auf dem Balkon und beobachteten die Schwalben.

Alle wollten ihm Gutes tun und ahnten nicht, dass sie ihm damit nur noch größere Schmerzen zufügten. Mitleid war etwas Grausames.

An den Wochenenden nahm ihn Tante Anne manchmal mit zu sich nach Hause. Dann durfte er beim Kuchenbacken helfen und Claudius überließ ihm sogar freiwillig, die Schüssel auszukratzen. Doch das Schlimmste war, dass alle so taten, als wäre das normal. Die Kinder waren gegenüber den Erwachsenen gleichberechtig. Naja fast. Die Besuche bei Claudia waren ihm eigentlich lieber. Die Mutter war streng und der Vater mürrisch, aber auch hier wurde Kuchen gebacken und am Nachmittag gemeinsam gespielt. Bruno gewann mühelos in Dame gegen alle Familienmitglieder und hatte das Gefühl, dass sie ihn gewinnen ließen. Und wenn er es recht bedachte, hätte diese Kinderheimzeit die glücklichste seiner Kindheit sein können, sofern er es zugelassen hätte. Auch im Heim hatte er nichts auszustehen, er genoss als Dieb sogar ein großes Ansehen, denn die Heimkinder klauten als Mutprobe, um sich vor den anderen zu brüsten.

Aber da war immer eine Leere in ihm, er sehnte sich nach der Stimme der Mutter, selbst nach ihren Beschimpfungen, nach den gemeinsamen Abenden am Fenster, nach dem Blick auf die Bude von oben.

Die ersten Treffen mit der Mutter fanden im Heim im Beisein der Erzieher statt. Die Mutter durfte ihn besuchen und sie hatte zwei Flaschen rote Fassbrause mitgebracht. Sie tranken die Fassbrause vornehm aus Gläsern, die Kohlensäure kitzelte an Brunos Nase und er musste niesen, und die Mutter lachte darüber. Es war immer noch das grollende Lachen, aber es machte ihm keine Angst. Später dann durfte er an den Wochenenden nach Hause, die Mutter und er gingen sogar zusammen spazieren, aber an den Abenden verschwand die Mutter doch wieder mit einem »Ich komme gleich wieder«. Und Bruno hatte am Fenster gestanden, auf den Markt gesehen und nicht gewusst, ob er sich in das Kinderheim zurücksehnen sollte. In jedem sich nähernden Schatten hatte er die Mutter erhofft. Egal ob sie betrunken gewesen wäre, egal, ob sie ihn geschlagen hätte, aber sie wäre wenigstens zu Hause gewesen.

Heute würde er den Schnäpper mit seinem Sohn Juri vereinen. Zwar nur symbolisch, aber wenigstens das. Er hatte es sich schon lange Zeit vorgenommen, aber jetzt, da er den Platz unter der Birke brauchte, war der Tag gekommen. Die Raketenpflanze hatte sich im Laufe der Jahre ausgebreitet. Bruno musste einen tiefen Ring graben, bevor er den Wurzelballen ausheben konnte. Das Grab des Schnäppers lag unter einer Linde. Schon jetzt am Morgen ein sonnenbeschienener Fleck, jetzt im Tod war er auf die Sonnenseite gewechselt. Auf der Grabplatte, auf dem nur »Für unseren Freund!« und das Geburts- und Sterbedatum des Schnäppers standen, sonnten sich zahlreiche Feuerwanzen. Bruno nannte sie lieber Feuerkäfer, das Wort Wanze hatte etwas Geringschätzendes und klang, als wären es Schädlinge, die vernichtet werden mussten. Manche alten Frauen nannten sie auch Friedhofskäfer, und es stimmte, dass sie sich besonders an ruhigen Orten wohlfühlten. Sie lagen oft in Gruppen beisammen, und wenn sie sich paarten, hingen sie viele Stunden hintereinander, als könnte sie nichts trennen.

Im Grunde genommen war auch er ein Friedhofskäfer, er war hier in aller Ruhe mit den ihm Anvertrauten vereint. Die einzige Sehnsucht, die ihn hin und wieder erfasste und die er zu verdrängen versuchte, war der Wunsch nach Claudias Nähe. Bei ihr waren alle Barrieren verschwunden. Aber es hatte wenige Gelegenheiten gegeben, ihr zu begegnen. Nachdem er die Schule verlassen und eine Lehre als Lagerarbeiter begonnen hatte, sah er sie oft vom Fenster aus, wenn sie über den Marktplatz lief. Aber das waren einseitige Begegnungen. Als er sie im September 1989 mit ihrem Rucksack in eine Straßenbahn steigen sah und dachte, sie wäre, wie so viele andere, auf dem Weg das Land zu verlassen, war in ihm plötzlich dieses unbekannte Gefühl. So als wäre alles in seinem Körper im freien Fall. Danach war er nur noch traurig gewesen. Doch dann sah er sie wenige Tage später auf der Bank im Wartehäuschen sitzen. Er konnte es sich nicht erklären, woher er damals den Mut genommen hatte und nach unten gerannt war, quer über die Gleise. Dieses Mal hatte das Straßenbahnklingeln ihm gegolten. Aber es war ihm egal gewesen, und er hatte den Rucksack genommen und Claudia in ihre Wohnung in der Motorenfabrik gebracht.

20 | JAHRESRINGE

Es war ungewöhnlich, dass Benedikt so zeitig zu ihr ins Heim kam. Normalerweise besuchte er sie in »Notfällen«, das hieß bei schlechtem Wetter, wenn es für sie zu beschwerlich war, in seinen Laden zu kommen. Kaum war sie nach dem Frühstück nach oben gegangen und hatte die Zeitung aufgeschlagen, klopfte es an ihre Tür. Das Zeitungslesen war wie eine Morgenandacht und sie mochte es überhaupt nicht, wenn sie dabei gestört wurde. Das herkömmliche Zeitunglesen war ein Zeichen dafür, dass sie alt war, denn junge Menschen wussten gar nicht mehr, dass es Tageszeitungen aus Papier gab, aber sie genoss es an jedem Morgen. Etwas auf Papier zu drucken war doch viel beständiger, als etwas es in einen Computer zu schreiben, aus dem man es jederzeit wieder löschen und das Gegenteil behaupten konnte.

Benedikt hatte ihr eine Flasche Wein mitgebracht und füllte vorsorglich die »Racing Team«-Flasche am Rollator auf und den Rest in eine Ersatzflasche, die versteckt im Kleiderschrank stand.

Dann setzte er sich und sagte sehr ernst: »Tante Mausi, wir brauchen dich!« Er erzählte von dem Treffen am gestrigen Abend und der Idee, dass Tante Mausi eine Kundgebung anmelden solle.

»Aber die zeigen mir doch einen Vogel, ich bin doch eine alte Frau!«

»Ja, aber gerade deswegen«, sagte Benedikt, »wird es für die Behörde schwer, dir etwas abzuschlagen. Weil sie dich dann nicht wertschätzen würden, als Mitglied unserer Gesellschafft.«

»Das hast du schön gesagt. Aber mit wem sollte ich mich denn versammeln?«

»Na, mit Bewohnern von Lindewitz.«

»Und die würden kommen, wenn ich das mache?«

»Mehr als du denkst.«

»Und das darf man so einfach?«

»Sich friedlich unter freien Himmel ohne Waffen zu versammeln ist ein Grundrecht.«

»Ja, aber warum sollte ich denn Waffen mitnehmen?«

»Ja eben! Lass uns das Formular ausfüllen. Habt ihr hier WLAN?«

Tante Mausi rollte mit den Augen. »Und essen wir hier mit Messer und Gabel und haben Toiletten mit Wasserspülung?«

»Und hast du eine E-Mail-Adresse?«

»Aber selbstverständlich. Wir haben unsere Reisen oft online gebucht. Ganz einfach: Mausi.Butterweich@t-online.de.«

Benedikt lachte. »Damit kannst du keine Kundgebung anmelden. Du brauchst etwas Seriöses.«

»Das ist eine Beleidigung. Aber gut, dann nimm Agnes Klopf-Kertschak, Doppelnamen klingen immer vornehm.«

»Also, dann richte ich dir jetzt eine neue Mailadresse ein. Du beantragst einen ›Aufzug im Sinne des Versammlungsgesetzes‹«.

»Wieso einen Aufzug? Müssen wir da einmarschieren?«

»Das heißt nur so. Als Nächstes: Benennung der Kundgebungsmittel, Teilnehmerzahl, Beantragung von Ordnern.«

»Woher sollen wir denn Ordner nehmen?«

»Das ist alles schon organisiert, wir nehmen die Männer von der Bude.«

»Das klingt nach viel Spaß!«

»Als Nächstes: Name und Anschrift der Veranstalterin und des Versammlungsleiters.«

»Und du meinst wirklich, wir sollten es tun?«

Benedikt nickte. »Wir brauchen noch ein Motto. Wie wär's mit: ›Vereint für Lindewitz – es spricht Agnes Klopf-Kertschak‹?«

»Die werden sagen: Kennen wir nicht! Abgelehnt.«

»Vielleicht ist das aber ein Vorteil. Sie können es nicht einordnen und genehmigen es.«

»Dann bekomme ich von dir bis an mein Lebensende täglich eine Flasche Rotwein. Aber keinen Verschnitt!«

»Gern«, sagte Benedikt. »Allerdings nur, bis du hundertzwanzig bist. Dann gehe ich nämlich in Rente.«

»Glaubst du! Ach, und jede Woche einen Loriot-Abend.«

»Alles, was du willst! Tante Mausi, du bist das Schärfste, was mir je in Lindewitz begegnet ist.«

Als Benedikt gegangen war, wandte sich Tante Mausi wieder ihrer Zeitung zu. Ihr Blick fiel auf eine Meldung, die sie wütend machte. Die ersten Fluggesellschaften begannen ihre Passagiere vor dem Abflug zu wiegen, angeblich um den Treibstoffverbrauch zu berechnen. Am Ende würden die Dicken einen Preisaufschlag bekommen. Butterweich hatte ihre Fettpölsterchen immer Jahresringe genannt und ihr versichert, dass mit jedem Gramm Fett auch ihr Wissen wachsen würde. Ach, Butterweich! Was würde er ihr jetzt raten? »Jahresringe« war wirklich ein schönes Wort, aber würde ihr Wissen wirklich ausreichen? Und worüber sollte sie sprechen? Über eben diese Jahresringe, die sie sich nach und nach seit ihrer Kindheit angefressen hatte?

Schon als Kind hatte sie herausgefunden, dass sie Kummer mit Essen behandeln konnte. Ihr erster großer Kummer war der Weggang des Vaters gewesen. Nach Kriegsausbruch hatte er gehofft, dass ihn sein Beruf als Schuhmachermeister vor dem Soldatsein bewahren würde, denn wer sollte dann in Lindewitz die kaputten Stiefel reparieren? Doch das war Wunschdenken. Sie sah ihn davongehen, in seiner Uniform, deren Jacke über dem Bauch spannte, in Stiefeln, die er selbst besohlt hatte, mit dem watschelnden Schritt eines dicken Mannes.

Als der Brief kam, in dem stand, dass er vermisst wurde, hatte sie das Ausmaß der Formulierung nicht verstanden, denn sie vermisste ihn seit dem Tag, an dem er sich von ihr verabschiedet hatte. Und auch er schrieb in seinen Briefen, wie sehr er sie alle und Lindewitz vermisse. Als Aufenthaltsort stand immer »im Felde« auf den Briefen und sie dachte, dass es schon einmal vorkommen konnte, dass jemand auf einem Feld vermisst wurde. Sie schrieb ihm weiterhin Briefe in ihrer schönsten Schrift, malte ihm Bilder. Sie konnte ihm nur schreiben, während sie dabei aß, selbst wenn es ein Stück trocken Brot war. Es schien ihr, als würde sie ihren Kummer mit jedem Bissen herunterschlucken. Sie schrieb ihm, dass auch sie ihn sehr vermisse und sich freue, wenn sie wieder Zauberlimonade zusammen trinken würden.

Trost gab es auch in Tante Gretas Laden. Dank ihrer guten Beziehungen zu den Lieferanten vom Land, gab es bei Greta auch in Zeiten der Lebensmittelrationierungen immer etwas Besonderes, wenn Mausi zum Spielen zu ihrer Cousine Hulda in den Laden kam. Richtige Knackwurst vom Bauern oder Leberwurst, die nicht aus Ersatzzutaten hergestellt war. Sie wusste, dass es sträflich war, und fühlte sich schuldig, aber sie teilte nie, sie aß und aß. Sie aß während der Bombenangriffe im Luftschutzkeller, und als der Krieg vorüber war, aß sie aus Freude über den Frieden. Und sie aß, wenn es etwas gab, über das sie nicht reden durfte, wie zum Beispiel den Unfall von Butterweich. Sie aß, als ihr großer Bruder Karl samt seiner Familie nach Kriegsende in die Nähe von Moskau deportiert wurde und niemand wusste, ob er jemals heimkehren würde. Einige im Viertel nannten ihn einen Kriegsverbrecher, weil er an der Entwicklung von Waffen beteiligt gewesen war, aber was hätte er denn tun sollen? Und was konnte er dafür, dass in dem Werk Zwangsarbeiter beschäftigt worden waren, die Zeiten waren eben so. In der Kunst des Verdrängens waren alle Familienmitglieder und auch sie selbst wahre Meister.

Die Zwillinge waren während der Kriegszeit verpflichtet worden, in der Kommandantur zu arbeiten. Und eines Tages kam Marie freudestrahlend nach Hause und erzählte, dass sie von nun an ausgewählt worden war, die Luftlagemeldungen zu sprechen. Jene schrecklichen Ankündigungen, die über Leben und Tod entschieden. Für Marie aber war es der Beginn einer Rundfunkkarriere, die sie nach Kriegsende anstreben würde.

Mausi war noch so jung, dass sie bei all diesen Dingen Beobachterin bleiben konnte, aber sie war alt genug, um die Dinge zu verstehen.

Einige Jahre nach dem Krieg war sie zusammen mit den Zwillingen zu einer Lesung gegangen. Das war ungewöhnlich und blieb auch die einzige Lesung, zu der sie und auch die Zwillinge jemals gegangen waren. Die Schriftstellerin war nur drei Jahre älter als die Zwillinge. Ihr Buch mit dem Titel »Insel ohne Leuchtfeuer« war ein Geheimtipp unter den Frauen dieser Generation und erreichte insgesamt eine Auflage von einer halben Million. Von der Presse wurde es verachtet und als ein Bericht aus dem »Idyll der Hölle« bezeichnet. Was sicher stimmte, denn der Handlungsort war die »Heeresversuchsanstalt Peenemüde«, in der die Protagonistin des Romans als technische Rechnerin arbeitete. Ziel der Arbeit war die Entwicklung einer flüssigkeitsbetriebenen Fernrakete, einer Wunderwaffe, die als kriegsentscheidend geplant war. Der Roman trägt starke autobiografische Züge, auch die Autorin arbeitete als Hilfskraft in Peenemünde, dokumentierte die Berechnungen im Windkanal und war dabei, als im Oktober 1942 die weltweit erste Rakete in den Weltraum gestartet wurde. Dafür findet sie poetische Beschreibungen, spricht von einem »vierzehn Meter hohen metallenen Ungeheuer, mit einem langen Feuerschweif: Ein Komet, von Menschenhand in die Atmosphäre geschleudert«, hält sich aber mit einer politischen Bewertung zurück. Stattdessen finden sich im Roman ausgiebige Landschaftsbeschreibungen der pommerschen Ostseeküste und eben jener Halbinsel, deren Leuchtturm abgeschaltet wurde, um in der Nacht unsichtbar zu bleiben.

Der Hauptinhalt des Buches sind die Liebesabenteuer der dienstverpflichteten Mädchen, ihre Ausflüge zum Festland, das verliebte Geplänkel am Strand, mit Partys und Segeltörns in den Greifswalder Bodden und das Schwärmen für die smarten Entwicklungsingenieure. Dabei ist die Bewunderung der Autorin für den Ingenieur Wernher von Braun nicht zu überlesen.

Für die fast durchweg weibliche Leserschaft bietet das Buch die Blaupause für das eigene Leben. Die Zwillinge fühlten sich verstanden. Auch sie waren jung und voller Träume gewesen und fühlten sich der Autorin sehr verbunden, zumal sie auch noch nach dem Krieg eine Stelle beim neugegründeten Mitteldeutschen Rundfunk antrat. Diesen Traum konnte sich Marie nicht erfüllen. Sie musste sich ihre Ausbildung zur Erzieherin im Fernstudium hart erarbeiten und sprach nie wieder von ihren Rundfunkträumen. So wie sie und Anne auch nie darüber sprachen, dass sie Trägerinnen des »Eisernen Kreuzes« waren, das ihnen in den letzten Kriegstagen verliehen worden war. Ja, das Schweigen der Familie war ein ewiges Thema gewesen. Und alle hatten sich daran beteiligt, auch sie selbst. Ja, das war es. Warum mit dem Finger auf andere zeigen? Sie würde auf dem Marktplatz von Butterweichs Schicksal erzählen, von dem abrupten Ende seiner Träume. Von dem Umgang mit Schuld der anderen, aber auch der eigenen. Aber sie würde auch über die glückliche Zeit mit ihm reden, über seine Arbeit als Fußballkommentator, die mehr war als ein Deal und die für ihn zu einer Passion wurde. Und sie würde über die Dinge sprechen, die er vorhergesehen hatte, dass sich die Fangruppen im Fußball immer weiter radikalisierten und es oft überhaupt nicht mehr um Sport, sondern um Gesinnung ging. Und vielleicht war dieses Schweigen, das sich auch hierüber ausbreitete, die Ursache des Übels. »Ach, Butterweich«, dachte Tante Mausi, »wie schön wäre es, wenn du das alles selbst erzählen könntest.«

Und sie hörte ihn sagen: »Mausi, mein altes Mädel, du machst das schon.«

Sie war so in Gedanken, dass sie nicht bemerkt hatte, dass Benedikt in der Tür stand. Schon an seiner Körpersprache war zu erkennen, dass es ein Problem gab. »Kopf hoch!«, sagte Tante Mausi. »Sie haben es abgelehnt?«

Benedikt nickte. »Weil die Veranstalterin eine gewisse Altersgrenze überschritten habe und nicht für ihre Gesundheit garantiert werden könne.«

»Was ist denn das für ein Blödsinn? Was heißt hier gewisse Altersgrenze? Ich habe das Recht darauf, tot umzufallen, wo ich will! Gibt es eine Telefonnummer?«

»Du kannst da nicht einfach anrufen.«

»Und weswegen nicht? Weil ich zu alt bin?«

Es war ein kurzes Gespräch, in dem Tante Mausi ihrem Gegenüber, das sie »lieber junger Mann« nannte, unmissverständlich klar machte, dass auch alte Menschen das Recht auf freie Meinungsäußerung hätten. Und das insbesondere alte Menschen aufgrund ihres langen Lebens auch etwas zu sagen hätten. Als alte Lindewitzerin wolle sie von ihrem Grundrecht, sich zu versammeln, Gebrauch machen. In der Politik würde es schließlich auch keine Altersbeschränkungen geben. Und wer sich über körperliche Einschränkungen lustig machte, würde es mit dem Behindertenverband zu tun bekommen. »Wenn die Kundgebung nicht stattfinden darf, dann verklage ich Sie wegen Altersdiskriminierung. Haben Sie das verstanden, lieber junger Mann? Ich wünsche Ihnen noch einen schönen Tag.«

»Wo hast du das denn gelernt?«

»Das mit dem schönen Tag? Das sagen doch alle.«

»Nein, so zu reden.«

»Dann warte erst mal morgen ab. Ach, und übrigens, egal ob sie die Kundgebung genehmigen oder nicht, ich habe beschlossen, mir ein neues Kleid zu kaufen, und du wirst mich begleiten.«

21 | DIE SEHNSUCHT DER FRAUEN

Als Claudia am Morgen in die Intensivstation kam, wurde sie sofort von einer Krankenschwester in das Ärztezimmer geführt und sah an der Miene des diensthabenden Arztes, dass sie keine frohe Botschaft erwartete. »Es ist eine Infektion dazugekommen«, sagte er.

»Bei meiner Mutter oder bei meiner Tante?«, fragte Claudia.

Der Arzt zeigte den Anflug eines Lächelns und sagte: »Bei beiden!«

Klar, wie könnte es anders sein, dachte Claudia.

»Sie können sie jederzeit besuchen, Tag und Nacht. Und hadern Sie nicht wegen des Geburtstages. Machen Sie es ihnen leicht zu gehen.«

Das war deutlich. Sie sagte kurz: »Danke!« Allerdings würden die Zwillinge selbst entscheiden, wann es so weit war. Da war sie sich sicher.

Die beiden sahen unverändert aus. Claudia setzte sich auf den Stuhl zwischen den Betten. Da lagen sie nun, die beiden fast einhundertjährigen Frauen, die Haare den Umständen entsprechend noch frisch gewellt. Auf ihr Aussehen hatten sie immer geachtet. Der Friseurbesuch einmal in der Woche war ein Muss. Egal ob Sturm, Hagel oder Schneefall, eine Kaltwelle, die jetzt Dauerwelle hieß, ausfallen zu lassen, wäre wie ein verpasstes Weihnachtsfest gewesen. Und als Claudia einmal bei einer Blitzeiswarnung ihre Mutter angerufen hatte, um von einem Friseurbesuch abzuraten, hatte die Mutter geantwortet: »Aber Kind, so wie ich aussehe, kann ich doch nicht einmal mehr in der Wohnung rumlaufen!« Und hatte aufgelegt. Was war ein Oberschenkelhalsbruch gegen hängende Locken? Der Verzicht auf Haarfarbe war ein langer Weg gewesen, erst mit über neunzig hatte sich die Mutter auf ihre grauen Haare eingelassen und traurig festgestellt: »Jetzt sehe ich aus wie eine alte Frau!«

Als Kind hatte Claudia einmal den Lindewitzer Markt gemalt: die Straßenbahnhaltestelle, die Bude, den Gemüsekarren und den Friseurladen neben dem Blumengeschäft. Aus der geöffneten Tür schritten die Frauen mit frisch frisierten Locken im Gänsemarsch über den Marktplatz. Und die Mutter hatte beim Anblick des Bildes entsetzt gerufen: »Aber wir sehen doch nicht alle gleich aus!«

Das Frauenbild in Claudias Kindheit war geprägt von Lockenfrisur, einem Ausgehkostüm und vor allem von Kittelschürzen. Die Kittelschürze war ein fester Bestandteil der Frauenbekleidung, am Arbeitsplatz und auch zu Hause. Nicht nur als Verkäuferin im Gemüseladen oder als Weberin in der Baumwollspinnerei, selbst in Büros trugen viele Frauen eine Kittelschürze.

Auch zu Hause fühlten sich die Frauen darin angezogen. Worin sonst hätten sie kochen, Kuchen backen, Wäsche waschen oder Böden wischen sollen? Hätte eine Frau in einem Sommerkleid die Treppe gebohnert, wäre das ein Anlass zum Zweifel an ihrem Geisteszustand gewesen. Nur bei Familienfeiern band sich die Gastgeberin eine normale Schürze vor ihre Empfangsgarderobe, um sie nach dem Servieren schnell ablegen zu können. Nie hätte ihre

Mutter ihre Schwester Anne in einer Kittelschürze empfangen, und klingelte es an der Tür – Anne hatte die Angewohnheit etwas zu früh zu kommen –, gab es den Aufschrei »Die Schürze!«, und die Mutter flüchtete ins Schlafzimmer. Claudia hatte immer den Verdacht, dass Anne mit Absicht zu früh kam, um die Mutter bei den Vorbereitungen zu überraschen. Aber wer andern eine Grube gräbt … Einmal hatte Tante Anne in ihrer Eile ihr Kleid auf dem Bügelbrett vergessen und als Claudias Vater ihr aus dem Mantel half, dazu bedurfte es einer deutlichen Anweisung durch die Mutter, stand Tante Anne zur Freude aller Kinder im Unterrock im Flur und es half nur das schnelle Überstreifen einer Kittelschürze.

Lange hatte Claudia die Kittelschürze für eine sozialistische Erfindung gehalten, die Arbeitsbereitschaft signalisieren sollte. Weit gefehlt. Sie wurde Jahrzehnte vor der Gründung der DDR von Amerikanern erfunden. Und sie war auch in der Bundesrepublik verbreitet, also gesamtdeutsch. Nur das Material differierte. Am Anfang dominierte noch auf beiden Seiten Baumwolle, doch die moderne Frau wollte mit der Zeit gehen und die Wunderstoffe hießen auf der einen Seite Nylon und auf der anderen Seite Dederon, der sein Herkunftsland bereits in seinem Namen trug.

Eine Kittelschürze war immer ein gutes Geschenk und vervollständigte die Standards wie Kissenplatte, Tischdecke oder umhäkelte Taschentücher. Mit einer Kittelschürze konnte man nichts falsch machen, fast nichts. Das Kittelschürzendrama ereignete sich zum Geburtstag von Tante Ida. Die Mutter und Tante Anne schenkten Ida eine Kittelschürze und Onkel Karl einen Toilettenbrillenüberzug samt Vorleger. Zuerst packte Tante Ida die Kittelschürze aus, bewunderte das Muster, die lila Farbe mit den leuchtend gelben Blumen, danach kam das Geschenk von Bruder Karl an die Reihe, auch das lila und gelb geblümt. Und als dann noch die Nachbarin in ihrem neuen Sommerkleid erschien, herrschte betretenes Schweigen. Erst nach dem dritten Glas Erdbeerbowle konnten alle wieder lachen, stießen auf das Stoffmuster an, das sie wahrscheinlich von nun an auch noch als Küchengardine, Einkaufsbeutel oder Stuhlkissenbezug verfolgen würde.

Auch bei Sachen aus dem Bekleidungsladen lief man Gefahr, dem Modell ständig an anderen Frauen zu begegnen. Ein Hauch Individualismus bot das Selbstnähen. Zwar war das Angebot der Stoffe überschaubar, aber »Pramo«, die »Praktische Mode« bot monatlich die entsprechende Anregung für die werktätige Frau. Das Heft umfasste nicht einmal dreißig Seiten, hatte dafür aber detaillierte Anleitungen inklusive der notwendigen Schnittmusterbögen. Und so wurden in vielen Wohnungen die Singer-Nähmaschinen oder, wer es sich leisten konnte, die moderne elektrische »Veritas« in Schwung gebracht. Laufsteg war der Lindewitzer Markt. Die Begutachtung erfolgte wie üblich ganz offiziell durch die geöffneten Fenster. Am Lindewitzer Markt saßen alle in der ersten Reihe. Jeder Fehler wurde erkannt und kommentiert, zu tief eingenähte Ärmel, schiefe Bordüren, zu billige Stoffqualität und Fehltritte bei der Farbwahl. Still wurde es nur, wenn ein wirkliches Model den Marktplatz betrat, das Mannequin aus der »Pramo«, in einem eng geschnittenen Jackenkleid oder einem Hosenanzug, immer mit Hut und einer Handtasche am angewinkelten Arm. So schritten nur Mannequins über das Pflaster. Selbst die Gespräche an der Bude verstummten. Die Mutter des Mannequins wohnte direkt gegenüber der Straßenbahnhaltestelle, im

Gegensatz zu ihrer Tochter wirkte sie unscheinbar, eine kleine dickliche Frau, die das linke Bein etwas nachzog. Aber so wie die Ehefrauen von Ärzten mit Frau Doktor angeredet wurden, war sie die »Mutter des Mannequins« und wurde ehrfürchtig gegrüßt.

Auch wenn die sozialistische Frau ungeschminkt schön war, blieb immer diese Sehnsucht »als Frau« entdeckt zu werden. In Claudias Kindheit erschütterte ein Film das ganze Land, die ganze Stadt, ganz Lindewitz und vor allem die Frauen aus Claudias Familie: »My Fair Lady« mit Audrey Hepburn und Rex Harrison.

Wie oft muss man eine Samtjacke waschen, damit sie ein Symbol von Armut würde? Die Antwort lautete: fünf Mal. Fünf Mal hatte Audrey Hepurn ihre Samtjacke gewaschen, damit sie als Blumenverkäuferin Eliza Doolittle aussah wie eine ungebildete Frau von der Straße. So stand es jedenfalls in der »Bunten«, die eine Kundin Tante Hulda geborgt hatte. Unter dem Ladentisch versteht sich, so wie Tante Hulda der Kundin unter dem Ladentisch eine ganze Stiege Erdbeeren verkauft hatte. Als Kind hatte sich Claudia bei dem Begriff »unter dem Ladentisch« immer vorgestellt, dass die beiden unter den Tisch kriechen würden, um ihre Tauschgeschäfte abzuwickeln. Die Zeitschrift wurde behandelt wie ein Heiligtum und in einen Schutzumschlag aus Folie gelegt, den Tante Hulda extra dafür im Schreibwarenladen gekauft hatte. Jeder aus der Familie, der sie sich ausborgte, wurde noch einmal ausdrücklich darauf hingewiesen, keine Ecken abzuknicken, vorsichtig umzublättern und sich vor dem Lesen die Hände zu waschen. Die Westzeitschriften sollten möglich unversehrt an ihre Besitzer zurückgegeben werden. Sie wurde von allen Frauen in der Familie mehrfach gelesen, ja geradezu durchgearbeitet, als müssten sie hinterher einen Aufsatz darüber schreiben. Die Diskussion um die Samtjacke von Audrey Hepburn war eine der frühen Erinnerungen Claudias. Am Ende einigten sich alle beteiligten Frauen, dass fünf Mal Waschen nicht ausreichend sein würde. Wie durch ein Wunder konnten sie ihre Zweifel selbst überprüfen, denn der Film gelangte auch in die sozialistischen Kinos. Wahrscheinlich, um zu zeigen, dass ein proletarisches Mädchen einen aristokratischen Literaturprofessor bezwingen konnte. Der Film wurde im größten Kino der Innenstadt gezeigt. Im besten Kostüm, mit Hut und Handtasche, geschmückt mit Ketten, Broschen und Ringen machten sich die Mutter, Tante Anne, Tante Hulda und Tante Mausi auf den Weg. Auch die Töchter wurden herausgeputzt und sollten an diesem Filmereignis teilhaben. Für Claudia und Claudius, die beide noch zu jung waren, wurde eine Ausnahme gemacht, die Einlassdame im Kino hatte versprochen, die beiden reinzulassen. Es war eine Wallfahrt per Straßenbahn in die Innenstadt. Die Einlassdame trug ihre Dienstkleidung, einen dunkelblauen Faltenrock, eine weiße Bluse und eine Weste mit Einstecktuch, stand im Halbdunkel des Eingangs, prüfte die Karten, riss sie ab und wies die Gäste, je nach Platz, nach rechts oder nach links. Claudia, die Claudius an der Hand hielt, gab sie einen Schubs, damit sie schnell im Halbdunkel verschwanden. Eine Rampe mit weichem Teppichboden und einem Messinggeländer führte nach unten. Alles war gedämpft, die Geräusche, das Licht. Der Saal lag im Halbdunkel, der Vorhang vor der Leinwand auf der Bühne wurde von unten angeleuchtet. An der rechten Seite saß ein Mann und spielte auf einer Elektroorgel. Unter diesen Klängen schwebten die Leute auf ihre Sitze, so kam es Claudia jedenfalls vor.

Zuerst kam »Der Augenzeuge«, ein fünfzehnminütiges Dokumentationspotpourri, das den Filmen in großen Kinos vorangestellt wurde. Der Hauptinhalt waren Berichte über die Erfolge im Land und in den Bruderstaaten. Er begann mit dem Porträt einer Frau, die als Kranführerin arbeitete. Sie sahen, wie die Frau am Morgen ihre Kinder in die Krippe und den Kindergarten brachte und dann mit der Straßenbahn zu ihrer Baustelle fuhr. Sie staunten, als die Frau im Inneren ihres Krangerüsts nach oben stieg, so hoch, dass unten alles ganz klein aussah. Claudius sagte, das wolle er auch mal machen. Claudia erinnerte sich, dass sie ihm geantwortet hatte: »Das geht nicht, du bist ja keine Frau.« Und er begonnen hatte zu weinen.

Dann ging das Licht wieder an und nach einem dreimaligen Gong wieder aus. Die Mutter hatte Claudia einen lustigen Film versprochen, bei dem sie keine Angst haben musste, von einer Blumenverkäuferin, die den Mann ihres Lebens fand. Aber es machte gar nicht den Anschein, als würde Eliza einen Mann suchen. Und schon gar nicht einen Professor, der sich darum kümmerte, dass alle Menschen so sprachen, wie er sich das vorstellte. War es nicht eher so, dass der Professor mit einem Freund gewettet hatte, dass er in wenigen Monaten aus einer Blumenverkäuferin eine Dame machen könnte, die auf einem Ball im Königspalast tanzen würde? Wollte die Blumenverkäuferin überhaupt auf einem Ball tanzen? Sang sie nicht, dass sie sich ein Zimmerchen mit einem Sofa drin, Gasbeleuchtung und Pralinen wünschte und »nie wieder kalte Beene« haben wollte? Der Gesang war das Schrecklichste. Dauernd wurde gesungen und getanzt und die Erwachsenen benahmen sich, als wären sie betrunken. Die Blumenfrau mit der fünfmal gewaschenen Samtjacke musste zu dem Professor ins Haus ziehen, wurde dressiert und musste Sätze nachsprechen, deren Betonung ihr anfangs schwerfiel. Und warum sollte auch ein normaler Mensch sagen: Es grünt so grün, wenn Spaniens Blumen blühen?

Bei »Mein Gott jetzt hat sie's!« stöhnten die Mutter und die Tanten erleichtert auf. Die einzige lustige Stelle war, als sie einem Pferd zurief, dass es schneller laufen sollte, sonst würde sie ihm »Pfeffer in den Arsch streuen«.

Am Ende des Films musste die Blumenverkäuferin ihre tatsächlich immer noch neu aussehende Samtjacke gegen ein bodenlanges weißes Kleid tauschen, in dem sie nur langsam die Treppe zum Ballsaal hinunterschreiten konnte. Außerdem war nicht eindeutig zu erkennen, ob sie der Professor, der lediglich bestätigte, dass er sich an sie gewöhnt habe, nun heiraten würde. Mit dieser Ungewissheit endete der Film. Die Mütter und Tanten gaben keine Auskunft, sondern saßen auch noch, als das Licht wieder anging, in sich gekehrt mit glänzenden Augen auf den Kinositzen.

Im Nachhinein zeigte sich ein grundlegender Irrtum der Kulturverantwortlichen. Egal ob London oder Lindewitz, die Frauen fühlten mit Eliza Doolittle und wollten »aus der Armut erlöst werden«. Sie träumten nicht von einer Karriere als Kranführerin, wie im »Augenzeugen« vorher zu sehen war, sondern sie wollten im eng geschnittenen mit Pailletten bestickten Abendkleid eine Treppe hinunterschreiten, auf einem Ball tanzen und begehrt werden. Diese Sehnsucht schwebte zwischen den Reihen und es war so, als hätte der Film die sonst so geschwätzige Familie in Sprachlosigkeit versetzt. Die Mutter und die Tanten schauten sich den Film mehrmals an. Glücklicherweise durften die Kinder bei den Wiederholungen zu Hause bleiben. Die Sehnsucht flammte noch einmal auf, als die Mutter sich einen Plattenspieler anschaffte. Tatsächlich gab es die Filmmusik auf Schallplatte und die schrecklichen Lieder wurden gefühlt Tag und Nacht abgespielt. Die Mutter schwebte durch die Wohnung: »Ich hab getanzt heut Nacht, die ganze Nacht, heut Nacht …« Der Vater saß im Sessel und sah ihr über den Zeitungsrand, mit Unverständnis im Blick, dabei zu.

Die Ehe ihrer Eltern hätte Claudia als normal langweilig bezeichnet, Tante Mausi hatte es einmal als »Vernunftehe« bezeichnet. Während die Zwillingsschwester ihrer Mutter, Tante Anne, dem Luftikus verfallen war, hatte Marie einen fünfzehn Jahre älteren Angestellten gewählt, dessen größte Leidenschaft das Sammeln war. Nicht das Sammeln einer besonderen Sache, sondern das Sammeln im Allgemeinen, im Sinne von aufheben und nicht wegwerfen können. Er schnitt zum Beispiel Zeitungsartikel aus, klebte sie auf Papier und heftete sie in Ordner ab. Nach welchen Kriterien blieb rätselhaft.

Er arbeitete im Rathaus, zuerst als Finanzprüfer für Lebensmittelgeschäfte, wurde dann aber heruntergestuft und ins Ressort »Hundesteuer« versetzt. Dann stieg er im wahrsten Sinne des Wortes noch weiter ab, in den Keller, wo er als Archivar viele Jahre in einem fensterlosen Raum verbrachte. Dabei hatte ihm nach Kriegsende der Bürokratiehimmel offengestanden, wäre da nicht die Sache mit dem Ausweis gewesen.

Als nach Kriegsende die SPD-Mitglieder der Stadtverwaltung in die neugegründete SED eintreten sollten, die mit ihrem Namen »Einheitspartei« ihr Alleinstellungsmerkmal signalisierte, zeigte sich der Vater durchaus willig. Er war auch in Kriegszeiten standhaft SPD-Mitglied geblieben. Als man ihm aber sein SPD-Parteibuch mit dem Satz: »Genosse, das müssen Sie jetzt abgeben!« abnehmen wollte, zeigte er sich entsetzt. Weswegen sollte er dieses schöne Sammlerstück hergeben? Seine Weigerung wiederum empörte die neuen Genossen. Ob er denn noch an der alten Zeit hänge? Sei er womöglich ein rückwärtsgewandter Sozialdemokrat, der mit den Kapitalisten in Westdeutschland sympathisiere?

Es kam zum Bruch, der Vater verweigerte den Eintritt in die SED, behielt sein SPD-Parteibuch als Trophäe, die in der Unübersichtlichkeit seines Wohnungsarchivs verschwand, und wurde während seiner gesamten Dienstzeit nicht befördert, bekam nie eine Gehaltserhöhung oder gar eine Auszeichnung. Er galt als staatsfern, als keiner, der die sozialistische Gesellschaft mitgestalten wollte. Dieses Missfallen, das ihm die Genossen spürbar entgegenbrachten, schlug bei Kollegen, die zunehmend Zweifel am Staat hatten, in Bewunderung um. Der Vater aber, für den sein Nichteintritt in die SED gar keine Gesinnungsfrage gewesen war, fühlte sich auch dieser Kollegengruppe nicht zugehörig und blieb ein Einzelgänger. Er war kein singender und hüpfender Professor, sondern ein Mann mit schütterem Haar und Bauchansatz, der gern Pullunder mit Rautenmuster trug, im Sessel saß, Zeitung las und nach Artikeln suchte, die er ausschneiden konnte.

Als er mit fünfundsiebzig Jahren starb, wurde er nicht wirklich vermisst und die Mutter, die gerade ihr Leben als Rentnerin begonnen hatte, hörte in dieser Zeit wieder öfter die »My Fair Lady«-Schallplatte und bekam dabei einen verklärten Blick. Vielleicht würde Rex Harrison ja doch noch an ihrer Tür klingeln, auch wenn seit den Dreharbeiten zwanzig Jahre vergangen waren und er jetzt genauso alt war wie ihr gerade verstorbener Mann.

Im Nachhinein betrachtet, ist die Geschichte des Films frauenverachtend. Zwei Männer wetten auf eine Frau wie auf ein Pferd, und hätten ihr wahrscheinlich auch »Pfeffer in den Arsch gestreut«, wenn sie sich nicht wie gewünscht benommen hätte.

Es war Claudia immer ein Rätsel geblieben, wie sehr sich diese Geschichte in den Sehnsüchten der Frauen ihrer Familie verfangen hatte, die in Bezug auf die Männer mindestens gleichberechtigt, wenn nicht überlegen gewesen waren.

Viele Jahrzehnte hatten sie in ihrem Leben »ihren Mann« gestanden und wahrscheinlich lag schon in dieser lapidaren Formulierung das Problem. Es war eine verordnete Gleichberechtigung, die am Gründungstag der DDR zum Gesetz wurde.

Claudia hatte es später in ihren Schulbüchern nachlesen können. »Mann und Frau sind gleichberechtigt. Alle Gesetze und Bestimmungen, die der Gleichberechtigung der Frau entgegenstehen, sind aufgehoben.« Dagegen war nichts einzuwenden. Doch dann kam der Satz: »Die Frauenfrage ist der Klassenfrage untergeordnet und löst sich mit ihr selbständig auf.« Hieß das, rückwirkend betrachtet, dass es in der DDR keine Männer und Frauen gab, sondern nur Pioniere, FDJler, Gewerkschaftsmitglieder, Genossen und alle Kampfgefährten der Partei waren?

Die Frauen hofften auf ihre Erlösung. Die Befreiung war nicht die Gleichberechtigung, sondern geliebt zu werden.

Ganz abgesehen davon, dass die Gleichberechtigung der Frau auch eine wirtschaftliche Notwendigkeit war. Es gab nicht genug Arbeitskräfte und die Abwanderung von Fachkräften nach Westdeutschland verstärkte das Problem.

Zwar waren die Grundkosten für Miete, Energie und Lebensmittel erschwinglich, aber zehnjähriges Sparen auf einen Trabant war ohne Mitarbeit der Ehefrau fast unmöglich gewesen. Zudem war das Hausfrauendasein mit dem Verdacht der Faulheit belegt. In Claudias Kindheit war der Sonnabend noch ein Arbeitstag. Die Mutter, die sich neben ihrer Arbeit als Helferin in einem Kinderheim in einem Fernstudium zur Kindergärtnerin qualifizierte, kümmerte sich selbstverständlich um sämtliche Hausarbeit und alle Familienangelegenheiten, bei ihr endete die Gleichberechtigung hinter der Wohnungstür. Der Vater ignorierte die staatlichen Vorgaben und verlangte pünktlich sein Mittagessen und seine gewaschenen und gebügelten Hemden. An jedem Sonntag stand die gleichberechtigte Mutter um sechs Uhr auf, bereitete das Frühstück vor, wusch danach das Geschirr ab, bereitete das Mittagessen vor, wusch das Geschirr vom Mittagessen ab, backte einen Kuchen. Dann hatte sie eine Stunde Zeit, »um die Beine hochzulegen«, um dann den Kaffeetisch zu decken, falls Tante Anne mit den Kindern zu Besuch kam.

Die Aufgaben des Vaters bestanden im Einkleben der Kosummarken und dem Unterschreiben der Zeugnisse.

Nur einmal im Jahr war alles anders. Einmal im Jahr durfte die Mutter länger schlafen, und der Vater deckte den Frühstückstisch und schenkte der Mutter eine Azalee mit rosafarbener Schmuckbanderole. Einmal im Jahr waren alle Blumenläden leergekauft, alle Künstler engagiert und alle Restaurants vermietet. Einmal im Jahr, am 8. März, dem »Internationalen Frauentag«, hielten die Chefs ihrer Sekretärin die Tür auf, halfen die Ehemänner ihren Frauen in den Mantel. Danach versank das Land wieder in seiner »Sächlichkeit«. Als die Dichterin Ingeborg Bachmann einmal Leipzig besuchte, notierte sie in ihren Skizzen: »Mädchen, die nicht für Männer gemacht sind, sondern Sächlichkeiten sind, ohne dass man sagen könnte, sie entsprächen nun tatsächlich den Leitbildern der Traktoristin, Funktionärin etc. – sie sehen vielmehr wie verschonte, aus dem Erotischen evakuierte Menschen aus.«

Dieses Bild der müden Heldinnen war lediglich in der Kunst zu finden. Wolfgang Mattheuers Gemälde »Die Ausgezeichnete« brachte Mitte der Siebzigerjahre viele Betrachter zum Nachdenken. Die Ausgezeichnete saß hinter einer Tafel aus zusammengestellten Tischen mit weißen Tischdecken. Die Feier war vorüber, das Geschirr schon abgeräumt, nur ein Strauß Tulpen lag schlaff auf der Decke. Die Frau mit den kurzen grauen Haaren hatte die Augen geschlossen und verharrte in Stille. Ein Bild bei dem sich beim Betrachter ein Wort aufdrängte: abgearbeitet.

Darauf konnte die Partei keine Rücksicht nehmen. Geschminkt wurde sich selten und wenn, dann nur die Lippen, Frauen, die sich schminkten, wurden mit dem Satz »Die ist wohl in einen Farbkasten gefallen« bedacht. Die sozialistische Frau war auch ungeschminkt schön. Und als sich die Mutter einmal einen großen grauen Hut für den Herbst gekauft hatte, den sie stolz der Familie präsentierte, sagte der Vater nur: »Was willst du denn mit dieser Angströhre?«

Auch die Beziehung zwischen ihren Eltern würde Claudia im Nachhinein als »sächlich« bezeichnen. Weder maskulin noch feminin, sondern der Sache dienlich, getreu einem Projekt, das »Ehe« hieß. Vielleicht hatte sie sich deshalb immer gefürchtet, sich fest zu binden, was für sie im wahrsten Sinne des Wortet bedeutet hätte, sich »festzubinden«. Es gab einige Beziehungen in ihrem Bekanntenkreis, die sie als glücklich bezeichnen würde, aber es war oft der zweite oder dritte Anlauf, was die Theorie befeuerte, dass die Idee des ewigen Zusammenlebens zu Zeiten einer geringeren Lebenserwartung entstanden war.

Für die Generation ihrer Mutter wäre eine Trennung etwas Anstößiges gewesen, es galt »bis das der Tod Euch scheidet«. Womöglich hätten die Leute sonst gedacht, sie würde ihren Mann im Stich lassen, weil er gebrechlich geworden war und sich der Altersunterschied bemerkbar machte. Nur einmal, bei der jährlichen Lotterie »Jedem Messegast ein Bett«, die ihnen zwar nicht den erhofften Westdeutschen, der in D-Mark bezahlen würde, beschert hatte, sondern einen dicklichen Herrn, der als Vertreter einer Thüringer Firma von Schmiedekunst einen Messestand betrieb, war alles anders. Herr Schwalbe war etwas füllig, aber trotzdem behände. Er half der Mutter das Frühstücksgeschirr in die Küche zu räumen, half ihr in den Mantel, als sie einkaufen gehen wollte, und hielt ihr die Tür auf, und als sie zurückkam, nahm er ihr sofort die schwere Einkaufstasche aus der Hand und schimpfte, weil sie ihn nicht um Hilfe gebeten hatte. Seine Freundlichkeit strömte durch Wohnung wie ein Licht. Zwischen der Mutter und Herrn Schwalbe war eine Verbundenheit, die Claudia zwischen der Mutter und dem Vater nie bemerkt hatte. Tante Mausi, die der Mutter Zeitschriften brachte, sagte nur: »Was hast du denn gemacht? Du siehst ja aus wie das blühende Leben.« Das blühende Leben dauerte eine Messewoche, dann reiste Herr Schwalbe wieder ab, vom Treppenabsatz winkte er der Mutter noch einmal traurig zu, dann fiel die Tür ins Schloss. Danach war alles wie vorher: langweilig und berechenbar. Als Herr Schwalbe davongeflogen war, sagte der Vater: »Eine Schwalbe macht noch keinen Sommer«, es war ein Satz, den Claudia damals nicht verstand.

Sie zog ihr Handy aus der Tasche und sah, dass sie tatsächlich eine Internetverbindung hatte. Sie fand relativ schnell, wonach sie suchte. Sie stand auf und schloss die Tür zum Gang, reduzierte die Lautstärke und legte das Handy neben den Kopf der Mutter: »Ich hätt getanzt heut Nacht, die ganze Nacht heut Nacht, ach wär's doch nie vorbei. Ich hätt mir viel erlaubt, wovon ich sonst geglaubt, dass das zu sündhaft wär …«

22 | DER TAG OMEGA

Heute war eine große Vorstellung angesagt und wie immer hatte Bruno einen Platz in der ersten Reihe. Schon am frühen Morgen fuhren Kehrmaschinen über den Platz und reinigten das Pflaster. »Merkwürdig«, dachte Bruno, jemand in der Stadtverwaltung hatte Sauberkeit für das große Gefecht angeordnet. Die Zeitungen schrieben von Polizeihundertschaften aus dem ganzen Land, die sich in Lindewitz positionieren würden. Linke Netzwerke mobilisierten ihre Mitglieder und auch die Neonaziszene kündigte seit Tagen lautstark ihre Präsenz an. Die Presse nannte es den »Tag Omega«, der letzte Buchstabe im griechischen Alphabet, wahrscheinlich weil man sich keine Fortsetzung wünschte.

Heute war die Urteilsverkündung in dem Prozess gegen Verena B., die als »Kopf eines linksterroristischen Bündnisses« bezeichnet wurde, die gefährliche Rädelsführerin einer Organisation, die einige Journalisten mit der »Roten Armee Fraktion« verglichen. Da erschien es beinahe als Ironie, dass sie rothaarig war. Bruno kannte sie von der Trauerfeier des Besamers. Ein dünnes blasses Mädchen, das mit ihren zahlreichen Geschwistern am Grab des gemeinsamen Vaters getrauert hatte. Es hieß, sie wolle Erzieherin werden und engagiere sich in einem Verein für benachteiligte Kinder und Jugendliche, was vermutlich mit ihrer eigenen Biografie zusammenhing. In diesem Verein soll sie sich auch radikalisiert haben und mit den anderen Mitarbeitern die Überfälle auf die Randalierer, die in der Spitalstraße alles kurz und klein geschlagen hatten, geprobt haben. Bruno nannte sie insgeheim »Die rote Zora«, in Anlehnung an ein Kinderbuch, das er einmal in Frau Wilhelms Laden gelesen hatte, in dem ein rothaariges Mädchen die Anführerin einer Bande war.

Als es die ersten »Denkzettel« durch die Bande der roten Zora gegeben hatte, gab es an der Bude eine große Diskussion über Selbstjustiz. Die eine Seite meinte, wenn es der Staat nicht hinbekommt, dann müsse man es selbst in die Hand nehmen, die andere, wo würden wir denn hinkommen, wenn wir alles selbst regeln, das wäre doch auch viel zu anstrengend. Sie befragten Jesus dazu, der zögernd antwortete, dass in seinem Land vieles zwischen den Familien geregelt würde. »Ja«, meinte dann der Abgebrochene, »wenn mir jemand die Bude zerschlagen hätte, da wäre ich auch hingegangen und hätte ihn verprügelt«, worauf die anderen lachten und sagten: »Du Zwutsch, dich hätten sie ja umgepustet.«

Der Tag der Urteilsverkündung im Prozess der roten Zora war immer wieder verschoben worden. Wahrscheinlich auch aus Angst vor den Konsequenzen. Die Zeitungen schrieben im Vorfeld von einer voraussichtlich jahrelangen Haftstrafe und befeuerten damit die Rachegedanken der Sympathisanten. Die Antwort in Richtung Gericht war: Für jedes Haftjahr würde es in Lindewitz einen Schaden von einer Million Euro geben. Selbst auf die Friedhofsmauer war das Anarchiezeichen gesprüht worden, und an der Glasscheibe der Straßenbahnhaltestelle stand seit einer Woche, mit drei Ausrufezeichen: »Lindewitz brennt!!!« Eine Million war eine immense Summe und wenn das Urteil, wie vorhergesagt, acht Jahre Haft sein würde, dann fragte sich Bruno, ob Lindewitz das überhaupt hergäbe.

Bruno sah sein Königreich bedroht. Es schmerzte ihn, dass der Marktplatz, der eigentlich die Bühne für das Lindewitzer Alltagsleben sein sollte, zunehmend Schauplatz für Demonstrationen und Gewalt geworden war.

Aber vielleicht spiegelte das kleine Lindewitz auch nur die Stimmung im ganzen Land wider und war gar kein Einzelfall. Wenn Bruno das Fernsehprogramm betrachtete, schien der Alltag der Menschen nur aus Mord und Totschlag zu bestehen. Pro Abend gab es durchschnittlich zehn Morde, ein Mehrfaches der tatsächlichen Statistik. Und vielleicht beförderte diese tägliche Dosis »Mord« die Annahme, dass vieles nur mit Gewalt zu lösen wäre. Der Lindewitzer Markt war das beste Beispiel dafür.

Die Rangeleien hatten vor vielen Jahren ganz harmlos begonnen. Es war ein Silvesternachmittag. Vor der Bude versammelten sich die üblichen Trinker und stießen schon mal aufs neue Jahr an, denn die meisten wurden am Abend zu Hause erwartet. Und so wurde vorgeglüht mit allem, was die Bude hergab. Eine gute Gelegenheit für den Abgebrochenen, der damals noch die Bude bewirtschafte, seine Restbestände loszuwerden. Er schob ein Bier nach dem anderen über den Tresen und dazu einen Kurzen: erst Wodka, dann Klaren und als der alle war, Kirschwhisky wie in alten Zeiten. Das Ploppen der Bierflaschen und die immer lauter werdenden Gespräche lockten die Vorübergehenden an, und auch die Wartenden an der Haltestelle nutzten die Gelegenheit für ein schnelles Bier. Aus einem Bier wurden zwei, dann drei und die Trinkergemeinde verteilte sich über den gesamten Markt, sodass die Straßenbahnen nur ganz langsam und mit lautem Klingeln einfahren konnten. Jeder stieß mit seinem Nachbarn an, alle waren fröhlich und dann kam auf einmal die Polizei. Niemand wusste, wer sie gerufen hatte, und vor allem nicht, warum. Wann, wenn nicht am Silvestertag, gab es einen Grund sich zu betrinken? Die Polizisten blickten missmutig, vielleicht weil sie auch lieber gefeiert hätten, vielleicht weil sie lieber im warmen Revier geblieben wären, aber vielleicht hatten auch die besonders Beflissenen an diesem Tag Dienst, denen es ein Bedürfnis war, für Ruhe und Ordnung zu sorgen. Und statt mit einer Durchsage im Sinne von »Jeder noch ein Getränk und dann gehen alle schön nach Hause!« die Sache zu deeskalieren, riefen sie Verstärkung. Bruno, der wie immer, wenn es etwas zum Schauen gab, oben an seinem Fenster gestanden hatte, sah wie die Streifenwagen sich quer über die Straßen stellten und alle Fluchtmöglichkeiten versperrten. Jetzt waren die Trinker eingekesselt, wie man das in Militärsprache nannte. Noch gab es Getränkenachschub an der Bude, aber Polizei und Betrunkene waren von jeher eine explosive Mischung.

Über den Fortgang gab es unterschiedliche Versionen. Die Polizei sprach von leeren Bierflaschen und Pflastersteinen, während die Gegenseite beteuerte, es wären nur Schneebälle gewesen. Aber am Ende war es auch egal. Ein Schneeball traf die Mütze eines Wachtmeisters, die Mütze fiel vom Kopf, die danebenstehende Polizistin wertete es als Angriff auf die Staatsgewalt und gab einen Warnschuss ab. Nein, meinte die Polizeibehörde, es wäre ein Silvesterböller gewesen. Aber wer wollte das im Nachhinein unterscheiden? Danach war ein Tumult losgebrochen und schließlich sorgte eine Hundertschaft für die Markträumung. Es gab über dreißig Festnahmen und auch der Abgebrochene wurde als vermeintlicher Verursacher des Ganzen festgenommen, aber nach wenigen Stunden wieder freigelassen. Am Ende gab es eine Anklage gegen einen Betrunkenen, der einem Polizisten ans Bein gepinkelt haben sollte, der aber behauptete seine Bierflasche wäre ausgelaufen, und drei Ermittlungsverfahren wegen Widerstand gegen die Staatsgewalt, die wegen mangelnder Beweise eingestellt wurden.

Was blieb, war eine neue Veranstaltung für die kommenden Jahre: Wir treffen uns Silvester zur Schnellballschlacht auf dem Lindewitzer Markt. Vorsorglich positionierte die Polizei dann bereits am Silvestervormittag Schützenpanzerwagen und Wasserwerfer in den Nebenstraßen und erinnerten damit alle, die gar nicht mehr daran gedacht hatten, sich auf dem Lindewitzer Markt zu versammeln. Im Laufe der Jahre trat eine gewisse Routine ein, die Händler verkleideten ihre Schaufester mit Spannplatten, die Verkehrsbetriebe sicherten ihre Wartehäuschen und nahmen Fahrkartenautomaten vom Netz und die Anwohner parkten ihre Autos in nahegelegenen Stadtvierteln. Die Silvesterveranstaltung hatte den Lindewitzer Markt zum Objekt der Begierde gemacht. In regelmäßiger Folge fanden Kundgebungen statt. Oft waren es Parteien oder Gewerkschaften, die dazu aufriefen, aber auch Bürgerinitiativen jedweder Gesinnung. Und auch heute liefen die Vorbereitungen für eine Kundgebung. Direkt neben der Bude war ein kleines Podest aufgebaut worden und die Budenbesucher trugen gelbe Warnwesten, auf denen mit großen Lettern »Ordner« stand. Das war neu und Bruno war froh, dass er einen freien Tag hatte und alles ausgiebig beobachten konnte. Er sah zu, wie die Ladenbesitzer ihre Schaufensterscheiben mit Spanplatten sicherten und die Zufahrtsstraßen zum Markt mit Wasserwerfern und Schützenpanzerwagen zugestellt wurden. Die Straßenbahnen und der Autoverkehr waren umgeleitet und eine gespenstische Stille lag über dem Viertel. In den Nebenstraßen sammelten sich die Hundertschaften und formierten sich nach und nach zu einem dreifachen Ring, der sich um den Markt zog. Es gab Zugangsbereiche für Besucher und noch durfte jeder passieren. Die Gruppierungen waren von oben gut zu erkennen. Die Autonomen in ihren Kapuzenpullovern, die Hooligans, die gut an ihren Glatzen auszumachen waren, und die Neugierigen, die den größten Teil des Platzes einnahmen.

Ein gleichmäßiges Gemurmel erfüllte den Markt und wenn Bruno die Augen schloss, hätte er es auch für ein Volksfest halten können. Doch dann kam Unruhe auf. Die Budentrinker in ihren leuchtend gelben Ordnerjacken formierten sich zu einer Gasse, die Menge teilte sich und durch den Zugang von der Spitalstraße führte Benedikt Tante Mausi zu dem Podest. Bruno wollte es nicht glauben und beugte sich weit vor, aber es war tatsächlich Tante Mausi. Sie trug ein rotes, mit weißen Margeriten gemustertes Kleid und weiße Sneaker. Ihre grauen Haare waren blond getönt und eine Sonnenbrille steckte darin. Aus der Ferne wirkte sie wie eine siebzig-, naja, achtzigjährige ältere Dame. Benedikt führte sie die beiden Stufen nach oben und stellte das Mikrofon in die richtige Position, die Budentrinker formierten sich als Kette vor der Bühne. Tante Mausi räusperte sich.

»Guten Abend, mein Name ist«, sie zögerte »ach was. Ich bin Tante Mausi. Ich bin hier im Viertel aufgewachsenen, zur Schule gegangen und habe hier geheiratet und gelebt und wohne bis heute noch hier. Wie heißt es so schön: Einmal Lindewitz, immer Lindewitz. Und ich stehe jetzt hier, weil ich Angst um unser schönes Lindewitz habe.

Hier auf dem Marktplatz habe ich mit meinen Freundinnen gespielt, Fangen oder Verstecken, und schon damals mussten wir auf die Elektrische achten, die über diesen Platz fuhr und das bis heute tut. Und so soll es auch bleiben. Die Linden waren damals rank und schlank und haben jedes Jahr einen Ring zugelegt, so wie ich auch, und über diese Jahresringe will ich jetzt reden. Ich habe erlebt, wie sich dieses Viertel verändert hat, zum Guten, zum Schlechten, je nachdem wie man es betrachtet. Die beiden Lindenbäume hinter mir haben mittlerweile die Bude in Gewahrsam genommen, aber sie beschützen sie auch. Und sollte das nicht auch so mit uns sein? Mein Großneffe Benedikt hat mich gebeten, hier zu reden. Es wäre nicht so, dass sich kein anderer gefunden hätte, aber alle anderen Versammlungen sind abgelehnt worden. Nur bei mir hat man eine Ausnahme gemacht, weil sich die Stadt nicht Altersdiskriminierung vorwerfen lassen wollte. Ich habe mit vierundneunzig Jahren zum ersten Mal eine Versammlung angemeldet, mir ein neues Kleid gekauft und Turnschuhe, deren Namen ich mir nicht merken kann.

Ich versuche es kurz zu machen. Meine Eltern hatten hier direkt gegenüber einen Schuhmacherladen eröffnet, voller Hoffnung. Ein Schuhmacher war ein fester Bestandteil des Lindewitzer Lebens, in Zeiten, in denen man sich die Dinge erhielt. Doch dann kam die Weltwirtschaftskrise und mein Vater musste mit seiner Werkstatt in die Kellerräume ziehen.

Wir waren nicht reich, wir waren nicht arm, wir waren glücklich, als Familie und auch in der großen Familie der Lindewitzer. Doch dann spaltete sich die Bevölkerung, die einen trugen Uniformen, marschierten im Schein von Fackeln über den Lindewitzer Markt. Der andere Teil hielt sich zurück, schwieg und sah zu.

Und ich sah auch zu, als Bücher auf dem Lindewitzer Markt verbrannt wurden, aus jener Buchhandlung in der Spitalstraße, die seit jeher dort war und deren Scheiben jetzt eingeschlagen wurden. Das hat mich sehr traurig gemacht.

Jetzt hatte mein Vater wieder Arbeit und musste Stiefel neu besohlen. Und dann musste er selbst Stiefel anziehen und in einen Krieg ziehen, den er gar nicht gewollt, gegen den er sich aber auch nicht gewehrt hatte.

Ich möchte euch drei kleine Geschichten vom Schweigen erzählen. Die erste betrifft mich selbst. Ich habe vor dem 17. Juni 1953 hier in Lindewitz in Tante Huldas Laden einen Mann kennengelernt, den viele hier nur unter dem Namen Butterweich kennen. Ein großes Fußballtalent des ›Motor Lindewitz‹, einem Verein, den es heute noch gibt, der von seinen Fans geliebt wird, aber der auch immer wieder Hass auf sich zieht. Das war schon zu Butterweichs Zeiten so. Und jetzt werden sich die meisten, die ihn noch kannten, fragen, wieso ein Mann mit einer Beinprothese ein begnadeter Fußballspieler gewesen sein soll. Ganz einfach, an jenem 17. Juni 1953 hat ihn ein Rotarmist mit dem Motorrad auf dem Gehweg salopp formuliert über den Haufen gefahren. Und wir haben darüber geschwiegen, weil ihm die Genossen der Staatssicherheit den Traumjob als Fußballreporter angeboten haben. Wir haben uns kaufen lassen. Das sehe ich heute als einen Fehler an. Geschichten übers Schweigen gibt es noch viele in meiner Familie. Zum Beispiel brachten nach dem Krieg vier Möbelpacker den Küchenschrank meines Bruders Karl in Huldas Laden und sagten: ›Den sollen wir hier abgeben!‹ Auf die Frage nach dem Verbleib des Besitzers antworteten sie nur kurz: ›Den haben die Russen geholt.‹ Dieser Küchenschrank steht heute noch im Hinterzimmer des Lebensmittelladens in der Spitalstraße. Und Huldas Sorge war weniger, wie es ihrem Cousin in Russland erging, sondern dass sie nach seiner Rückkehr den Küchenschrank wieder zurückgeben müsste. Der Karl kehrte nach fünf Jahren tatsächlich wieder nach Lindewitz zurück, bekam eine neue Wohnung mit einer damals hochmodernen Einbauküche und Hulda durfte den Schrank behalten. Er schwieg genauso über seine Zeit in einem Forschungszentrum bei Moskau, wie er zuvor über seine Mitarbeit bei der Erfindung der Panzerfaust geschwiegen hatte.

Das Schweigen zog sich durch unsere Familie, so wie es sich durch viele Familiengeschichten in Lindewitz zog. Vieles blieb eine ›Familienangelegenheit‹. So auch der Tod des Besitzers der Aroma-Manufaktur, der sich Anfang des Jahres 1973 hier mitten auf dem Marktplatz mit Benzin übergossen und angezündet hat. Man redete über eine Ehekrise, Schulden, Schwarzhandel. Aber so war es nicht. Der Mann gehörte zu den letzten Lindewitzern, deren Firma in Volkseigentum überführt wurde. Er sah das Lebenswerk seiner Familie zerstört und wollte ein Zeichen setzen. In gewisser Weise war es also doch eine Familienangelegenheit. Meine Cousine Hulda, deren Laden zu diesem Zeitpunkt schon längst verstaatlicht war, hatte nur gesagt, keine Angst, wenn bei mir etwas brennt, dann ist es nur die Feuerzangenbowle. Ja, auch durch dieses Verschweigen haben wir Schuld auf uns geladen, denn wenn alle schweigen, gibt es keine Wahrheit.

Und dieses Schweigen hat sich gehalten von damals bis heute. Wir müssen miteinander reden und uns zuhören – und nicht nur die Meldungen lesen, die uns unser Telefon oder unser Computer anzeigt.

Ich möchte nicht, dass junge Männer vermummt durch die

Spitalstraße laufen und alles kurz und klein schlagen, einen Buchladen, das Schaufenster des Ladens meiner Cousine Hulda zertrümmern. Dieses Geschäft, das der Stolz meiner Familie war und ist. Das jetzt von meinem Neffen Benedikt bewirtschaftet wird, der eigentlich mal ein erfolgreicher Jurist werden wollte und der jetzt ›Überlebensmittel‹ verkauft. Aber ich möchte auch einen Appell an die jungen Herren in den Kapuzenpullovern richten, von denen einige in diesem Laden einkaufen. Gewalt ist keine Antwort. Auch wenn ihr das Gefühl habt, dass eure Meinung nicht ernstgenommen wird. Wir wollen hier keine Straßenschlachten mit der Polizei. Wir müssen miteinander reden.

Und ich richte diesen Appell auch an die neuen Pächter in der Gartenanlage ›Heimaterde‹. Ich habe dort viele glückliche Jahre verbracht und ich möchte nicht, dass jetzt über den Gärten Reichkriegsflaggen wehen. Gehisst von jungen Männern, die diese Zeit gar nicht erlebt haben, im Gegensatz zu mir. Und ich frage mich besorgt: Was haben wir, was habe ich falsch gemacht?

Wer hat euch etwas angetan? Es ist Mai, die Linden duften und ihr schlagt euch die Köpfe ein? Wir sind doch Lindewitzer! Also redet miteinander!« Tante Mausi setzte noch ein »Basta!« dazu und gab Benedikt das Zeichen, dass sie gehen wollte. Sie drehte sich noch einmal zu ihrer Ordnungsgruppe in den gelben Warnwesten um und rief ihnen zu: »Danke! Mit euch trink ich am liebsten.«

Erst klatschten nur einige, dann alle, der Applaus brannte bis zu Brunos Fenster hoch. Benedikt führte Tante Mausi von der Bühne und die Menge teilte sich vor ihnen. Schon hatten sie die Straßenbahnschienen überquert. Dann ploppte an der Bude eine Bierflasche. Bruno kannte das Geräusch zu genau, um sich zu täuschen, und atmete beruhigt durch. Doch für viele andere musste es wie ein Schuss geklungen haben. Innerhalb weniger Sekunden verwandelte sich der Marktplatz in ein Schlachtfeld. Pflastersteine flogen auf Polizisten, die antworteten mit Gummigeschossen. Benedikt, der sich über Tante Mausi beugte, wurde von einem Stein am Kopf getroffen und rutschte zu Boden. In Bruno schrie es: »Nein, nein! Nicht der Junge!« Oder war er es selbst, der schrie? Er rannte nach unten, stürzte sich in die Menge, schob alle beiseite, die sich ihm in den Weg stellten, wurde angestoßen, geschlagen, vom Strahl eines Wasserwerfers getroffen. Er kämpfte sich zu der Stelle durch, an der er Benedikt vermutete. Tante Mausi kniete neben ihm hielt seinen Kopf und sagte immer wieder: »Du kannst doch nicht vor mir sterben!«

»Dann gibt es keinen Rotwein mehr«, sagte Benedikt, versuchte sich aufzurichten, fiel aber wieder aufs Pflaster zurück und blieb reglos liegen. Bruno schob seine Arme unter Benedikts Körper und versuchte ihn hochzuziehen. Zum Krankenhaus war es nur ein kurzer Weg durch die Spitalstraße, und er würde ihn so schnell es ging tragen. Aber Lindewitz war nicht Hollywood. Bruno schaffte es nicht, Benedikt anzuheben. Jetzt lagen Benedikt, Tante Mausi und Bruno auf dem Pflaster. Und die herbeigerufenen Sanitäter mussten die Umstehenden erst fragen, wer denn der Verletzte sei. Sie legten Benedikt auf eine Trage und fuhren ihn im Krankenwagen, an seinem Laden vorbei, zum Krankenhaus. Auch Bruno und Tante Mausi wurden mit eingeladen und sollten untersucht werden. »Sind Sie der Vater?«, fragte der Notarzt Bruno. Und der sagte leise: »Beinahe.«

23 | WO WIR ZU HAUSE SIND

Bruno war schon seit den frühen Morgenstunden auf dem Friedhof. Es war Montag und an diesem Tag gab es keine Beisetzungen und auch kaum Besucher. Die meisten kamen am Wochenende. Am Montag war der Friedhof sowieso nur für drei Stunden am Nachmittag geöffnet. Es war also Zeit genug, alles in Ruhe vorzubereiten. Bruno kehrte die Wege besonders gründlich, wischte mit einem feuchten Lappen über die Grabsteine am Hauptweg und polierte sie mit einem Wolltuch. Dann stellte er den von ihm besonders geschätzten Anvertrauten ein Licht aufs Grab. Dem Bäcker, Butterweich, dem Besamer, dem Känguru und auch dem Schnäpper, er zögerte kurz und stellte noch ein Licht für Juri daneben. Er hatte einen großen Karton Kerzen bei einem Discounter gekauft und konnte sie großzügig verteilen. Die Zwillinge hatten es nicht geschafft. Noch einen Tag hatten sie zusammen mit Benedikt im Krankenhaus verbracht, dann hatten sie nach und nach ihre Lebensfunktionen eingestellt und waren friedlich eingeschlafen. Zeitgleich versteht sich.

Kurz vor Schließung des Friedhofs brachte das Bestattungsinstitut die beiden Urnen. Normalerweise kamen sie erst am Tag der Beisetzung. Aber Bruno kannte die Frau im Bestattungsinstitut seit vielen Jahren und ihm war es auch zu verdanken, dass die Einäscherung schneller erfolgte als üblich. Ein hundertster Geburtstag war ein gutes Argument gewesen. Die Zwillinge im Sarg einen Tag lang in der Kapelle zu belassen, wäre ihm dann doch zu riskant gewesen.

Claudia und Claudius hatten sich lange beraten, wie die Urnen aussehen sollten, und hatten den anfänglichen Gedanken, Anne und Marie gemeinsam in einer Urne zu bestatten, verworfen. Der Zorn beider wäre ihnen gewiss gewesen. Jede sollte eine eigene Grabstätte bekommen. Aber bei den Urnen hatten sie sich für das gleiche sandfarbene Modell entschieden. Schwungvoll waren die Namen mit goldener Farbe auf die raue Oberfläche gemalt. Bruno drapierte die beiden Urnen vorsichtig nebeneinander auf dem roten Samt, sodass sie unzertrennlich wirkten: Anne-Marie.

Auch der Blumenladen lieferte pünktlich die Dekoration. Gestecke aus Kartäusernelken, Margeriten, Glockenblumen und Wildrosen. Eben Blumen, wie sie früher in den Gärten des Viertels geblüht hatten.

Die offizielle Trauerfeier würde morgen am späten Vormittag stattfinden. Durch Tante Mausis Rede hatte die Familie Klopf eine große Popularität im Viertel erlangt und es war mit vielen Trauergästen zu rechnen. Sogar das lokale Fernsehen hatte in der Friedhofsverwaltung nach dem Termin der Beisetzung gefragt. Nach der Trauerfeier war tatsächlich die alte Reservierung aufrecht erhalten geblieben und ein Essen in der Gaststätte des Hotels Stadt Welkheim arrangiert. Selbstverständlich mit Kalbsschnitzel und Spargel mit echter Holländischer Soße. Aus den Geburtstagsgästen waren jetzt eben Trauergäste geworden. Auch Bruno war eingeladen, weil er nun beinahe zur Familie gehörte, aber er wusste noch nicht, ob er hingehen würde.

Am Tag nach der Kundgebung auf dem Lindewitzer Markt war Tante Mausis Foto auf allen regionalen Titelseiten. Die Schlagzeilen reichten von einem versöhnlichen »Alt-Lindewitzerin weist uns den Weg– Wir müssen miteinander reden!« bis zu »Der LindeWitz – Seniorin spricht aus, was Politiker verschweigen«. Nur eine Zeitung betitelte Tante Mausi abwertend als »Die Stimme aus dem betreuten Wohnen«. Aber in einem waren sich alle einig: Lindewitz war ein Brennglas, das die Missstände im Land aufzeigte. Einstimmig wurde ein »Dialog der Generationen« gefordert. Und in den Internetformen kursierte der Aufruf »Tante Mausi for President!« Auch international gab es Beachtung. »Aunt Mausi for Future« titelte die New York Times und die Repubblica schrieb »Forza Zia Mausi!« In einem aber waren sich alle einig: Es konnte nicht weitergehen wie bisher. Und tatsächlich zeigten sich schon wenige Tage später erste Auswirkungen. Ernie bekam seinen Laptop und seine Festplatten zurückgebracht. Der Polizeipräsident sprach von der Erarbeitung einer Deeskalationsstrategie und aus dem Amtsgericht war zu hören, dass die Urteile der »Lindewitzer Prozesse« noch einmal auf Vollständigkeit geprüft werden würden.

Doch Tante Mausi, die neben ihrer Berühmtheit in Lindewitz nun auch zum Familienoberhaupt aufgestiegen war, hatte befunden, dass es genug der Aufmerksamkeit sei. Sie wünschte sich eine ruhige Feier für ihre Schwestern und hatte die Idee, dass sie doch in den Geburtstag »reinfeiern« könne. Ein kleines Essen am Abend und sie selbst würde das Buffet herrichten, naja, eher die Anweisungen dazu geben.

Bruno hatte sich erst an den Gedanken gewöhnen müssen, dass die Geburtstagsfeier auf seinem Friedhof stattfinden sollte, aber was sprach dagegen? Kein Toter würde um Mitternacht aus seinem Grab kommen und mitfeiern wollen. Schade eigentlich. So blieb Bruno nur das Polieren der Gläser, die er auf den jeweiligen Gräbern platzierte, eins für Butterweich, eins für den Besamer, eins für seinen Deutschlehrer und auch eins für den Schnäpper und er stellte noch ein Glas für Juri daneben.

Pünktlich um achtzehn Uhr kam Claudius und brachte mit einem gemieteten Kleinbus die Biertische und das unter Tante Mausis Anleitung angefertigte kalte Buffet, das, nur ganz nebenbei, im hiesigen Sprachraum, das »kalte Büweh« genannt wurde. Alles sollte genauso wie früher sein.

Da waren sie, die Fliegenpilze aus Eiern und Tomatenhälften, die Radieschenröschen, der Kohlkopf mit den aufgespießten kleinen Klopsen, die Russischen Eier, das Heringshäckerle, der Bücklingssalat und selbstverständlich der Hackepeter-Igel mit seinen Stacheln aus Zwiebelspalten. Alles liebevoll mit Petersilie dekoriert.

Der Blickfang aber war die Aufschnittplatte, die in Form einer Blume angerichtet war. Der Blütenmittelpunkt war ein geachtelter Camembert, gerahmt von Gurkenringen und gefächerten Schnittkäsescheiben. Dann kamen die Wurströllchen, strahlenförmig zu Blütenblättern gelegt. Bierschinken, Zungenwurst, Leberkäse, Sülzwurst. Die jeweiligen Segmente waren durch Salzbrezeln getrennt und den Rand bildeten Leberwurst-, Knackwurst und Mettwurstringe. Und dann hatte sich Tante Mausi noch etwas Besonderes einfallen lassen: Nudelsalat mit Wurstfingern. Die Wurstfinger bestanden aus kleinen Halberstädter Würstchen, die als Nagelbett eine aufgesteckte Mandel hatten.

Diese Idee war ihr auch nicht mit dem Hinweis auszureden gewesen, dass die Feier auf einem Friedhof stattfinden würde. Ach, und natürlich gab es noch die obligatorische Soljanka. Claudius trug alles in den Vorraum der Friedhofsverwaltung, in dem Bruno Bürotische zusammengestellt hatte. »Also verhungern wird niemand«, dachte Bruno, als der »kleine Imbiss« aufgebaut war.

Dann ging er mit Claudius nach draußen und sie stellten die Biertischgarnituren auf. Das Wetter war schön, etwas zu warm für die Jahreszeit, aber das kam ihnen gerade recht, denn dann konnten sie lange draußen sitzen. Unerwünschte Zuschauer würde es nicht geben. Das Gelände war nur von wenigen Fenstern des betreuten Wohnens einsehbar, aber von dort schaute niemand freiwillig in Richtung Friedhof.

Sie stellten die Blumendekoration auf die Tische, Bruno durfte nur nicht vergessen, sie nachher wieder in die Kapelle zu tragen. Die zahlreichen roten Grablichte verliehen dem Friedhof eine heimelige Atmosphäre und die eingedeckten und dekorierten Biertische waren bereit. Es gab einen kleinen Bartisch mit Erdbeerbowle und Eierlikör, selbstverständlich mit Schokobechern. Und Claudia brachte noch eine kleine Box mit, aus der leise Operettenmusik tönte. »Na, das sieht doch aus wie ein richtiges Fest!«, rief Tante Mausi, die sich schnaufend mit ihrem Rollator über den Kiesweg kämpfte. Dahinter kamen die Budenbesucher, auch Jesus war eingeladen und zu Brunos großer Freude hatte Claudia die alte Frau Wilhelm aus dem Buchladen ausfindig gemacht. Jetzt fehlten nur noch die jungen Menschen, die wie immer zu spät kamen. Ernie und seine Freundin, Benedikt, dessen Kopfverband weiß in der Dunkelheit leuchtete.

Fast alle Plätze an den beiden Tischen waren besetzt. Bruno verteilte Erdbeerbowle, die Stimmung war gut und Claudius musste die Budentrinker hin und wieder zur Ruhe ermahnen. »Oder wollt ihr, dass die Polizei kommt?«

»Die werden doch jetzt unsere Freunde«, sagte der Abgebrochene.

Als alle gegessen hatten, schlug Claudius dreimal an sein Glas.

»Liebe Familie, liebe Freunde, liebe Lindewitzer, auch wenn ich mir diese Geburtstagsfeier anders vorgestellt habe, ist es eine wunderbare Idee, hier an diesem friedlichen Ort zusammenzukommen, um meine Mutter und meine Tante ehren. Ich bin traurig und dankbar zugleich. Und wir wollen an die beiden denken, als wären sie noch unter uns. Claudia und ich haben viele Geburtstagsfeiern erlebt, und am Ende waren es immer die gleichen Geschichten, manchmal durchaus deftig. Wir Kinder haben jedes Mal die Augen gerollt. Aber wären sie nicht erzählt worden, hätte uns etwas gefehlt. Da war die Geschichte von Tante Anita, der während einer Familienfeier beim Tanzen der Schlüpfergummi riss und die einfach aus ihren Liebestötern stieg, sie über die Sessellehne legte und weitertanzte. Oder die Geschichte von der Regentrude, deren Mann frisch angebratenes Gulasch liebte und an jedem Wochenende ein Stück nach dem anderen aus der Pfanne stahl. Und als die Regentrude, die sich gern auch mal an der Bude bei einem Zwischenbier von der Hausarbeit erholte, an einem Sonntagvormittag vom Abgebrochenen gefragt wurde, ob es denn heute kein Gulasch gäbe, weil ihr Mann mit dem Braten allein zu Hause wäre, griff sie in ihre Manteltasche, holte ein Taschentuch hervor, schlug die Zipfel auseinander und sagte mit Blick auf das Gebiss ihres Mannes: ›Ohne Zähne nascht es sich schlecht.‹

Und ich füge noch eine Geschichte meiner Mutter an, die immer sehr auf ihr Aussehen bedacht war, und als sie begann schlecht zu sehen, das Tragen ihrer Brille in der Öffentlichkeit vermied. Tut mir leid Mama!

Also, wir stiegen in eine Straßenbahn, die wie immer im Berufsverkehr überfüllt war, und es gab weder einen freien Sitzplatz noch die Möglichkeit, sich irgendwo festzuhalten. Meine Mutter drängelte ein wenig, fand endlich in Sichtweite eine Haltestange und versuchte den Mann, der sich daran festhielt, beiseitezudrängen. Als die Bahn an einer Kreuzung plötzlich bremsen musste, beugte sie sich vor, griff zu und blieb sicher stehen. Erst zwei Stationen später sagte der Mann: ›Entschuldigung, Sie halten sich an meiner Neonröhre fest!‹

Das waren die Geschichten, aus denen unsere Familienfeiern gemacht waren. Und wir Kinder saßen unterm Tisch und haben die Eierlikörschalen ausgeleckt und gedacht, dass es immer so bleiben würde.

Und ich wünsche mir, dass wir uns alle einmal im Jahr treffen, es muss ja nicht der Friedhof sein, und gemeinsam anstoßen.«

Die Gläser klangen. Und Tante Mausi präsentierte ihren Lieblingsspruch: »Gehörst du zur Familie? Nein? Schwein gehabt!«

Und Bruno dachte, dass darüber nur Menschen lachen konnten, die eine Familie hatten.

Tante Mausi spürte ihren Fehler, setzte sich neben Bruno, stieß mit ihm an und sagte: »Ich glaube, es fehlt noch jemand.« Bruno nickte.

»Gut«, sagte Tante Mausi, und schlurfte zu Claudius und flüsterte mit ihm. Dann holte Claudius einen Stuhl aus dem Verwaltungsgebäude und Jesus und Ernie trugen Tante Mausi daraufüber den Kiesweg zum Tor. Claudius transportierte den Rollator hinterher. Nach zehn Minuten öffnete sich das Tor und Tante Mausi wurde wieder an den Tisch getragen. Bruno wollte schon nach vorn gehen und es schließen, da sah er Claudius mit dem Rollstuhl. Ganz langsam schob er Brunhilde zum Tisch.

»Wie habt ihr das denn hinbekommen?«, fragte der Abgebrochene.

»Der Pförtner hatte Spielschulden bei mir«, sagte Tante Mausi. Bruno holte ein Glas Saft, setzte sich neben seine Mutter und hielt es ihr an die Lippen.

»Also, worauf trinken wir?«, fragte Tante Mausi und Claudius antwortete: »Auf die Familie, auf Lindewitz und auf alles was wir lieben!«

»Das sind jetzt aber drei Schnäpse«, rief Tante Mausi.

24 | EPILOG

Ach, und da bin auch noch ich selbst. Insgeheim bin ich immer dabei gewesen. Auch jetzt bei der Feier auf dem Friedhof. Ich bin hier in dem Krankenhaus in Lindewitz geboren worden und war so klein, dass die Schwestern nicht wagten, mich zusammen mit den anderen Babys auf dem großen Wagen in den Krankenhaussaal zu schieben, sondern mich mit dem Ruf »Hier kommt die Prinzessin mit der Extrakutsche« hinterhertrugen. Familiengeschichten. Wie war das: einmal Lindewitz, immer Lindewitz? Obwohl ich in einem anderen Stadtteil aufgewachsen bin, das in seiner Postkennzeichnung ein angeberisches »C1« (Centrum 1) trug, bin ich diesem Viertel immer verbunden geblieben. Hier wohnen jetzt die meisten meiner Freunde, hier ist mein Lieblingskino, mein Lieblings-Pub, mein italienisches Lieblingsrestaurant. Hier ist alles, was ich zum Leben brauche: Cafés, Biergärten, ein kleiner Theatersaal, Buchhandlungen. Es gibt eine Kneipe, in deren Biergarten man am Tresen bestellt und dann mit dem Megafon ausgerufen und aufgefordert wird, sein Essen in der Gaststube auf der anderen Straßenseite abzuholen. Das Viertel hat sich den Charme der alten Zeiten teilweise bewahrt. Alt und neu liegen dicht beieinander und das soll auch so bleiben. Hier habe ich mich mit dieser Stadt versöhnt, aus der ich eigentlich immer weggehen wollte. Und ich hebe das Glas auf Bruno, Claudia, Claudius, Benedikt und besonders auf Tante Mausi, die mir während des Schreibens sehr nahegekommen ist. Alle miteinander Erfindungen, von denen ich mir wünsche, dass es sie vielleicht doch irgendwo gibt.

Die Handlung und alle handelnden Personen sind frei erfunden.
Jegliche Ähnlichkeit mit lebenden oder realenPersonen wäre rein zufällig.

Umschlaggestaltung: Heidi Sorg und Christof Leistl
Titelmotiv: © Moritz Götze
Typografie und Satz: frese-werkstatt.de
Druck und Bindung: Pustet, Regensburg
ISBN 978-3-95614-583-4